Spiritual Culture
青心文化

在阅读中疗愈·在疗愈中成长

READING&HEALING&GROWING

遇见阿纳丝塔夏

Анастасия. Энергия твоего рода

[俄罗斯]弗拉狄米尔·米格烈　著

王文瑜、李裕泰、赵昱　译

中国青年出版社

我先为我平铺直叙的写作手法向各位读者致歉，我不是一名作家，我的写作经验乏善可陈。这不是一本社会政治新闻的采访报道，也不是奇幻冒险故事。尽管书中描写了各种奇异的情节和现象，但我仍没有办法定义这本书的类型。这本书讲的是一名奇女子的故事，这名奇女子，她拥有疗愈人的身体与心灵的天赋。

目 录

001　自序

003　推荐序　找寻错失的美好　张德芬

001　第一章　鸣响的雪松

017　第二章　相遇

025　第三章　她是人还是野兽？

029　第四章　他们是谁？

033　第五章　森林卧房

035　第六章　阿纳丝塔夏的早晨

039　第七章　阿纳丝塔夏的光线

047　第八章　泰加林演唱会

055　第九章　谁点亮一颗新星？

070　第十章　她最爱的夏屋小农

074　第十一章　阿纳丝塔夏的建议

087　第十二章　在你的星星下入眠

089　第十三章　星星之女

096　第十四章　协助与养育你的孩子

102　第十五章　森林学校

106　第十六章　众人的关注

112　第十七章　飞碟？没什么特别！

118　第十八章　大脑——超级计算机

127　第十九章　……生命在他里头，这生命就是人的光……

131　第二十章　需要改变世界观

134　第二十一章　致命的恶习

139　第二十二章　碰触天堂

144　第二十三章　我们俩的儿子由谁来抚养？

149　第二十四章　穿越时光

151　第二十五章　奇怪的女孩

160　第二十六章　虫子

163　第二十七章　梦想——创造未来

176　第二十八章　穿越黑暗力量时光

187　第二十九章　坚强的人

199　第三十章　阿纳丝塔夏你到底是谁？

205　第三十一章　创造之初

211　第三十二章　你的首次出现

220　第三十三章　人们啊，请回到自己的故国

223　第三十四章　夜间访客

231　第三十五章　家族节日

237　第三十六章　没出息的伊万

246　第三十七章　奇怪的男孩

248　第三十八章　又一次的"挑衅"

258　第三十九章　神圣饮食法

282　第四十章　总统间的竞赛

285　第四十一章　创造之路

292　第四十二章　回归生命的起点

300　第四十三章　在美好的未来……

309　后记

310　弗拉狄米尔·米格烈致各位读者

自 序

　　您正在读的这本书是我第一本书的新版本。我认为有必要在新版中增加一些章节，介绍今天正在俄罗斯和世界上发生的不寻常事件，这些事件是由泰加林女隐士阿纳丝塔夏模拟而成的。继第一本书之后，我又写了九本书，阿纳丝塔夏在书中展示了从创世之初到未来的一系列意象，这些意象正发生在我们的生活中。她谈到了如何合理地储存核废料，如何治理大都市的空气污染，并谈到了其他星球仅通过心灵感应来操控这些，而不是使用我们现有的技术手段。她介绍了一种古老的婚礼仪式，经过这种仪式后，爱在家中得以永存。最重要的是，她展示了未来国家的意象和实现它的方法——国家应为每个家庭提供一公顷的土地，在那里你能创造自己爱的空间、自己的祖传家园。

　　在这方天地里，你和先祖们的灵魂将融为一体。子孙后代们会在你亲手种下的雪松树下想起你，他们的思想情感会召唤你重新在这片美丽的土地上显化。

只是，人们说的还少吗？在国家规划和科学文献中也有各种不同的描述——用词华丽、条理清晰、有理有据。但它们并不触碰人的灵魂。而阿纳丝塔夏的话直指灵魂深处。在这些话面世后的几年里，数以万计的俄罗斯家庭受到这些话的感召，获得了一公顷的土地，建设起自己的祖传家园。到目前为止，仅在俄罗斯就已经有了370多个由祖传家园组成的新型社区。它们大小不一，而且还在持续发展壮大。

为什么阿纳丝塔夏的话如此奏效？难道她是世界顶级心理学家？各国的科学家们都在试图解开这个谜：在不动用政府资源和看似无所不能的媒体的情况下，西伯利亚女隐士是如何运用简单的语言对社会产生如此巨大影响的呢？影响的确是巨大的。我将在新版书中引用一些艺术家创作的绘画、献给书中意象的诗歌和俄罗斯祖传家园的照片。亲爱的读者，也许您能解开这个谜。

推荐序

找寻错失的美好

张德芬

这是一本充满传奇色彩的小说，可是却又有它的真实凭据所在。俄罗斯的一名企业家，因缘际会地遇到了一名常年在西伯利亚森林里居住的女子阿纳丝塔夏，从此他的人生有了翻天覆地的变化。短短三天的相处，他的三观尽毁，重新认知了这个世界。

这一系列的书籍总共有十本，这是第一本。在第二本中，企业家有说到他离开了阿纳丝塔夏之后的遭遇，挺凄惨的。他完全无法继续原来的工作，因为阿纳丝塔夏带给他的震撼太强烈，使得原来的工作索然无味、毫无意义，他必须把自己得到的、有益于世界的讯息传播出去。

但是没有人要出版他的书，而且他的企业分崩离析，最后破产，逼得他几乎自尽。一些神奇的机缘，让他得以继续完成自己的使命，他自费印刷了第一本书，在地铁贩卖，于是流传开来。现在，这套书畅销全世界，销量超过一千万册，被翻译成二十多种语言，据说连俄罗斯总统普京都看过这本书，并受到书中观念的影响。

阿纳丝塔夏是一个与大自然同生共存的女子。她从小就在森林里长大，和植物、动物都能对话。作者就亲眼看到她的午餐是松鼠送来的坚果（已帮她剥好），而冬天晚上寒冷的时候，母熊会到洞穴里面和她共享自己的体温。第二本书中提到阿纳丝塔夏一个人在森林里面生了孩子之后（就在短短的三天内，她怀上了作者的孩子），母狼和母熊争相来给她的儿子喂奶。真的是令人不敢相信的传奇，但是我相信它是真的。

我们人类本来就是应该与大自然这样共存的。阿纳丝塔夏虽然一个人住在森林里面，长年没有和外界接触（当然更没有 Wi-Fi），但是她对世界古往今来的所有事情都知之甚详，甚至具有一般人所没有的洞见和智慧，这是她的意识管道和宇宙接通之后的结果。她鼓励俄罗斯的农民们栽种各种植物，和植物沟通，为大自然效力，这些观点都是此刻地球急切需要的。

也正因为如此，不管这本书的真假或是阿纳丝塔夏到底是否真有其人，我都愿意推广这本书里面所传达的观念。我们人类本就应该回归自然，与动植物为友，和土地同声共气地生活，这是阻止地球逐渐迈向大灾难的唯一方法。

　　无论你是否同意这个观点，这本书都相当好看。虽然没有《哈利·波特》毁令人眼花缭乱，也足以让人啧啧称奇了。鸣响雪松代表的任务，告诉我们宇宙时时刻刻都与我们在连接、沟通讯息，如果我们只是整天埋首于 Wi-Fi 的世界中，我们会错失多少生命的美好，也让地球、人类一步步地走向危机之中。

　　希望这本书能带给读者更多的启发，进而身体力行地去活出书中的讯息，这是地球之福，也是众人之福。

第一章 鸣响的雪松

1994 年春天，为了建立西伯利亚极北区的贸易网络，我的船自新西伯利亚起程，沿鄂毕河驶向北极圈内的城市萨列哈尔德，进行为期四个月的商务考察。

我们将考察团取名为"商队"：在三层的大型游轮上设立商队的总部，以及用来陈列西伯利亚企业商品的展示厅与商店；把另外两间头等舱的舱房装潢成我的包厢，并刻意布置得很时尚，想在商务谈判时给人留下深刻的第一印象。

商队预计向北航行 3 500 公里，不仅要造访较大的城市，如托木斯克、下瓦尔托夫斯克、汉特·曼西斯克，而且还计划停泊在只有短暂的通航时期才能将货物送达的小镇。

每到冬天，西伯利亚各地的小镇会因鄂毕河结冰而和外地失去联系。

船队通常在夜里航行，白天则在城镇定点停靠，靠船员鸣响汽笛、大声播放音乐来吸引当地居民进行交易。我们从居民那里收购珍贵的鱼货及泰加林的莓果、越橘、干香菇和皮革毛料等，并和当地渔夫、猎人商议常态性的贸易往来。

若夜间的天气不利于航行，商队会寻找最近的、有人居住的停泊点，为那边的年轻人办一场海上派对。这种活动在当地并不常见，这几年文化宫与俱乐部几近荒废，也不再举办文化活动了。

现在，有一艘美丽的白色轮船自眼前经过，沿河道轻驶而去……却突然掉头，驶向自己所站立的岸边……

这艘船上还有酒吧、餐厅、舞池……

你可以想象这些与世隔绝的村民们会有何等反应，以及我们受到欢迎的程度。

* * *

所有人全都争先恐后地抢着上船，抓住三小时游览轮船的机会。最后才依依不舍地回到岸边，向河道上美丽的白色倩影挥手告别。

商队逐渐远离较大的城镇，靠近北极圈，鄂毕河也变得更加宽阔。用望远镜就可以看到岸边的野生动物。

有时甚至连续航行一天一夜，也见不到一丝人烟。在这方圆百里内唯一的交通要道两旁，举目所及尽是针叶林。

当时我还浑然不觉，在这绵延数百里的泰加林[①]里，有一场即将改变我一生的际遇在等着我。

在返回新西伯利亚的途中，我让领航船停靠在一个只有几栋矮房子的小村庄附近，这里离人多的地方还有几十公里。我打算停留三个小时，让船员到岸上走走，从当地居民那里购买便宜的鱼和野菜，同时也让这些居民有机会从我们这里购买各种食物和商品。

我也决定下船去散散步，一下船梯便注意到聚集在梯子边打算上船的一群人中，有两位老人默默地站在那里。

其中一位老人胡子很长，可能年纪稍微大一些。他穿着由粗麻织成，长度及踝的连身斗篷，肩上的风帽拉起盖在头上，看起来非常古怪。我经过他们身边时，礼貌性地打了招呼，古怪的老人没有回话，只稍微点一下头，他身边的同伴开口说：

"您好！愿您一切顺利。感觉您是这里的总负责人，对吗？您可以发号施令？"

"是啊，可以，只要合情合理。"我回答他，却没有停下我的步伐。

但老人却接着说下去。

他想说服我借他 50 名船员（我们总人数也不过 65 人），和他进入森林，走一段距离船只停泊地点 25 公里远的路途。我们的人被带到森林深处是为了砍伐一棵正在鸣响的雪松——他们是这样说的。这棵雪松据他所称高达 40 米，他建议我们将它砍成好几段，以便徒手运回船上，且不能留下残枝；他还建议我们每段可以再切得更小，一人拿一块，其余的除了分给亲朋好友，也可以送给陌生人。

老人坚称这不是一般的雪松，最好加一根绳子当成项链挂于胸前。戴的时候要赤脚站在草地上，戴上后用左手把它贴在没有衣物阻隔的胸口，一分钟后就会感受到雪松散发出一股令人愉悦的温暖，接着会有一阵轻微的颤抖扫过全身，且不时地会想去摩擦它，这时候就用大拇指抵住雪松块，用其他手指的指腹轻轻摩擦没碰到身体的那一面。老人信誓旦旦地说，一个拥有鸣响雪松块的人，三个月后就会明显感到自己的身心状态有所改善，而且许多病痛将不治而愈。

"连艾滋病都可以吗？"我问老人，并引用我看过的媒体报道，向他简单介绍了一下这种疾病。

听完，老人笃定地说：

"任何疾病都可以！"

他认为这不过是小事一桩，重点是：这种雪松会使拥有它的人更善良、更成功，甚至更有才华。

西伯利亚泰加林的雪松具有疗效，这点我确实略有耳闻。但说到它会左右人的感受与能力……这个嘛，当下我认为并非真有此事，而是他们为了用这棵"不寻常的雪松"来向我要钱才这么说的。于是我开始向他们解释，在"外面那个世界"，女士们戴的是金银首饰，她们不会愿意花钱买木块戴的，所以我也不打算为此付上半毛钱。

"那是因为她们不懂，"老人对此回应，"黄金的价值和这一小块雪松比起来简直微不足道。我们非但不要您半毛钱，还可以附赠干香菇给您。总之，我们什么都不要。"

念他们年事已高，我放弃争辩。

"嗯，也许吧。如果请技艺精湛的木雕师父操刀，雕刻出精美绝伦的饰品，你们这种雪松块可能会有人戴吧。"

"雕刻可以，不过让它保持光滑更好，而且最好是用自己的手指把它磨亮，想这么做的时候就这么做，通过手指打磨，雪松也会有美丽的外表。"说着，老人迅速解开身上的旧外套和衬衫的扣子，给我看他的胸口。

老人胸前有一个椭圆形的物体，各种颜色：紫色、枣红色、古铜色……形成费解的图案。木头本身的纹理看起来像许多细小的河流。

我不懂鉴赏艺术品，就算有机会逛画廊也对世界名作没什么感觉，但眼前这位老人胸口的东西却剧烈地扰动我的情绪，远胜任何一次在特列季亚科夫美术馆参观的经验。我不禁问他：

"您摩擦这块雪松多久了？"

"93 年了。"老人答道。

"那您多少岁了？"

"119 岁。"

当下我并没有相信他说的话。我目测他大约 75 岁，比另外那位老人年轻一点儿。不过他似乎没注意到我的怀疑，或压根儿不在意，开始唾沫横飞地赞扬这块雪松的美丽外表，这种效果只要经佩戴人的手摩擦三年就可以达到，而且之后将会发生持续的变化，逐渐变得更美，尤其当佩戴人是名女性，戴着它，身体会自然散发出人工制造不出来的迷人芳香。

的确，阵阵扑鼻的香味不断地从两位老人身上传来。按理说，我像全天下吸烟的人一样嗅觉非常迟钝，但我得承认，这是连我都闻得到的香味。

两位老人身上还有别的让我感到奇怪的地方。

我忽然意识到这两位老人讲话的方式和一般极北地区的居民不太一样，有些话根本就不像这一带的人会说的。

"神创造了雪松来储存宇宙能量……

"当一个人处于爱的状态时，就会产生明亮的射线。这些射线会在短短一瞬间，被这个人上空的星体反射回来，回到地球，为一切带来生命。

"太阳就是这样的星体之一。不过它反射的只是这种射线的一小部分，并非完整的光谱。

"人散发的射线中，只有明亮的射线可以发射到宇宙，也只有有益的射线可以从宇宙反射到地球。

"人被负面的情绪影响时，产生的射线就是黑暗的。黑暗的射线无法升空，只会坠入地球内部深处，碰到地心之后反弹，以火山爆发、地震、战争等形式回到地表。

"黑暗射线反弹回来导致的后果，以作用在人身上的效应最为极致——直接加深这个人的负面情绪。

"一棵雪松寿命长达 550 年，其数以百万的针叶，夜以继日地捕捉、累积光明的能量，搜集完整的光谱。在雪松的一生中，所有会反射光明能量的星体，都会从它的上方经过。

"光是一小块雪松，里面蕴藏着的对人体有益的能量，就远远超过这个地球上所有人造动力装置制造出来的能量总和。

"雪松从宇宙接收人类放射出的能量，储存起来并适时释放。当宇宙中——也就是人和地球上生长的万物——缺乏足够的能量时，雪松便将能量交还。

"不过人们还是发现，有些雪松不会释放体内积聚的能量。这种雪松非常罕见，会在生命迈入第500年后开始鸣响。这就是它们说话的方式，透过轻声地细鸣发出信号，呼唤人们前来砍伐、取用它们内部所储存的能量，然后回馈到地球上。这棵雪松将为此鸣响三年。若这段期间都没有人来收取能量，它便失去最后一线机会，因为无法亲自将收集自宇宙的能量返还给人类，所以启动痛苦的死亡模式——开始自焚，耗费27年的时间将体内的能量焚烧殆尽……

"不久前，我们发现了一棵这样的雪松。估计它已经响了两年。它的鸣响声如此轻、如此柔，也许是希望能拉长发出呼救的时间，但它只剩下一年的时间了。一定要砍倒它，分送出去才行！"

我竟然能全神贯注地听这两位古怪的西伯利亚老人长篇大论。每当那位老人由平静的语气转为激动的口吻，就会疯狂地摩擦他的雪松，像在弹奏某种乐器。

河边很冷，秋风吹拂过河面。老人没戴帽子，任由寒风吹乱他苍白的头发，外套和衬衫依旧敞开。他的手还在不停地搓弄胸前那块暴露在风中的雪松，并试图将它的重要性——解释给我听。

这时我公司的员工莉迪亚·彼得罗芙娜下船告诉我一切准备就绪，所有人都在船上等我。于是我向两位老人道别并快速地上了船。我不能照他们的要求去做，原因有两个：延误返程时间，延误三天就是重大的财务损失；当时我只将他们所说的一切视为迷信的无稽之谈。

隔天的晨间会议上，我突然注意到莉迪亚·彼得罗芙娜在把玩她胸前的一块雪松。后来她告诉我，我上船后，她还在原地逗留了一会儿。她看到那位老人见我快步离开，先是错愕地望着我，接着又望向他身边的长者激动地说：

"怎么会这样？为什么他们不懂？我不会说他们的语言啊！我没有办法说服他，我就是不能！我说什么都没用！一点用都没有……为什么？父亲，告诉我为什么！"

长者把手搭在他儿子肩上，冷静地答道：

"你没有说服力，儿子。所以他们不懂。"

我登上船梯时，莉迪亚·彼得罗芙娜接着说："原本和你说话的那位老人突然跑过来抓住我的手，把我拉回草地，并急急忙忙地从口袋中掏出这条系着雪松木块的绳子，挂在我脖子上，拉起我的手用我的手把雪松按在胸口。我觉得全身打了个哆嗦。他动作很快，我根本来不及说些什么。我离开时他还在我身后大喊：'祝您旅途平安！幸福快乐！请您明年再来！祝各位一路顺风！我们会等候您大驾光临！祝您旅途平安！'

"船开走后他还在继续挥手，挥了很久后突然坐在草地上。我拿望远镜对着他们，看到之前和你说话又给了我雪松木块的老人坐在地上，肩膀在颤抖。年纪再大一点、胡子长长的那位，则弯下腰来摸了摸他的头。"

* * *

在完成一连串业务、账目核销和庆功宴之后，我完全把这两位奇怪的西伯利亚老人遗忘了。

等回到新西伯利亚，我的身体早已不堪重负，出现了剧烈疼痛，诊断的结果是十二指肠溃疡和胸椎骨软骨症。

在医院舒适的病房里安静地休养，使我得以远离每天的忙碌。高级的单人病房让我可以静静地分析与检讨这四个月的考察之旅，并拟订新的计划。但不知为何，记忆的大门却在这时被撬开，浮现出两位老人及他们说过的话，其他的事情则被远远地抛在脑后。

我请院方帮我查找所有和雪松相关的文献资料。读着读着，我却不禁感到惊讶，我可能要开始相信他们了。他们说的竟多处与事实相符，或者该不会……句句属实？

有关民俗疗法的书对雪松的效用有大篇幅的记载，书中提到一整棵雪松从针叶到树皮都具有很高的医用价值。西伯利亚雪松外形美观，适合用来创作大师级的雕刻作品、家具和乐器的共鸣箱；松针具有高度的挥发性，易于净化周围的空气；其木质含有特殊的香脂气味使人感觉安定舒适，在家里放上一小块就能达到驱虫的功效。

普及科学的书里也提道：生长在北方地区的雪松功效比南方的雪松更为显著。

科学院院士帕拉斯在 1792 年便已著书，宣称西伯利亚雪松的果实能够有效重振男性雄风，使人恢复青春活力、增强身体抵抗力和预防各种疾病。

历史上也有很多跟雪松直接或间接有关的奇闻逸事，以下是其中一则：

> 1907 年，50 岁且几乎半文盲的农民格里高利·拉斯普京从生长雪松的西伯利亚偏远村庄被带到圣彼得堡，以其惊人的预言能力震惊皇室并得以自由出入宫廷。而且，他拥有异于常人的体质。格里高利·拉斯普京被暗杀时，身体被子弹打了好几个洞都还活着，把那些想杀他的人吓个半死。难道这是因为他是出生于雪松生长的地区，吃雪松子长大的吗？

他的精力到底有多旺盛？同时代的记者描述如下：

> 从中午就开始狂欢、饮酒、纵欲到天明，难以想象这是已年届50之人！不止如此，凌晨四点，您能看见他大步跨进教堂，维持四小时的站姿晨祷。八点一到，回家喝个早茶，转眼间就两点了，这时格里高利②却好像什么事也没发生过一样开始接待访客，接下来再带几个女人到澡堂洗洗香浴，浴毕旋即驱车前往郊外的饭店，重复昨晚相同的纵欲行为。此般作息绝非常人所及。

不过再多的数据和历史记载，都比不上接下来的这份数据，而且你们还可以自行查阅。它才是真正的重点，最有力的证据——它完全击溃我心中尚存的疑惑，那就是：《圣经》。

《圣经·旧约》中，摩西第三卷（利未记十四），神教授人从治病到洁净房屋，都要用到……雪松③！！！

将我手上不同领域的数据逐一比对之后，出现了一幅连世界知名的奇作都相形见绌的画面。曾经惊动众人的神秘事件，和鸣响雪松的奥秘比起来简直微不足道。我无法再对它的存在产生怀疑。

雪松在《圣经·旧约》出现42次。《旧约》中奉神意通过石板昭告苍生的摩西，对这种树的了解更为深刻，不止《旧约》上写的那些。

自然界有各种治疗人类疾病的植物，已是不争的事实。更有科普书籍，诸如帕拉斯这般严谨的权威学者，著书披露雪松药性的研究。

现在请注意！

为什么雪松明明有那么多种，那两个奇怪的老人却只提到鸣响雪松？

我听说现在在比较偏僻的地方还有懂得挑选雪松建材的老人。老人说的鸣响雪松像是一种储存能量的容器。

哪一种雪松功能更强，黎巴嫩还是西伯利亚的？

帕拉斯说生长地区越靠近冻原边界的雪松药性越强——所以是西伯利亚的。

叶列娜·伊万诺娃·罗伊里奇在其著作《活的伦理》中写道："早在古代呼罗珊王朝国王登基典礼上就已出现过满装着雪松脂的圣杯……德鲁伊也有他们称为'生命之杯'的雪松脂圣杯。直到后来无法感知到圣灵才被鲜血所取代。"

雪松的用途和特性在我们祖先那个时代流传已久，但保存下来的还有多少？

该不会一点儿都不剩吧？

那两位西伯利亚老人知道些什么吗？

突然，我起了一身鸡皮疙瘩，因为我想起一件多年前的事。当时我根本没放心上，可是现在……

* * *

那时我是西伯利亚企业家联盟的主席。一天，我接到一通官方打来的电话，请我去和一位持有政府推荐信函的国外要商开会。前去与会的还有另外几位企业家。

这名外商装扮华丽，看起来像个不寻常的人，他头上裹着穆斯林的头巾，手指上戴着好几枚贵气的戒指。

一如平常，商议的内容着眼于各方面可能的合作，其中他说了一句："我们可以进口你们的雪松子。"说完便打量现场每一位企业家的反应，他眼神闪烁，显得有点儿紧张。我对于他有这样的变化十分不解，因此记得很清楚。

会后，莫斯科口译员陪他来找我，说是有话想跟我说。

这个生意人偷偷向我提议，若我安排供应他新鲜雪松子，不仅将以国际价格来交易，而且还提供高额的分红抽成。

他说雪松子要运送到土耳其，他们在那里制油。我说我会考虑看看。

* * *

我决定调查他说的是什么油。我查到了……

作为国际市场参考指针的伦敦交易所，每公斤雪松子油报价竟高达 500 美元！建议供应价为每公斤雪松子 2~3 美元。

我打电话到华沙请我认识的企业家帮我查这种产品有没有可能直销并获得它的萃取技术。

一个月后我收到的答复是："没办法，也没有门路取得这门技术。而且你问的这些问题已牵涉到他国利益，我劝你最好忘了这事。"

于是我求助于另一名在新西伯利亚消费合作研究所任职的老友。我买了雪松子并出钱赞助研究。他们机构里的实验室制造出大约 100 公斤的雪松子油。

我还雇人帮我调阅档案，大致得知这些事情：

雪松子油是在西伯利亚泰加林里的小村庄用木制研磨器（完全木制！）榨取出来的。

雪松子于何时收集与加工，则决定了它的质量。

但不论是在档案还是实验室里，都无法分析那是何时。秘密遗失了。

这种油的药性独一无二。富含药效的雪松子长在西伯利亚，制油的技术却在土耳其，这要怎么解释？这种遍布西伯利亚的雪松可不会长在土耳其啊。

最具深度疗效的宝藏，就在自己家乡，有数百、数千年的历史，我们却还完全不知情，并花上大把钞票（可能已经上亿了！）去购买国外的成药！

甚至先辈们都还知道的事，到我们这代，为何全都失传了？是什么把我们祖先的知识从我们的记忆中消除了？

我被一股盛怒淹没。到药局一看，发现真的有雪松子油，果然是进口包装，我买了小瓶装 30 克来试……搞什么，原油根本只有一两滴吧！什么稀释过的东西，跟之前请研究所研发出来的差太多了！竟然还要 50 000 卢布！要是我们自己卖，不从国外进口会怎样？光靠这瓶油整个西伯利亚就发了！

到底我们是怎么办到的，可以忘光祖先的技术……

算了，先不管，我迟早会把它们找回来，自己来生产，让公司一举致富。

于是我决定再次从鄂毕河出发，到北方做第二次考察。这次只用三层的"帕特里斯·卢蒙巴号"。把各种货物打包上船，放映厅整理成商店。我聘请了一批新的船员，不考虑任何一名我公司的员工，因为我们的财务状况已在我分心时下滑了。

离开新西伯利亚两周后，警卫向我报告有人私下在谈论鸣响雪松，隐晦一些的说法就是船上有些"奇怪"的人混进来了。因此我开始把船员一个一个叫来，告诉他们接下来有个行程是徒步进入泰加林，然后看他们的反应。有的没有异议，愿意免费干这件差事；有的则要求高额报酬，因为这项工作没有在合约上约定。毕竟待在船上舒适的环境是一回事，跋涉 25 公里去做苦工抬一大堆木材又是另一回事。

当时我的预算很紧，而且也没打算要买雪松。老人都说了要送出云不是吗？反正我这次来为的不是雪松，而是制油的秘密。当然跟它相关的一切我都有兴趣知道。

在警卫的协助下，我确信有人在监视我，尤其是我在岸上的一举一动。至于什么原因，并不清楚。谁是幕后主使？我想了又想，并暗中告诉自己，若要万无一失，必须动个脑筋抢先他们一步才行。

第二章　相遇

抵达上次遇到老人的地点时，我没和任何人解释，就下令停船，独自乘小艇抵达村庄，并要船长继续按照原定路线前进。

我希望能透过当地居民，找到去年跟我提到鸣响雪松的西伯利亚老人，亲眼见一见这棵树，想办法用最简单的方式把它弄上船。

我将小艇系在荒凉的河岸边，看准其中一间小屋准备走过去时，发现旁边坡上有位女士站在那儿。于是我改变主意走向她，期待打听到有用的消息。

这名女士身穿旧棉袄、长裙和极北地区居民常在春秋两季穿的长筒胶鞋，头巾遮住了额头和脖子，很难看出年龄。我过去寒暄几句，顺便描述之前在这里遇到的两位老人的样子。

"去年和你说话的，"她回答，"是我的祖父和曾祖父，弗拉狄米尔。"

我很意外她的声音听起来那么年轻，咬字清楚，还亲切地叫出了我的名字。

老人叫什么我不记得，而且我有自我介绍过吗？可能有吧，既然她都知道我的名字了，我也决定不用敬语，我问：

"你的名字是？"

"阿纳丝塔夏。"女人回答后随即向我伸出手，好像在等我接过她的手轻吻一下。

一个身穿棉袄和胶鞋的村姑，在荒郊野外学上流社会的人摆出这个动作，实在让我很想笑。我握一握她的手，没有亲它。

阿纳丝塔夏露出尴尬的笑容，建议我跟她走进泰加林，到她家人居住的地方。

"不过要穿越森林走25公里，没关系吗？"

"当然是蛮远的。"我说，然后心想："森林里又没有路，走25公里太难了，我应该叫一个警卫来帮我。可是这样要追船，我已经联络不上他们了。"我怕浪费时间，所以还是决定一个人去。于是我问她：

"你会带我去看鸣响雪松吗？"

"会。"

"你对鸣响雪松的事很熟悉吗？可以全部告诉我吗？"

"我会把我知道的全都告诉你。"

"好，那走吧。"

路上我问阿纳丝塔夏在泰加林离群索居多久了。

她却告诉我她的家人、宗族，世世代代都生活在雪松林间，据祖先所言，已有上千年。他们很少和我们文明社会的人直接接触，就算有也不是在自己居住的地方，而是乔装成猎人或外地人混进城镇。

阿纳丝塔夏自己就去过两个大城市：托木斯克和莫斯科。她在这两座城市各待了一天，没过夜，只是想知道自己对都市人的生活形态，有没有误解的地方。她靠着卖野浆果、干香菇存到一笔旅费，当地的村妇还借给她了一本国内护照。

阿纳丝塔夏不赞成她祖父及曾祖父的想法，把具有疗效的鸣响雪松分给一大堆人。为什么？她说这样木块就会同时分散到做好事与做坏事的人的手上，很有可能大部分的木块会被心存歹念的人抢走，会导致坏处比好处还来得多。她的想法是帮助美好事物，和帮助实现美好事物的人才是最重要的。帮助每一个人不会改变善与恶的失衡关系，它只会保持原状，或者恶化。

自从遇见两位西伯利亚老人后，我查了许多书，读着有关雪松神奇疗效的历史与科学研究。现在我试着进一步了解，阿纳丝塔夏口中所说的这些人，生活在一望无际的西伯利亚泰加林中。"还有与他们生活方式相同的人吗？"我心想。

利科夫家族——一个同样离群索居，在森林中生活了四十多年的家族。我猜大家如果有看报纸，一定都知道他们。我试着拿利科夫家族与他们做比较。

自从地质学家偶然发现利科夫家族，媒体便大肆报道，我还记得其中一个报纸标题是《泰加末路》。很多电视节目都制作了相关专题报道。不过我从报道中归纳出的印象是：利科夫家族的人对自然相当熟悉，却对外界文明一无所知。这点情况很不一样。阿纳丝塔夏给我的印象是，她很了解我们文明社会的问题和一些我不是很懂的东西。她不仅知道，而且能轻松自如地谈论我们的都市生活。

我们越走越深，大约5公里后我已筋疲力尽，因为沿途并没有道路，也没有小径，得不断地跨越倒塌的树干、拨开灌木丛。但是走在前面的女人却丝毫未显疲惫，以至于我很不好意思说要停下来休息，显得我很弱的样子。

等到我们走到一小片有溪水通过的草地，女人说：

"弗拉狄米尔，你累了吧？如果想休息的话，我们可以在溪边休息。"

"我不是很累，不过该吃点东西了。"说完我马上坐到一边，从背包里拿出三明治和装着上等白兰地的扁瓶，想请阿纳丝塔夏喝几口。不过她不喝，也不和我一起吃东西，我不知道为什么。她说："我一点儿也不饿，弗拉狄米尔。你吃吧，我要沐浴在阳光里。"然后她走到离我三步远的地方，把外套、头巾、长裙都脱下来，放进树洞，只剩下一件连身薄衬裙。当她把遮住大半张脸的头巾拿下来时，我差点因为太惊讶而被白兰地呛到。

她的变身堪称奇迹，如果我相信有奇迹，我一定会这么说。

一个一头金色长发、身材姣好、美到不同寻常的年轻女子，此刻就站在我面前。我不相信有哪个选美冠军赢得了她，就外貌上是不可能的，后来我发现，连聪明才智也是。这个西伯利亚隐士的一刀都具有神奇魅力。

阿纳丝塔夏躺在草地上，双手打开，掌心朝向天空，幸福地闭上双眼沉浸在阳光里。我着迷地盯着她，忘了要吃东西。

她似乎感受到我的目光，转过来对着我笑了一下，再把眼睛闭上。

她的脸：整齐的五官，没有化妆品覆盖，细致的肌肤完全不像一般西伯利亚荒地居民那样饱受风霜；一双大且善良、湛蓝又带点灰褐色的眼睛；略带微笑的嘴唇。

她只穿着像女性睡衣的薄连身裙，尽管现在只有12~15摄氏度，她看起来却一点儿也不冷。

阳光洒在她的掌心反射出金色光晕。她美丽动人，而且半裸。

我看着她，头脑和心里一阵混乱，不知该采取什么行动。为什么她要脱衣服？为什么要娇柔妖媚地躺在地上？为什么女人老爱用迷你裙和低胸上衣露腿、露乳沟，难道不是想勾引身边的人吗？好像在说："看，我多么性感、开放，唾手可得！"这时侯男人要怎么办？

是克制肉体欲望，忽略这名女性让她觉得受辱，还是该表示注意？

以目前的情况，我该做什么表示我的注意呢？

森林里只有我和她，不需要多说些什么。我该亲她一下吗？还是她想要的不止这样？我问她：

"阿纳丝塔夏，你自己一个人走在森林里不怕吗？"

她睁开眼，转过来对我微笑，说："这里没有什么可以让我害怕，弗拉狄米尔。"

"有趣。但要是你碰上一两个男人，地质学家或猎人之类的，该如何自我保护？"

她笑了笑，没有回答。

我心想："这么年轻貌美的女生怎么会什么都不怕？"然后接下来……接下来的事，我到现在都还无法理解……

我凑近躺在草地上的阿纳丝塔夏，伸手过去搂住她的肩膀，让她靠向我。虽然她没有强烈反抗，但我感觉到她有弹性的身体每一处都充满力量。她呼吸的气息和头发的香味，使我小小晕眩……

可是我什么都做不了。

我只记得我看着她的眼睛并听到："不要这样，弗拉狄米尔，冷静……"然后就失去意识了。在这之前，我还清晰地记得突然有一股巨大的恐惧袭来——那是一种莫名的恐惧，就像小时候一个人待在家里突然害怕起来一样。

我醒来时她已经跪在我旁边，一手按着我的胸口，一手

朝天空及其他方向挥舞。她在笑，但不是对我，看起来像是
对着我们旁边或空中一个隐形的家伙。

阿纳丝塔夏好像在用这个手势跟她的隐形朋友打暗号，
表示没有坏事发生在她身上。她用温柔的眼神静静地看着我
的眼睛，说：

"冷静，弗拉狄米尔，一切都过去了。"

"发生了什么事？"我问。

"和谐不接受你对我产生的欲望。你以后会明白的。"

"这跟和谐有什么关系？都是你！都是因为你开始抵抗！"

"我也没有接受。我不喜欢。"

我坐好，把背包拉近我。

"好！很好！你不接受，你不喜欢！你们这些女人就爱
在那边勾引人，露大腿、露胸部、穿高跟鞋。穿高跟鞋根本
不好走，你们还照穿！穿上去在那里扭腰摆臀，却说：'噢，
我才不要，我不是那样……'那我问你，你们扭什么扭？假
清高！我是企业家，什么女人我没见过。你们想的都一样，
只有花招不一样——你为什么把外面的衣服脱掉？又不热！
把手摊开躺在那里，也不讲话，还笑得跟……"

"弗拉狄米尔，我穿着衣服不舒服。离开森林进入人群
我才会穿上，为了打扮得跟其他人一样。我躺在阳光里稍作
休息，不想打扰你吃东西。"

"不想打扰我？你已经打扰我了！"

"请你原谅我，弗拉狄米尔。当然你说得没错，每个女人都想被男人注意，但不是只针对腿和胸部。我希望的是不会和更注重内在的男人擦肩而过。"

"可是这里根本没有人可以擦肩而过啊！如果你先秀腿出来，这时候还有什么其他好看的？你们女人真没逻辑。"

"是的，很遗憾有时候人生就是如此……或许我们该继续往前走了，弗拉狄米尔，你吃完了吗？休息好了吗？"

一个念头掠过我的脑海：值得继续跟这个满嘴道理的野女人走下去吗？而且她显然有某种特殊能力，让我一碰到她就晕倒。怎么办？回去？不行，我自己找不到回岸边的路，只能前进。

"好吧，我们走。"我这样回答了阿纳丝塔夏。

第三章　她是人还是野兽？

我们继续朝阿纳丝塔夏家的方向前进。她的衣服留在树洞，胶鞋也放在那儿，身上只有件薄连衣裙。

她拿了我的背包，要帮我提。

赤脚的泰加林美女优雅轻盈地走在我前面，一手拿着背包轻轻地甩来甩去。

我们一路上都在交谈。她对每件事都有自己一套奇怪的见解，和她漫无边际地聊各种话题非常有趣。

有时她会来一个旋转，面对我"倒退走"一阵子，还有说有笑，完全不看脚下。我真搞不懂为何她一次都没绊到脚，也不会被枯枝刺到光着的脚丫。沿途都没有可辨识的路径，可是穿越森林会遇到的障碍，我们一个也没遇到。

她一边走，一边摸摸叶子、摸摸灌木丛，看也不看就摘起一片叶子，然后……吃掉。

"真像头野兽。"我心想。

如果有浆果，阿纳丝塔夏会采下来拿给我，让我也边走边吃。

她身上没什么特别的肌肉线条，中等身材，不胖也不瘦，营养充足，身体很有弹性、很漂亮。并且力气很大，反应很快。

有一次我跌倒，双手往前飞出去时，阿纳丝塔夏以闪电般的速度转过来，向我伸出手。我的胸膛倒在她五指全开的手掌上。虽然我跌倒了，但并没有着地。

她只用一只手支撑和扶正我的身体，嘴巴还在讲话，一点儿都不费劲。

我们继续走，像什么也没发生过。不知道为什么我想起我背包里的瓦斯枪。

这个泰加林隐士美归美，却让毫无防备的我身陷这样的处境，完全无法抵御任何突发状况。

我们聊着，不知不觉已经走了很远。忽然阿纳丝塔夏停下来，把我的背包放在树下，高兴地宣布："我们到家了！"

我看了看，这是一片虽不大、但整齐的林间空旷地带，四周是高耸的雪松、遍地野花，但没半个建筑物。茅草屋之类的也没看到，什么都没有！连个简单搭起来可以临时过夜的地方也没有！她还高兴得像是到了一个舒适的家。

"你家呢？我们要在哪儿睡觉、在哪儿吃饭、在哪儿躲雨？"我开口，勉强克制住我声音里的焦虑。

"这里就是我家啊，弗拉狄米尔。这里什么都有。"

一股隐约的不安开始笼罩着我。

"什么都有——在哪里？至少给我一把斧头，一个茶壶烧水吧。"

"我没有茶壶和斧头，弗拉狄米尔，而且不要生火比较好。"

"你说什么？好啊，连个茶壶也没有！是你自己邀请我到你家的，一般人家里会有房子，房子里有天花板，有厨房，至少会有一间寝室和放食物的地方。我装水的瓶子已经空了，你还亲眼看到我吃东西的时候已经把它扔了，现在我只剩下几口白兰地。走回河边或村子里要花一整天的时间，但我已经很累了，我要喝水。你水从哪儿来？你要怎么喝水？"

看到我变得焦躁，阿纳丝塔夏也有点儿慌，她连忙牵起我的手带我远离空地进入树林，并一直说："不要担心，弗拉狄米尔！拜托，不要生气。我会打理好所有的事情。你可以好好休息，好好地睡一觉。你不会冷的。你口渴了？我现在就给你喝的。"

走了10—15米之后，灌木丛后面出现了一片小小的森林湖泊。阿纳丝塔夏马上捧了一些水送到我面前。

"水，请喝。"

"阿纳丝塔夏你是完全变成一个野人了吗？怎么可以喝森林地上的积水？你看过我喝的是博尔若米矿泉水吧？我们在船上就连洗澡水，都要将河水通过氯化和臭氧化进行特殊的过滤。"

"这不是积水，弗拉狄米尔，这是纯净的活水。它很棒！不像你们那种半死的水。可以喝的，你看！就像母亲的奶水一样。"

阿纳丝塔夏把手里捧的水送到自己面前啜饮。

我再也忍不住了，大叫："阿纳丝塔夏，你是野兽吗？"

"为什么是野兽？因为我的床和你的不一样吗？还是因为没有车，没有各种工具？"

"因为你过得活像头野兽，住在森林里什么都没有还一副自得其乐的样子。"

"没错，我喜欢住在这里。"

"看吧，你自己都承认了。"

"弗拉狄米尔，你认为人和地球上其他生物最大的区别，是在于拥有人工制造的物品吗？"

"对！正确一点的说法是——文明的生活。"

"你认为你的生活比较文明吗？是的，你当然这样认为。但我不是野兽，弗拉狄米尔。我是人！"

第四章　他们是谁?

接下来三天的时间我和阿纳丝塔夏在一起，观察这个奇怪的年轻女子如何在西伯利亚泰加林深处一个人生活，并试着了解她这种生活的意义。我实在很难不拿大都会人的生活形态来比较。

阿纳丝塔夏自己一个人生活在森林里，没有住房，几乎不穿衣服，也不储藏食物，是生活在这里几千年族群的后裔，她简直代表了另一种迥然不同的文明。我认为她和她的族人，是靠着一项非常明智的举动得以延续到现代的。可能只有这样做才对。他们可以融入现代社会，尽量在表面上和他人没两样，一旦到常住的地方，又与自然融为一体。

要找到他们住的地方很难，只能靠那个地方是否被照料得更整齐和漂亮来判断是否有人住的迹象，例如阿纳丝塔夏的家就是这块林间空地。

阿纳丝塔夏在这林地间出生，是大自然不可分割的一部分。她和我们知道的伟大修士不一样，她不是在森林里隐居一段日子，而是出生在泰加林。当时我想占有阿纳丝塔夏却被巨大的恐惧袭击而失去意识，这看起来极度诡异的现象其实可以有个简单的解释。

就像人去驯化猫、狗、大象、老虎和老鹰，这里的一切也经过驯化，不容许任何坏事发生在她身上。

阿纳丝塔夏说她母亲从她出生到一岁前，就可以一整天都不在，只留下她一个人。

"这样你不会饿死吗？"我问。

这个泰加林隐士愣了一下，用诧异的眼神看着我，然后才说："弗拉狄米尔，世界一开始就被创造成不需要人为了找食物，或是找什么样的食物而浪费精神能量的地方。一切都按照人的需要依序生长、成熟。进食就该像呼吸一样，不需要将注意力分散到食物上面，让思想偏离轨道。造物者把这交给其他生命去处理了，使人可以尽情活出自己的天赋。"

"你是说文明世界里成千上万的人，都不需要为了正常的三餐每天工作吗？"

"是他们选择的生活方式迫使他们去工作。"

"哪儿是因为生活方式啊？农场主人和农夫的生活方式就跟城市人不一样，他们还不是照样得从早做到晚才能喂饱家人。"

"就拿一颗雪松子来说好了，你想得到它，要花很多力气吧。松子在那么高的地方，离地面十几米高。"

"真的很高。"阿纳丝塔夏也同意，"我以前都没想到，我都是照祖父教我的方法去采摘雪松子。"说这话的同时，阿纳丝塔夏抬起右手弹了一下手指。两三分钟后地上出现了一只毛茸茸的红松鼠。

这只红松鼠用后脚站立，前爪捧着一颗雪松子。阿纳丝塔夏看也没看，再弹了一下手指，继续跟我讲话。

红松鼠迅速剥起雪松子，把里面的松子一个一个抽出来，放成一堆，待阿纳丝塔夏弹第三次手指，它立刻把一颗松子去壳，灵巧地跳到她的掌心。

阿纳丝塔夏把小动物的脸凑近自己的嘴边。

红松鼠把爪中的雪松子仁放进她嘴里，再跳下她的手，开始给另一颗雪松子去壳。

已经有十几只抱着雪松子的红松鼠站在地上了，而且数量还在急速增加中。阿纳丝塔夏拍拍我一米外的草地。所有红松鼠都开始剥起松子，把松子挑出来集中在指定的地点，每剥完一颗就再去找新的。不到几分钟，我面前的雪松子就已经堆积如山了。

一开始我觉得很神奇，但后来我想到房屋盖在松林间的新西伯利亚科学城，那里也有很多习惯人类的松鼠。它们会向散步的居民要东西吃，如果没要到，甚至还会生气，只不过我现在看到的情形是反过来的。我告诉阿纳丝塔夏：

"到我们正常世界就不一样了，你尽管在小贩面前弹手指好了，阿纳丝塔夏，不然你要打鼓也行，是不会有人给你任何东西的，而你却在这里说：'造物者把一切都安排好了。'"

"那是谁的错呢？如果人决定要改变造物者的计划，这样是好还是坏？请你自己想一想，弗拉狄米尔。"

这就是我和她之间有关饮食方面的对话。阿纳丝塔夏的立场很简单：浪费精神去想原本就供应充足的东西很不应该，是人在人造世界的生活方式造成了问题。看来隐士阿纳丝塔夏，光是住在森林里，不用考虑饮食，也不用为此消耗体力和脑力，就能得到最高质量的、有机的、对她身体来说理想而均衡的饮食。反观我们，身处文明世界却不断地想吃的问题，从早到晚都在为它工作，而且往往得到的还是质量堪忧的食品。

我们早就习惯了我们的世界，并且称之为文明。但现代文明是否遗忘了，这世上还存在着另一种与自然和谐共存的生活？要是几千年来人类投入的是大自然，而不是人造世界，不知道现在能发展到何等高度？

我们都在书上、报纸上和电视节目里看到过，有很多不小心被遗落在荒野的婴儿被狼哺育的例子。这里的人世世代代都与环境和谐共存，他们和动物世界的关系迥异于我们，说不定连身体机能也不一样。

我问阿纳丝塔夏："为什么你不会冷，我却要穿着大衣？"

"因为总是把自己包在衣服里，"她说，"进入遮蔽场所躲避冷和热的人，身体会渐渐失去适应环境的能力。我的身体没有失去这项本能，因此不需要特别穿上衣服。"

第五章 森林卧房

我没有带任何野外过夜的装备。阿纳丝塔夏把我安置在一个洞穴里。由于旅途劳累，我马上就睡死了，醒来时通体舒畅，感觉像在超舒服的床上睡了一觉。

洞穴，或者说这个被挖出来的洞很宽敞，里面铺满了柔软的雪松细枝和干草堆，整个空间充满怡人的芳香。

我伸了伸懒腰，把手往两边伸展，其中一只手摸到了毛茸茸的兽皮。我直觉认为是阿纳丝塔夏打猎猎到的动物兽皮。我挪过去，靠在温暖的兽皮上打算再睡一会儿。

此时，阿纳丝塔夏站在我的森林卧房入口，看到我醒了，便说："愿今天对你而言是充满善意的一天，弗拉狄米尔。也希望你以善意来面对它，只是拜托你不要害怕。"

她拍拍手，然后那张"毛茸茸的兽皮"就……我惊讶地发现那根本不是兽皮。一头熊正蹑手蹑脚地爬出去。在得到阿纳丝塔夏表示赞许的轻拍后，它舔舔她的手，笨重地爬进树林里。原来是阿纳丝塔夏为了不让我冻着，先在我床头放了安眠药草，再叫一头熊跟我睡在一起，她自己则蜷曲着睡在入口附近。

"阿纳丝塔夏，你怎么可以对我做这种事？这头公熊可以轻易把我压死或撕成碎片啊。"

　　"它不是公熊——它啊，是一头母熊。它很听话，不会对你做什么坏事的，"阿纳丝塔夏回答我，"它很喜欢完成我派给它的任务。而且它整个晚上都没有动，鼻子凑在我两脚之间就心满意足地睡着了。只有在你睡梦中两手乱挥，打到它的背时才抖了一下。"

第六章　阿纳丝塔夏的早晨

夜幕降临时，阿纳丝塔夏会进入森林里动物弄出来的藏匿处中睡觉，通常是个洞穴，若天气暖和就直接睡在草地上。她醒来后做的第一件事，是热情地迎接朝阳，碰一碰树梢新吐的嫩叶，摸一摸地上冒出的嫩芽。然后跑过去一连拍动好几棵小树的树干，使树梢颤抖，让类似于花粉或露水的东西散落在她身上。接着躺在草地上五分钟左右，尽情地伸展、扭转，最后全身像裹了一层乳液。

她小跑着跳进小小的湖里，哗哗地拍水，然后潜下去——潜得真好！

* * *

阿纳丝塔夏和周围动物世界的关系，类似于我们和饲养的动物之间的关系。

许多动物会来观看她的晨间巡礼。它们不会主动靠近，但只要她一个眼神和微小的示意动作，就会有幸运儿飞快地跑到她的脚边。

有一天早上我看见她在捉弄一匹母狼，就像在跟家里的狗一样玩耍。

她拍一下这匹母狼的肩部，然后拔腿就跑。母狼随即跟上，快追到时，阿纳丝塔夏突然飞跃到空中，双脚往树干一蹬，瞬间转了一个方向掉头跑掉。

惯性作用下母狼来不及反应，冲过树以后才回过头追赶大笑中的阿纳丝塔夏。

穿衣服和吃东西，这两件事阿纳丝塔夏连想都不用想。她通常不是半裸就是全裸，吃雪松子、一些草叶、浆果和干燥过的香菇。雪松子和干香菇都不是她自己搜集的，而且她也不会去储存食物，甚至是做过冬的准备。这一带为数众多的松鼠都替她准备好了。不过松鼠为冬天储藏食物就不稀奇了，在哪儿都一样，那是它们的天性。真正令我惊讶的，是每当阿纳丝塔夏弹一下手指，附近的松鼠就会争相抢着跳上她伸出的手，送她一颗剥好的松子；当她拍拍弯曲的膝盖或草地，它们还会发出一种叫声，像在互相通报，开始把干香菇和其他储藏的食物拖出来搬到她面前，而且做得非常开心——至少在我看来。我以为阿纳丝塔夏训练过它们，没想到她说它们这种行为可以说是天性，而且母松鼠会教小松鼠，示范给它们看。

"也许很早以前我的祖先训练过它们吧，不过更有可能，这本来就是它们的天性，因为每年冬天，每只松鼠储藏的粮食，都比自己吃得下的多出好几倍。"

至于"没有冬天穿的衣服怎么不会冻僵"这个问题，阿纳丝塔夏的回答是："难道你们那里没有不穿衣服就能对抗严寒的例子吗？"

于是我想起波尔菲里·伊万诺夫[③]的书。他不管多冷都只穿着底裤，光着脚丫。书里还写道，法西斯分子为了测试这名俄罗斯怪人的极限，在零下20摄氏度的气温下向他泼冷水，再让他光溜溜地被摩托车拖着跑。

阿纳丝塔夏的幼年时期不仅有母乳，还有其他动物的奶可以喝，它们自然地让她吸吮乳头。她也不在乎正式用餐这件事，从不坐下来好好吃东西，只是边走边随手摘下果子或嫩叶放进嘴里，然后继续做自己的事。

与她相处三天以后，我发现自己再也无法用一开始的眼光来看她，阿纳丝塔夏在我眼里俨然成了一种神奇的生物——不是野兽，她的智商太高了，还有她那惊人的记忆力……她从没忘记任何看过、听过的事。有时她的能力似乎超越一般人能理解的范围，而正是这种看法令她相当难过和沮丧。

我们知道的一些超能力者，老爱替自己蒙上神秘、独特的面纱。而阿纳丝塔夏总是不断地想要解释、想透露她那些能力背后的原理，证明它们或她并没有任何超自然之处，证明自己是人，一个女人，且不断要求我要记住这一点。我也尽力替这些不寻常的现象找出合理的解释，试着将这点谨记在心。

　　我们文明世界的人总是在为日常生活奔波，想办法填饱肚子、满足性欲，这些事阿纳丝塔夏却一概不需要处理。换作是利科夫家族，也照样得烦恼吃和住的问题。大自然帮助他们的程度没有到阿纳丝塔夏那样。其他远离文明的部落也没有这种与大自然的连接。阿纳丝塔夏认为这是因为他们的思想不够纯净，大自然和动物世界都能感觉到。

第七章　阿纳丝塔夏的光线

在森林里的这段时间，我觉得最神秘的现象是，阿纳丝塔夏可以看见远距离外的人以及那个人的状况。也许有这种能力的隐士不止她一个。

她是借由一种看不见的光线来做这件事的。她说每个人都有这种光线，只是自己不知道，所以才无法加以运用。

"人还没发明出自然中没有的东西。让电视得以运作的技术，就是在仿制这种光线，不过它只仿制出其中一点点可能性而已，既渺小又可怜。"

不过她怎么解释我都不相信有这种光线，毕竟看不到它。就算她示范的次数再多，提出多少合理的解释和证据，对我来说都不管用。直到有一次……

"说吧，弗拉狄米尔，你觉得什么是梦想？很多人都会有梦想吗？"

"我相信很多人都有梦想。对未来渴望的想象，就是梦想。"

"很好，也就是说你不否认人有模拟未来及各种情境的能力？"

"没错。"

"那什么是直觉呢？"

"直觉……大概是种感觉吧,让人不必知道接下来会发生什么事,也不需要有理由,就知道该采取什么行动。"

"所以你也不否认,每个人身上除了平常的分析思考外,还有别的东西在帮助自己和他人决定如何行动,对吗?"

"可以这么说。"

"太好了!"阿纳丝塔夏尖声说道,"好,接下来是梦。几乎每个人睡觉时都会做梦,它又是什么呢?"

"梦……呃,我不知道。梦就是梦啊。"

"好,好。梦就是梦。总之你不否认它的存在,对吧?你和所有人都知道,当一个人在睡梦中,身体几乎不受某部分意识的控制时,还能看到他人及正在发生的事情。"

"在我看来没人会去否认。"

"在梦里还能跟人交流、对话,对对方的感受心领神会?"

"是啊。"

"那么,你觉得人可以控制自己的梦吗?把想看的画面或事件调到梦里,像电视换频道那样。"

"我不认为有谁可以做得到。梦都是自己出现的。"

"你错了。人可以控制一切,人生来就能妥善运用这一切。"

"我所说的光就包含人拥有的信息、想法、直觉与内在感受,因此也包含梦境般的景象,由人通过意志有意识地控制。"

* * *

"怎么可能在梦里控制梦？"

"不是在梦里，是醒着的时候，就好像以绝对的精准度事先设定好。对你们来说，它是在睡梦中随机混乱地进行。人已经丧失了大部分的控制能力——控制自己及自然现象的能力，因此认为梦不过是疲惫的大脑产生的赘物。事实上，几乎全世界的人都……不然你愿意让我试试看吗？让我帮你看见远距离外的事物。"

"请便。"

"在草地上躺下来，放松，让你的身体只消耗一点点的能量。要尽量让自己觉得舒服，没有任何干扰。现在，想一个你最熟悉的人，比方说，你太太。回想她的习惯、走路的样子和衣着，还有你觉得她现在可能在什么地方。用你的想象力——描绘出来。"

我想起与我的前妻，我知道她现在可能在我们乡下的房子里。我细致地勾勒出屋子、屋里摆设的物品和四周环境等许多细节，不过啥也没看到。我把这些告诉阿纳丝塔夏，她说："因为你还没有进入像快睡着般那样彻底放松的状态。我来帮你，闭上眼睛，两手张开。"

随后我感觉到她的手指触碰了我的手指，便很快坠入梦乡，或者说，进入半梦半醒的状态……

我的前妻在我们乡下的房子里，她站在厨房里，平常穿的袍子外面还加了一件针织罩衫，表示屋内很冷，暖气又出了毛病。

我的前妻正在瓦斯炉上煮咖啡，旁边还有一个写着"狗狗专用"的锅子，不知道在煮什么。我前妻绷着脸，表情阴郁，动作迟缓。突然她抬起头，轻快地步向窗边，看着雨落下，微笑。咖啡溢出来了，她连忙抬起满溢咖啡的小壶，却没像平常一样皱眉或不高兴。然后她脱下罩衫……

这时我醒来。

"怎么样？有看到吗？"阿纳丝塔夏问。

"有啊，但说不定这只是一场普通的梦？"

"怎么会是普通的梦呢？你预计好要看到她的！"

"是这样没错，看也看到了，但怎么证明我梦到她的同时，她正好在厨房？"

"记住这一天、这一刻，弗拉狄米尔。若你想要证据，回家后问问她吧。你有发现和平常不太一样的地方吗？"

"没有。"

"你没看见她走到窗前面带微笑吗？她笑了，咖啡溢出来也没生气。"

"我有注意到这点。大概是从窗口看见了令她开心的事吧。"

"她只看见下雨了，她从来就不喜欢雨天啊。"

"那她到底为何而笑？"

"因为我也用我的光线看着你的前妻，温暖了她。"

"所以你的光线可以温暖她，那我的呢？我的太冷？"

"你只是出于好奇打量着她，没注入感情呀。"

"这么说来，你的光线还能温暖远距离的人？"

"是的。"

"还有别的吗？"

"可以接收和传递其些信息，还能让一个人的心情变好，同时能移除他的部分病痛。能做到的事还很多，看我当下的能量，还有我的感受、意志力及意愿的强度。"

"你可以看见未来吗？"

"当然！"

"过去呢？"

"过去和未来几乎是同一件事，只有外观上的不同，核心事物却永远保持不变。"

"怎么会？有什么是不会变的？"

"举例来说吧。1 000 年前的人所使用的日常用品和穿着，都和今日不同，但这并非核心事物。不论 1 000 年前还是今天，人都一样，拥有相同的情感，不受时间影响。"

"恐惧、喜悦、爱。想想智者雅罗斯拉夫、恐怖的伊凡或者法老王，他们爱一个女人就跟今天的你或其他人没什么两样，会产生完全相同的情感。"

"这倒挺有趣……所以呢？我不太懂。你说每个人都会有这种光线？"

　　"当然。直到今天，人依旧拥有情感和直觉，拥有梦想的能力、推测的能力、揣摩各种情境的能力，以及在睡觉时做梦的能力，只是这一切都太混乱了，不受控制。"

　　"也许这需要经过训练？可以多加练习？"

　　"可以练习。不过，弗拉狄米尔，要让光线受意志力控制还有一项先决条件。"

　　"什么条件？"

　　"你的思想必须是纯净的。还有，光线的强度取决于光明的感觉强度。"

　　"好啊！这下可清楚了……到底和思想纯净有什么关系？还有什么光明的感觉？"

　　"它们是光线的能量来源。"

　　"好了，阿纳丝塔夏，我没兴趣听下去了。再来你又会加上别的。"

　　"我已经告诉你精华的部分了。"

　　"是啊，但条件未免太多了。换个话题吧，说个简单一点儿的。"

＊＊＊

　　阿纳丝塔夏成天进入冥想状态，模拟过去、现在和未来各种可能在生活中发生的情境。

阿纳丝塔夏记忆力惊人。她模拟出来的，或用光线看到的人物及其内心的感受，都被她记得一清二楚；她还会模仿他们走路、说话，甚至是思考的方式，简直像一名非常有天分的演员。她搜罗了从古至今许多人的生命经验，再用这些经验推演出未来，借此帮助别人。她在遥远的距离之外帮助别人，透过她那看不见的光线。被她的光线触及而暗中获得指引、洞见与治疗的人，甚至不会意识到有这件事发生。

后来我才知道每个人都会散发这些肉眼看不见的光线，只不过强度各异。科学院院士阿基莫夫曾以特殊仪器拍下它们，并刊登在了 1996 年 5 月的《奇迹与探险》杂志上。可惜我们无法像她那样去使用。科学上将类似这种光线的现象称为"挠场"。

＊＊＊

阿纳丝塔夏的世界观独特且耐人寻味。

"阿纳丝塔夏，造物主是什么？他存在吗？若他存在，为何没人见过他？"

"造物主是星际间的心智，或者说智能。他并不是在单一的物质中，一半的他存在于宇宙的非物质层面，即所有能量的总和；另一半的他则化为粒子，遍布在地球和每个人的身上。而黑暗力量竭力想阻挡这些粒子。"

"依你所见，我们的社会即将面临些什么？"

"放长远来看——将来会意识到技术治理式的发展所形成的种种负面效应，会掀起回归原始起源的潮流。"

"你是说我们所有的科学家都很低能，正在把我们引进一条死路？"

"不，我的意思是他们正在加速这个进程，让我们更早意识到这是一条可能对地球造成伤害的道路。"

"所以我们造汽车、盖房子，通通是白忙活一场？"

"是的。"

"你一个人住这儿不无聊吗？阿纳丝塔夏，只有你一个人，没有电视，也没有电话。"

"你说的是多么落后的东西。人类从一开始就有了，只不过是以更完美的形式。这些我都有。"

"电视和电话？"

"电视是什么呢？只是一台为人类几乎萎缩掉的想象力所编造的故事提供画面和信号的机器。我靠自己的想象力就可以描绘任何故事和画面，创造最不可思议的情节，甚至让自己参与其中，影响剧情发展。哎呀，一定是我还表达得不够清楚，对不对？"

"电话呢？"

"人不用电话就能和另一个人交谈。只需要双方的意志力及意愿，还有，充分发挥的想象力。"

第八章　泰加林演唱会

我推荐她到莫斯科上电视。

"你想想看，阿纳丝塔夏，以你的美貌要当上世界名模绝对不成问题，你可以拍杂志、走Ｔ台。"

阿纳丝塔夏笑了起来。当下我明白她对世俗的事一点儿都不陌生，而且和全天下的女人一样，很乐意当个美女。

"最美的人是吧？"她重申这个部分，并像小孩般开始玩闹起来，她马上在林间空地昂首阔步，假装自己走在Ｔ台上。

她学模特儿走台步——两腿交替着落在另一只脚前面、展示假想服装的模样太好笑，我忍不住鼓掌加入这个游戏，同时宣布："各位亲爱的观众，请注意！现在要为您表演的，是位美丽动人、无法被超越的体操选手，绝世无双的大美人——阿纳丝塔夏！"

这台词把她逗得更乐了。她跑到空地中央，开始表演难以置信的空翻动作——先是前翻、后翻、左右各一次侧翻；接着往空中一跳，一只手抓住了树枝，荡了几下便把整个身体抛到另一棵树上；最后又翻了一个筋斗，在我的掌声中故作娇态地鞠躬。然后她跑出空地躲在浓密的树丛后方。阿纳丝塔夏笑着从那里偷看，仿佛在后台等不及我宣布下一次入场。

我想起一卷录像带，里面收录了好几位知名歌手的演出，都是我最爱的歌，有时我晚上会在舱房里播来看。想到这卷录像带以后，我也没有考虑阿纳丝塔夏是不是真的会模仿些什么，就大声宣布："亲爱的观众，接下来由当代最佳歌手，为您演唱他们最脍炙人口的歌曲。请！"

噢，没对她的能力有信心的我真是大错特错了。接下来的场面……绝对是我怎么也料想不到的。阿纳丝塔夏从她自制的后台仅跨出一步后，便以阿拉·普加乔娃的声音唱了起来。她不是在搞笑，故意学这位伟大歌手，也不是在模仿她的唱腔，而是不费吹灰之力地唱着，自由地流泻出她的歌声、她的旋律，以及她的情感。

更惊人的还在后头。阿纳丝塔夏着重几个字的音，加上自己的元素为曲子增添了一点儿小细节。如此一来，阿拉·普加乔娃的歌——我以为要超越她本人是不可能的——便多了一连串新的感受，画面也更鲜明。例如整场演出都相当精彩的这首歌里有一段：

> 从前有位艺术家
> 拥有一幢小屋
> 及满满的画布
> 偏偏爱上了一名

　　爱花的女伶

　　于是他变卖小屋

　　变卖所有的画与画布

　　再用全部钱财

　　买下一整片花海……

　　阿纳丝塔夏把重点放在"画布"。

　　她用令人震撼的声音唱出这个字眼。画布是艺术家最珍贵之物，没有它就无法创作，但他竟然为了所爱之人抛弃画布。后来唱到"列车将她载往远方"时，她表现出陷入情网的艺术家，目送着将爱人永远载离的火车驶去，那副痛苦、绝望与茫然失措的样子。

　　歌声结束时，我被眼前所见的一切惊呆了，以至于忘记拍手喝彩。阿纳丝塔夏鞠躬致谢，由于等不到我的掌声，她便更卖力地唱起新的曲子。她依次唱出带子里我最爱的歌曲，每一首我都听过好几遍，这些歌曲被她唱起来却更加生动传神。唱完最后一曲后，阿纳丝塔夏依旧没有听到掌声，便退到她的"后台"。我则继续在如此特殊的感官经验中沉默地坐了一会儿。太震撼了，最后我跳起来拍手大叫：

　　"太棒了，阿纳丝塔夏！安可！好啊！请所有歌手到台前来！"

　　阿纳丝塔夏小心翼翼地出来鞠了躬。我继续大喊：

"安可！好啊！"并跳着鼓掌。

她也开心起来，拍手大叫：

"安可——再来一次的意思吗？"

"对！再来一次，再来两次，再来更多次！你表现得太棒了，阿纳丝塔夏！比他们更好！你比我们的歌星还棒！"

然后我安静下来，仔细端详着阿纳丝塔夏。我在想她的灵魂一定是兼具了相当多重的面向，才能为已臻完美的歌曲增添这么多新的、优美的、丰富的色彩。

她也一声不吭，以沉默和询问的眼光看我。这时我问她：

"阿纳丝塔夏，你有自己的歌吗？你可以唱点自己的、我没听过的歌曲吗？"

"可以，但我的歌没有歌词。你会喜欢吗？"

"请唱你的歌吧。"

"好。"

于是她开口唱起自己那首与众不同的歌。

首先，阿纳丝塔夏宛如初生婴儿般啼叫，接着转为细柔、亲昵的声音。她站在树下，双手贴在胸口，低着头，仿佛在唱一首摇篮曲，用歌声抚慰着婴儿。歌声正轻柔地对他诉说些什么。这出奇纯净的声音，使得周遭的一切——包括虫鸣鸟叫——瞬间变得寂静。

其次，阿纳丝塔夏看起来像是因为婴儿苏醒过来而感到雀跃，声音充满欢乐。惊人的高音在地面涤荡过后直入云霄，似乎在对谁恳求，经过一番交战后，又轻抚过婴儿，将喜悦带往身边各个角落。

我也被这份喜悦之情感染了。当她唱完，我便开心地大叫：

"现在，我敬爱的女士们、先生们，各位亲爱的同志，一场空前绝后、独一无二的精彩节目，将由世界顶尖的驯兽师为您献上！最敏捷、最大胆、最迷人的，能驯服任何肉食性动物！看吧、颤抖吧！"

阿纳丝塔夏甚至兴奋地尖叫，她跳起来，手里打着节奏，大叫一声，吹响口哨。林间空地开始出现难以想象的画面：

首先出现的是母狼。它从灌木丛中跳出来，停留在空地边缘，困惑地扫视现场。一只只松鼠在周围的树林里穿梭，从一根树枝上跳到另一根树枝上。两只老鹰低空飞翔，还有某些小动物在树丛中沙沙作响地移动。接着传出枯枝断裂的声音——一头大熊扳开、踩躏着灌木丛，走向林间空地中央，在靠近阿纳丝塔夏的地方停住，一动也不动。母狼不满地咆哮，可见这头熊尚未受邀请就挨近阿纳丝塔夏了。

阿纳丝塔夏跑到熊的面前，调皮地拍拍它的鼻子，抓住它的两只前掌让它站立起来。她看起来没花什么力气，也就是说，熊是靠自己揣敲她的想法完成动作的。它动也不动地站在那儿，想知道接下来她要它做些什么。

阿纳丝塔夏助跑了几步跳上去，抓住熊的鬃毛双手倒立，再跳下来，在空中翻转一圈。然后她抓住熊的一只爪子，弯腰拖着它的身体，似乎要把它从肩上摔出去。这招要是不靠熊自己来，是不可能办到的，阿纳丝塔夏只是在做动作引导它。熊起先倒向阿纳丝塔夏，但在最后一刻靠地面上的爪子支撑住全身的重量，大概为了不伤到自己的主人或朋友，它做出了最大的努力。

在一旁的母狼越来越焦躁，开始来回不安地走动、咆哮。空地边缘又来了更多的狼。而正当阿纳丝塔夏再一次试着把熊"过肩摔"，使得它又倒向她的同时，熊侧身倒在一旁不动了。

烦躁到极点的母狼龇牙咧嘴地朝它扑过去。阿纳丝塔夏这时闪电般地挡住母狼的去路，它急忙刹住脚步，并随即翻滚了一圈，碰到阿纳丝塔夏的脚。她立刻一手按住乖乖趴在地上的母狼肩部，一手挥动，就像当初我没有经过她的允许想去抱她那样。

周围的森林出现骚动，飒飒作响起来，虽然不具威胁性，不过大大小小的动物都感受到了这份紧张的感觉，纷纷跳着、跑着、躲藏起来。阿纳丝塔夏开始平息这股骚动。她先摸一摸母狼，然后再像对狗一样，轻拍它一下，示意它离开。此时的熊仍像个动物标本似的，以不舒服的姿势侧身躺着，可能还在等候下一个指令。阿纳丝塔夏走过去扶它起来，搓搓它的鼻子，再用刚才对母狼的方式，示意它离开林间空地。

双颊通红的阿纳丝塔夏高兴地跑过来在我旁边坐下，先深吸一口气，再慢慢地吐气。我发现她的呼吸立刻就平顺下来，好像从没做过刚才那些惊人的举动。

"它们不会表演——也不需要会，因为这不见得是件好事。"阿纳丝塔夏说道，接着问，"怎么样？我表现得如何？可以在你们那边找到工作吗？"

"你很棒，阿纳丝塔夏，不过这些我们都有人在做了。马戏团里的驯兽师可以跟猛兽玩更多精彩的把戏。我们那里的圈子讲求文凭、规定，以及职场上的尔虞我诈，你打不进来的。你不熟悉这些东西。"

我们的游戏到最后，焦点变成：阿纳丝塔夏在文明的世界可以去哪儿找到工作，以及如何克服先天的条件限制。不过似乎没那么容易。因为阿纳丝塔夏既没有学历证明，也没有身份证件，能够展示的就只有她的能力；就算单凭这些能力获得青睐，只要一讲到她的出身和背景，马上就不会有人相信——尽管这些能力都很特别。

忽然间，阿纳丝塔夏严肃起来，开口说道："当然，我想再去一次莫斯科之类的大城市，亲眼确认你们的生活百态是不是跟我模拟的一样。比如，我还没有完全明白女性怎会受黑暗力量支配到这种地步，不知不觉用肉体魅惑着男人，因而无法做出真正的选择——选一个和自己心灵契合的对象。然后她们又为此受苦，无法创造出真正的家庭，因为……"

她又恢复一贯的风格，对两性、家庭和抚养小孩的话题发表精辟、独到的见解。而我暗自想着，她竟然可以如此细致地描述我们的生活百态，而且还精准无误——在我的所见所闻之中，就属这点印象最鲜明。

第九章 谁点亮一颗新星?

第二天晚上,我坚持让阿纳丝塔夏自己在我身边躺好,否则我就不去睡觉。我可不想身边又多出一头熊,或是有机会让她想出新花招来为我取暖。我心想,这下她在我旁边就没法再作怪了。我说:"你这样就叫作请人家来家里做客?连个建筑物也没有,也不让我生火,还叫一头熊来和我睡。如果你连个正常的房子都没有,就不应该邀请客人。"

"好,好,弗拉狄米尔,请你不要担心,也不要害怕,不会有坏事降临在你身上的。我就睡你旁边帮你取暖,好吗?"

她在洞里铺了更多的雪松细枝和整齐的干草,连洞壁上都塞了一些。

我脱下衣服,把毛衣和裤子垫在头底下当枕头,然后躺下,把外套盖在身上。雪松细枝散发出科普书上写的那种挥发性香气,净化着四周的空气——尽管泰加林的空气已经很新鲜了,呼吸起来十分顺畅。干草和花也隐约地传来幽香。

阿纳丝塔夏信守承诺,躺在我身边。她散发出的体香比我在任何一个女人身上闻到过的精致香水味都要迷人。她的体温也很舒服,像一团光圈包住她的身体。当我靠过去时,它也将我包裹了起来。我和阿纳丝塔夏就像待在一个看不到、但感觉得出形体的球或茧里面。也许是一种看不见的气场将我包围了起来。在阿纳丝塔夏旁边的感觉很舒适、很平静，但我已不再有第一天那种想占有她的念头。自从那天中途休息我想亲她却被恐惧袭击而失去知觉后，我的性欲就消失了，就算看到她的裸体也一样。

我的前妻一直未能替我生个儿子。我躺在那儿，想着这件事，想象我儿子如果是阿纳丝塔夏生出来的……这该有多好啊！她那么健康、强壮又漂亮，生下来的小孩一定也会很健康。他长得像我……当然也会像她，不过更像我。他将来会是一个坚强、聪明的人……懂得很多，很有天分，而且很快乐。

接着我想到我那小小的儿子吸吮着阿纳丝塔夏乳汁的画面，不知不觉就把手放在了她的乳房上。她的乳房既温暖又有弹性，我立刻浑身颤抖，一阵酥麻的感觉穿透我全身后立即消失。这阵颤抖源自愉悦，而非恐惧，我没有把手拿开，屏息静待即将发生的事。

我感觉到她柔软的手贴上我的手，没有把我推开。于是我微微抬起身，凝视阿纳丝塔夏美丽的脸庞，北方夜晚天空泛白的暮色使她看起来更加迷人，我无法将视线从她的脸庞上移开。

她湛蓝且带点灰褐色的双眼正温柔地注视着我，使我情不自禁地低下头去轻轻碰触并快速、小心地亲吻了一下她微微张开的嘴唇。又是一阵愉悦的酥麻感。她充满芳香的鼻息笼罩着我的脸，嘴巴没有像上次一样说着："别这样，冷静……"我也感觉不到一丝恐惧。我想要一个儿子的念头没有消失，直到阿纳丝塔夏温柔地抱住我，轻抚我的头发，将整个身体迎向我！

第二天一早醒来，我才深刻体会到，这辈子第一次经历了如此至高无上的满足和喜悦。

奇怪的是，通常我和女人共度良宵后会十分疲惫，但这次却完全不同，甚至感觉像经历了一场伟大的创造。不仅是肉体的满足，还有一种前所未见、无比美好的喜悦包围着我——光是这样就足够了，人生就值得了，我甚至一闪而过这样的想法。为什么以前连一次类似的经验都没有呢？明明也和形形色色的女人在一起过，其中不乏年轻貌美、可爱或经验丰富的类型。

阿纳丝塔夏是一个女孩，一个羞涩、温柔的女孩，但她却有着某种在我认识的其他女人身上找不到的东西。是什么呢？现在，她又在哪儿？我在舒适的洞穴里慢慢移动，凑到洞口探头出去，望向林间空地。

比起我夜宿的洞穴，林间空地在更低一点儿的位置，笼罩在半米高的晨雾之中。

阿纳丝塔夏就站在雾里，伸开双臂旋转，在四周托起一小片云朵。直到她全身都被这片云朵包围时，她轻轻一跳，像个芭蕾舞者，劈开双腿穿透云雾，在另一处轻盈地落下，又再一次旋转，笑着卷起新的云朵，而日出的光芒正透过这片云朵，轻柔地洒在她的身上。这一幕使我着迷、惊叹不已。我按捺不住内心的赞叹，激动地喊了起来：

"阿、纳、丝、塔、夏！早安！美丽的森林仙子，阿纳丝塔——夏啊啊啊！"

"早安，弗拉狄米尔！"她也拉高音调，兴高采烈地回应我。

"多么美好、多么美妙呀，现在！为什么、为什么会这样？"我用尽全力大喊。

阿纳丝塔夏展开双臂迎向太阳，发出她那迷人开怀的笑声，拉着长音高声回答我——以及上面的某个人：

"全宇宙只有人可以拥有这种感受哟！

"只有当一个男人和一个女人都真心想要拥有对方的小孩的时候！

"只有经历过这种感受的人才可以点亮天空中的一颗新星！

"只有想要创造、真心渴望创造的人才可以！

"谢、谢、你——"

然后她转过来，面对我一个人，加上最后一句："只有真心渴望创造，而不是为了满足性欲的人才可以。"接着又带着笑声，一跳劈开双腿，仿佛在空中飞越云雾。最后她跑过来跟我坐在夜宿地点的洞口，梳理着她的金发，将手指伸入发根再拨向发尾。

"所以你不认为性是一种罪？"我问。

阿纳丝塔夏停下来，诧异地看着我。"这和你们那里所说的性是同一件事吗？如果不是，怎样是比较有罪的呢？献出自己，让一个真正的人诞生，还是克制自己，不让一个真正的人诞生？"她说。

我想了一下。确实我们称之为"性"的东西，不足以形容我和阿纳丝塔夏所度过的亲密时光。那么当晚到底发生了什么事？要用什么字眼来形容呢？我再次问她：

"为什么我以前——我想其他人也是——连一点儿类似的经验都没有？"

"你知道吗？弗拉狄米尔，黑暗力量企图挑逗低级的肉体欲望，使人无法达到上天赐予的经验，并远离真相。它们用尽各种方式诱骗人们相信，只要得到性的慰藉就可以轻易获得满足。

"可怜的女性被蒙在鼓里，终其一生用错误的方式，寻找失去的恩典，得到的却只有痛苦。如果一个女人真的为了满足某个男人的性欲，主动献身，那就永远无法防止对方偷情——就算嫁给他也一样。他们在一起的日子不会幸福，他们的结合只是表象、谎言和一场互相欺瞒的骗局。

"噢，人类发明多少律法，硬要用这种人为的方法，巩固这样虚假的结合——宗教也好、法律也罢，都是没有用的。人们只是强迫自己合演这出戏码，屈服于它，并声称这样的结合具有合法效力。内在的想法却永远无法被改变，永远不受任何人或任何事物的控制。

"没有什么可以阻止一个人产生渴望——渴望追求他在直觉上感觉到美好、能带来巨大满足的事物。不管在什么时候、在什么情况下，人都会坚持追求这样的事物。

"在谎言底下结合是最可怕的。

"孩子们！弗拉狄米尔，你知道吗，孩子们！他们感受得到这种结合的不自然和不诚实，这会使他怀疑双亲说的每一句话。孩子们还在母亲肚子里时就能下意识地察觉出谎言了，这让他们感觉很难受。

"你说谁想当一时情欲的产物呢？只要是人，都想在创造的渴望所激起的浪潮中诞生，成为爱的产物，谁也不想只是一场肉体寻欢的结果。

"在谎言下结合的双方，日后将瞒着彼此，暗地里寻找真正的满足。

"他们将一个换一个，尝试不同的肉体，做出对不起自己身体的事情，同时心里明白，自己离真正的幸福也越来越远了。"

"等等，阿纳丝塔夏，"我说，"难道第一次只有性的男女就注定如此，没有转圜的余地吗？"

"有，方法我知道，可我上哪儿找出可以表达的语句呢？我在过去和未来里搜寻了好久，却一直找不到正确的语句。

会不会它们其实已经呼之欲出了呢？快了，就快出现了，新的语句即将诞生，能被心灵和头脑同时接受的新语句——能描述古老的原始起源真相的语句。"

"别急，阿纳丝塔夏。先用你既有的语句说说看。除了两个人的身体，要达到真正的满足，还需要什么？"

"觉察！共同创造的渴望，真挚以及纯洁的动机。"

"你怎么知道的？"

"不只我，维列斯、奎师那、佛陀等所有开悟的人，也知晓并传播过相同的真理。"

"你什么时候、你在哪儿读……你是如何知道他们的思想的？"

"我只是纯粹地知道他们说过什么、在想什么和要什么。"

"反正双方只有性行为，你觉得很糟？"

"糟透了，害世人远离真理又破坏家庭，浪费了这股巨大的能量。"

"那为何有这么多色情杂志和电影，全都是性感撩人的裸女，不就是大家都想看吗？岂不是说我们全人类都糟透了？"

"人类并不糟糕。但是黑暗力量遮蔽灵性、挑逗性欲的手法非常强大，造成了人类大量的灾难与痛苦。它们操纵女性，利用女性的美。女性的美，真实作用在于唤起与拥护男人灵魂内在的诗人、艺术家与创造者。为此，女性必须先是纯洁的，否则会用身体的美诱惑男人，成为徒具外表、内在空洞的花瓶，不仅欺骗了男人，也为自己带来终生痛苦。"

"所以？人类对于存在了几千年的黑暗力量始终无能为力？那么想必它的力量凌驾于人类之上，就算有你说的那些开悟的人，也无法与之对抗，不是吗？那么，真的有必要对抗它吗？"

"绝对有必要！"

"要靠谁？"

"女性！了解真相，了解自身天赋的女性。届时男人也会跟着改变的。"

"这很难吧，阿纳丝塔夏，哪个正常的男人可以在出差、度假、女友不在旁边时，拒绝得了美腿和胸部的诱惑呢？事情就是这样，没有人愿意改变，绝无例外。"

"可是我让你做到了。"

"你让我做到什么了？"

"你不会再有伤人害己的性行为了。"

一个可怕的念头如雷击般击中了我，昨夜的美好瞬间荡然无存："你，你做了什么？我，什么？……我，我现在……成了性无能了？"

"恰恰相反——你成为真正的男人了。你会对一般的性爱感到厌烦，它无法带给你昨晚经历过的美好感受。只有当一个爱你的女人同时和你一样渴望拥有对方的孩子时，你才可以再次经历这种感受。"

"爱我？但是这种条件……一辈子都难有几次啊！"

"相信我，弗拉狄米尔，那就够你幸福一辈子了。你会了解的……你以后会感觉得到的……"

"人们一再进入肉体关系，却不晓得真正的满足无法单从肉体中获得。当一对男女生命中各个层面都融合在一起，被光明的力量激发产生出创造的渴望，便能感受到极大的满足。造物者只赋予人类这种感受。它不会稍纵即逝，跟瞬间的肉体快感完全不同。它将长存于各个层面，不只为这个男人带来幸福，也能为按照造物者形象生育的女人带来幸福！"

阿纳丝塔夏说完想用手碰我，坐得离我更近一点儿。我立刻闪开，整个人缩进洞穴的角落里对她大吼："你给我走开，不要挡在那里！"

她站起来，我爬出洞口。站在我面前的她眼神毫无歉意，我倒退了几步，严厉地指责她："你剥夺了我生活的乐趣！这可能是我生命中最大的乐趣！大家都想尽办法得到它，只是没有大声说出来而已！"

"这种乐趣，只是幻象，弗拉狄米尔。我帮你摆脱了这种致命的、可怕的嗜好。"

"我才不管它是不是幻象，这是大家公认的乐子。别再自以为是地剥夺任何你自认为会让我致命的嗜好，害我从这离开后，变得不想再碰女人、大吃大喝和抽烟了！那不是大多数人的正常生活形态。"

"抽烟、喝酒，没来由地消化这么多动物的肉来伤身害体，到底有什么好处呢？有这么多美妙的植物是专为人类食用而生长的。"

"你爱吃植物自己去吃吧，少管我。我们就是有很多人喜欢抽烟、喝酒、好好大吃一顿。那是我们的风俗习惯，懂吗？我们的风俗习惯！"

"可是你说的每一样都不好，伤身害体。"

"不好？伤身害体？但我大多数的熟人、朋友都是这样子的。假如客人特地到我家来庆祝，围坐在桌边时，听到我说：'来，嗑个松子，吃点苹果吧。这里有白开水。还有，请不要吸烟。'——这样才叫作不好。"

"你们和朋友聚在一起，就是为了马上围坐在桌边，抽烟、喝酒，大吃一顿吗？"

"这不是重点，重点是全世界的人都这么做。有的国家还有传统的庆典食物，例如火鸡大餐。"

"你们那里不是每个人都这样的。"

"也许不是每一个人，但我生活在正常人之中。"

"为什么你觉得你身边的那些人，才是最正常的？"

"因为他们占了大多数。"

"这个理由不够充分。"

"对你来说不够，因为你没有办法反驳。"

我对阿纳丝塔夏的怒气渐消。现在我脑子里搜寻的是听过哪些药物及主治性功能的医师。若她已经对我造成伤害，我想至少医生会有能力帮我复原。"好吧，阿纳丝塔夏，让我们言归于好吧，我不生你的气了。谢谢你给了我一个美好的夜晚，只是希望你别再擅自帮我戒掉任何习惯。我可以靠现代医学治好我的性功能障碍，我们有医生和治疗的处方。走，去游泳吧！"

我走向湖边，沿途欣赏森林中美丽的晨间景色。正当我的好心情恢复得差不多时，天哪，她又来了！她紧跟在我后面，说："你们的医生和他的处方是帮不了你的。如果他们真要帮你复原，他们得从你记忆里抹去发生过的一切和你经历过的感受。"

真是令人傻眼，我停下来说："那你来帮我恢复。"

"我也不行。"

我的怒气和恐惧又再次高涨："你，你……你还敢说！你一手毁了我的人生！你可以对我做卑鄙的事却不能帮我复原？"

"我没有做卑鄙的事。你这么想要一个儿子，可是好些年过去了，你生命中的女人都不能替你生一个。我也想生一个你的孩子，一个男孩子，我可以的……这对你难道不是一件好事吗？为什么你要先往坏处想呢？也许你以后会明白的……请你不要怕我好吗？弗拉狄米尔，我绝对没有想要干涉你的心理状态，这一切都是自然发生的。可以说是因为你想要它发生才发生的，你得到你想要的了。"

"不过，我仍急于帮你摆脱另一个致命的恶习。"

"什么东西？"

"高傲。"

"你真的很奇怪，你的思想和你过的生活毫无人性。"

"为什么这么说，我哪里失去人性了，让你如此害怕？"

"你自己一个人住在森林里，在这里和植物还有野兽沟通。我们那里没有人像你这个样子，告诉你，连一点儿类似的也没有。"

"怎么会，弗拉狄米尔，为什么你这样说？"阿纳丝塔夏有点儿慌了，"那小农呢，小农也会和动植物沟通啊，虽然还不是那么有意识，但他们很快就会了解。已经有很多人开始意识到了。"

"哇，你还是个小农呢！你的光线又怎么说。还有你不看书却知道很多事，就是在装神弄鬼。"

"这些全都可以解释的，弗拉狄米尔，只是我现在没办法一下子全部解释给你听。我一直试着要这么做，可是好像一直没找到正确的、可以让你理解的说法。请你一定要相信我，我所做的一切都是来自于人的本能。那是人一开始就被赋予的能力。自原始起源流传下来的，我做得到的事情，每一个人都能做得到。所有人迟早都会回归到原始起源的状态。这会循序渐进地发生，等光明力量获胜，所有人都会，一点一滴地，回到最初的源头。"

"那你的演唱会要怎么说？你唱了我最爱的歌手的歌，模仿她们的声音，而且顺序还和录像带一模一样。"

"是这样的，那卷录像带我有看过一次。这件事我稍后再和你说。"

"你一次就把所有的歌词和旋律记下来了？"

"是啊，很难吗？有什么好奇怪的吗？我在说什么呀！我实在太爱表现了！我吓到你了！我真是语无伦次又不懂得节制，我祖父就这样说过我。我以为他是因为爱我才这样说的，但看来我真是一个不懂节制的人。拜托……弗拉狄米尔……"

阿纳丝塔夏焦急的口吻听起来又像个普通人，可能是因为这样，我不再觉得害怕。现在我关心的是我的儿子。

"好啦，我已经不怕了……只是请你克制一点儿，就像你祖父说的。"

"是啊，祖父他……哎呀，我怎么老是说个不停呢？好想把全部的事都告诉你，我话太多了对不对？我会努力，努力克制我自己，只说让人听得懂的话。"

"你就要生了不是吗，阿纳丝塔夏？"

"当然！只是时机不对。"

"时机不对是什么意思？"

"应该要在夏天，大自然能帮忙的时候。"

"既然这对你和孩子来说太冒险，为什么你还选择这么做？"

"别担心，至少孩子会活下去。"

"那你呢？"

"我会试着撑到春天，春天一到，一切就恢复正常了。"阿纳丝塔夏对自己的生死不带感伤或惧怕地说着，然后跑开，跳进湖水里。溅起的水花在阳光中闪闪发光，像烟花般点点坠落在清澈如镜的湖面上。30秒后她慢慢浮出水面，脸上带着微笑，双手展开，手心朝上漂浮着。

我站在岸边看着她，不禁想道："她和小婴儿躺在其中一个藏匿处的期间，松鼠能听得到她弹手指吗？会有哪个四脚朋友来帮她吗？她的体温能给小婴儿温暖吗？"

"要是我的身体变冷了，宝宝没有东西吃就会开始哭。"阿纳丝塔夏从水里出来悄声地说，"他的哭闹声将唤醒初春乍到的大自然，或其中的一小部分来喂养他。到时一切都会变好，不会有问题的。"

"你读了我的心？"

"不，我猜你正在想这件事。你会这样想很自然。"

"阿纳丝塔夏，你说你的亲人住在附近，他们能过来帮你吗？"

"他们都很忙，不该让他们放下手中的事。"

"他们在忙什么？你呢？阿纳丝塔夏，要是基本上都是大自然在替你服务，你一整天都在干吗？"

"我都在……我都在想办法帮助你们所谓的园艺爱好者或夏屋小农。"

第十章　她最爱的夏屋小农

阿纳丝塔夏开始兴奋地说起和植物交流的人将开启多少又多少的可能性。总归一句，有两个话题，她说起来特别兴奋与着迷，简直对它们热爱到了极点，那就是"抚养小孩"与"夏屋小农"④。要是把她大力推崇夏屋小农的话都写出来，恐怕大家看了都得向她俯首称臣了。她说这些小农拯救全民免于饥荒，在人们心中撒下善良的种子，养育着未来世代等，族繁不及备载，这些都可以另外再写一本书了。她还不断举例说明，企图加以佐证来支持自己的论点，像是：

"知道吗，接触夏屋⑤的植物可以让你今天所居住的这个社会了解到许多事情。没错，就是园子里每一株植物你都认识的那个夏屋，不像其他农地，只有怪物般的无情器具在上面爬行。很多小农在自己的夏屋工作，因为身心舒畅，反而变得更长寿，心地也更加善良。就是这些小农能够帮助整个社会意识到，技术治理式的发展所形成的致命伤害。"

"阿纳丝塔夏，这些是不是真的，现在不重要。我只想知道这和你有什么关系，你要怎么帮忙？"

她拉着我的手到草地上躺下。我们一起躺着，手心朝上。

"闭上眼睛，放松，想象我说的。现在我要用我的光线找到一个你们所谓的夏屋小农。"接着她安静了一会儿，才轻声地说："有一位老妇人正翻开一块浸泡着黄瓜种子的纱布。种子已经发芽了，可以看得到一点儿芽尖。她拿起其中的一粒种子，我刚刚暗示她不能把种子这样泡着，移植的时候会变形，而且这种水会让种子生病。她觉得自己忽然想到这点——这也没错，我只是帮点小忙而已。接下来她就会跟其他人分享自己的新发现。小事就这样完成了。"

阿纳丝塔夏说她经常在意识里模拟各种工作中或休息中的状态，以及人和人之间，或人和植物之间互动时可能产生的情况。一旦够逼真，就能连接到真的人。她可以看见他、知道他的烦恼和感觉，仿佛自己进入他的形象将知识分享给他。阿纳丝塔夏还说植物会对人产生反应，可以爱一个人也可以恨一个人，因此会对这个人的健康造成正面或负面的影响：

"这方面我还有很多工作要做。我常在夏屋园子里打转，小农到他们夏屋探视作物就像探视自己的孩子一样，可惜只是出于直觉的反应，他们还没有清楚地意识到这层关系背后真正的意义。

"地球上的一切——每一株小草、每一种昆虫——都是为人类创造的，它们有各自的使命要来为人服务，种类如此繁多的药草就是最佳的证明，但你们那里的人不太知道如何充分地利用它们。"

　　我请阿纳丝塔夏举一些可以被亲眼证实或通过科学检验的例子，好具体说明与植物有意识地交流所带来的好处。她想了一下，眼神突然亮了起来："小农！我最爱的小农！他们会证明一切，他们会的！你们的科学要伤脑筋了！我之前怎么都没想到，我怎么会不懂呢？"某个灵光乍现的点子让她整个人显得异常兴奋。

　　我几乎没看过阿纳丝塔夏有情绪低落的状态，有时她的确会变得严肃，全神贯注地思考一件事，但她更常因为某件事而开心。这次她高兴得跳起来拍手，我觉得整个森林都跟着亮起来，用树梢传来树叶抖擞的声音和鸟儿的歌唱来回应她。

　　她跳舞般旋转起来，神采奕奕地回到我旁边，说："大家会相信的！这全要归功于我亲爱的小农，他们会向你证实和说明一切。"

　　我赶紧打断她，试着把她拉回原来的话题："这倒没必要。你说昆虫都是为了服务人类而创造的，但当餐桌上有恶心的蟑螂在爬时，你要大家如何相信它们也是为了服务人类而创造的呢？"

　　"蟑螂，"阿纳丝塔夏回答，"只会爬上肮脏的桌子，为了搜集人眼看不到且开始腐败的食物残渣，它们分解食物残渣，再把无害的残余部分转移到不起眼的地方。如果它们数量太多，放一只青蛙进屋子里，多余的蟑螂就会立刻跑掉。"

　　接下来阿纳丝塔夏向小农提出的建议，大概有违植物学的理论，而且绝对和一般农业的种植与培育技术互相抵牾。不过她主张的角度确实十分宏观，因此我认为有的人不妨试试看，不一定要整片地都使用她的方式，也许一小块，反正有好无坏。而且生物学家普罗霍罗夫已经有实验证实她大部分的说法是正确的。

第十一章　阿纳丝塔夏的建议

种子——医生

阿纳丝塔夏表示：

"你种下的每一颗种子都含有大量宇宙的信息，其数量之多与准确性之高，没有任何人为提供的数据可以与之相提并论。种子利用这些信息，可以分毫不差地知道自己何时该苏醒与萌芽，知道如何从大地汲取何种汁液，如何运用日月星辰的光，如何生长及结出何种果实。

"果实是为了维持人类的生命能量而生长的。这些果实能抵御和战胜人体的任何疾病，比现在或将来的人工药物更有效。为了达成这个目的，种子需要知道一个人的身体状况，才能在果实成熟的过程中调配出必要的成分比例，特别为这个人治疗他现有或潜在的疾病。"

要让菜园里的西红柿、黄瓜或任意一种作物的种子知道一个人身体的健康状况，需要做到下面几件事：

播种前先将一粒或数粒种子放进舌头下面含住，至少9分钟。

再将它们吐出放置于掌心中，用双手包住大约30秒。

将它们包在手里的时候必须赤脚站在即将要播种的土

地上。

接下来张开手，将它们小心翼翼地捧在手心抬高，对着嘴巴，向它们呼气。被你呼出的气温暖的小种子就会知道你体内的状况。

最后手打开捧着它们朝向天空 30 秒，将种子呈献给天体。种子将会决定向上伸展的那一刻，所有星星都会帮它！而星星也会帮你把幼苗所需的光送到它们身上。

然后你就可以把它们种在土里了。千万不要马上浇水，以免洗掉你沾在种子上的唾液和身体信息，种子需要将这些吸收进去。三天后再浇水就可以了。

每种蔬菜要在适合的日子（这个我们已经有阴历可以参考）播种。提早播种但没有浇水，会比过时节才种下去好得多。

种子冒芽的地方，周围的杂草不应该全部清除干净，每一种至少要留下一株。杂草可以割下来……

据阿纳丝塔夏所称，如此一来，种子就会把一个人的信息储存起来，并在果实成长的过程中汲取来自宇宙和大地所有必要的能量。而杂草之所以不该全部去除是因为它们有各自的功用在，有些能保护你的作物不会染病，有些能为之提供额外的信息。另外，一定要在作物成长的过程中和它交流——在它生长的期间接近它并且碰触它——至少一次，并且最好是选在满月的日子。

阿纳丝塔夏说这样的种子所结出的果实，给种植它的人食用，绝对能治好体内任何一种疾病，降低器官老化程度，戒除不良的嗜好，使智力倍增，并带来内心的祥和与平静。在采收的三天内食用最有效。

以上步骤要对菜园里不同的作物分别实行。

但不必将整个畦床的黄瓜、西红柿等作物都用这种方式种植，只要几株就够了。

用这种方式培养出来的果实和同品种的其他果实味道不同，若真的拿去化验，也会发现它们的成分不大一样。

要移植幼苗时，先在准备好的坑里用双手和脚趾松土，然后朝坑里吐口水。"为什么要用脚呢？"阿纳丝塔夏解释说人会透过脚汗分泌出带有体内疾病信息的物质（大概是毒素），种苗接收后会将信息传送给能对抗疾病的果实。她建议要时常赤脚在园子里走动。

"有没有一定要种的作物呢？"阿纳丝塔夏说：

"一般人在园子普遍种植的植物就绰绰有余了：悬钩子、醋栗、黑加仑、黄瓜、西红柿、草莓或任何一种苹果。如果有花以及甜樱桃或酸樱桃就更棒了，数量和种植面积大小并不重要。

"另外若缺少某些植物就很难调节出完整的微气候能量，像是：向日葵（至少要一株）；一点五平方米至二平方米的面积用来种植谷物也很重要，如小麦、黑麦；至少要保留二平方米的野草区域——这块区域不能由人工培育，必须是野生的。若你的园子已没有各种野草生长，你就得到森林里带回一块草皮来重新创造出这块区域。"

我问阿纳丝塔夏，如果园地篱笆外不远处就有各式各样的野草，是否还需要亲自在园子里种植这几种她认为必要的植物，她这样回答：

"不只是植物的多样性，种植它们的方式、与它们亲自交流也很重要，这样植物才能吸收饱满的信息。我已经告诉你其中的一种方式，也是最基本的一个原则。关键在于，让周围的自然环境充满你的信息，这样你才能不单靠果实，获取更多疗愈且滋补你的生命能量。荒野里——你经常这样称呼，但它其实不是荒野，只是你们不熟悉罢了——有各种植物可以用来治疗所有的疾病，这些植物就是为此而创造的，只是人类遗失了或几乎遗失了辨识它们的能力。"

我告诉阿纳丝塔夏我们也有专售草药的药店，还有许多医生和心灵治疗师有使用草药治疗的本领，她回答我：

"最好的医生就是你的身体。你的身体从一开始就知道什么时候需要用什么样的草药，知道你该如何进食与呼吸。它甚至能在疾病形成前就加以预防。没有人能取代你的身体，因为这是上天只为尔，特别赐给你的身体。我现在是在告诉你如何让你的身体有机会为你带来好处。

"当你和园地里的植物建立连接后，植物们就会主动治疗你、照顾你。它们会主动替你做出诊断，并为你量身打造最好的特效药。"

蜜蜂蜇谁

每块园地至少要有一窝蜜蜂。

我告诉阿纳丝塔夏我们只有少数人有办法饲养蜜蜂。大家还为了这个去学专门的培训课程，但参加过培训的人也不见得就能做得很好。她却说：

"你们为饲育蜜蜂所做的事，其实有很多是在妨碍它们的生活。近千年来，世上只有两个人对这种独特生命体的认识比较完整。"

"谁？"

"两位被尊为圣人的僧人。你们可以从修道院的藏书中读到他们的资料。"

"你，阿纳丝塔夏，阅读教会的典籍？在哪儿？什么时候？你根本连一本书也没有啊。"

"我可以用另一种比较完整无误的方式取得信息。"

"啊？你又在说让人听不懂的话了。你保证过不再故弄玄虚或装神弄鬼的。"

"我会解释给你听的，也可以试着教你。你可能不会马上理解，不过这其实很简单，也很自然。"

"好吧，但先告诉我要如何在园子里养蜜蜂呢？"

"只要帮它们造一个类似于自然条件下的蜂巢就行了。之后的工作就只有提取一部分蜜蜂制造的蜜、蜡及其他对人有用的物质。"

"阿纳丝塔夏，这一点儿都不简单。谁知道自然的蜂巢该怎么弄啊？你得说一下怎么用我们现有的材料制作，这才比较实际。"

"好，"她笑了，"那你要稍等了。我得照你说的模拟一下现代人手边有些什么东西。"

"还有要放在哪里才不会有碍观瞻？"我补充说道。

"这个我也试试看。"

她在草地上躺下来，就像之前每次开始要模拟她的——应该说是我们的——生活百态那样，这次我在旁边很仔细地观察她。阿纳丝塔夏躺在草地上，双手往两边伸开，掌心朝上。她的手指微微弯曲，指尖——或者说两边各四只手指的指腹——同样朝上。

一开始她的手指轻微地抽动着，然后停止。

她闭着眼睛，身体完全放松，脸部表情也是，接着她的脸隐约掠过某种感受或知觉。

事后她又说明，在某种特定教育下长大的人，可以发展出远距离观看的能力。

至于蜂巢，阿纳丝塔夏说：

"要弄一段中空原木。可以拿一段原本就有洞的原木，把洞拓宽并加深，或是用落叶乔木的木板拼接成筒状。木板的厚度不能薄于 6 厘米，内部容积的长宽至少要 40×40 厘米，深度至少要 120 厘米；木板内侧接合处装上三角柱形的木条，让它们呈圆角，也可以稍微将它们粘起来（木条），以后蜜蜂自己就会把它们固定住。两端的开口可以用同样厚度的木板封起来，一端封死，另一端可以打开。 要让这一块木板可以打开，木板裁切的大小需要依据先放入草或布后可以刚好塞进去的尺寸。沿着其中一个木板拼接处的边缘，开出宽度约 1.5 厘米的长条缝。这一整条或分成几段的长条缝，要在距离开口处的那一端 30 厘米的地方终止。这样，中空原木筒就可以架设在园中某处。

"原木筒必须离地面 20 厘米或 25 厘米以上。长条缝朝南。最好架设在屋檐下，这样蜜蜂飞出来时，才不会有人因挡道而被蜜蜂缠上。

"原木筒必须倾斜 20 度角到 30 度角。开口的那一端朝下。

"可以把它放在阁楼，但要确保那里通风良好。屋子朝南面的屋檐下或屋顶上是最好的位置，只要有方法可以上去取出原木筒里一部分沾满蜂蜜的蜂巢就好。原木筒正上方要有棚子遮阳。它要立在平面上。冬天可以为蜂巢保暖。"

我提醒阿纳丝塔夏这样原木筒会很重，而且加上遮棚和平台会破坏房子的外观。问她该怎么办才好？结果她有点惊讶地看着我说：

"这么做的理由，主要在于你们养蜂人的动作不完全正确。祖父有和我说过，现代养蜂人发明出各种蜂巢结构，但每一种都受到人类持续性的干扰：移动有蜂巢的巢框，并在冬天把蜂巢连同蜜蜂移到别的地方，是不能这么做的。

"蜜蜂壁垒按照严格规定的距离建立各自的蜂房，其中包含有完整的通风及防御系统，任何干扰都会破坏这个系统。它们必须修复被破坏的部分，因而不得不停止采蜜和养育幼蜂的工作。

"在自然的条件下，蜜蜂住在树洞里，足以应对所有的状况，一切都不成问题。我已经告诉你如何用最接近自然的方法饲养它们。有它们在很棒，它们不仅授粉率高，还可以增加收成，这个你们已经很清楚了。

"不过你们可能还不知道的是，蜜蜂会用伸长的口器打开植物的气孔，让星星所反射的能量进入植物内部，额外补充植物所需要的——也等于是人需要的——信息。

"但是蜜蜂会蜇人啊，要一直提防，担惊受怕，叫人如何在夏屋里好好休息呢？"

"如果人的动作对它们有侵略性，比如手挥来挥去，让它们产生恐惧，或者不是针对蜜蜂，而是对他人也有侵略性的想法时，它们就会蜇人。它们感受得到，不允许有任何黑暗的情绪所放出的射线存在。它们还可能蜇在人体通向某个染病器官的神经末梢，当这个器官的保护膜破裂了或有其他损伤的时候。

"你们知道蜜蜂对你们所说的脊神经根炎有很好的治疗效果，实际上它们还有非常多的功效。

"如果我把蜜蜂的事全都告诉你，还像你要求的那样每个都提供证明，恐怕你要在这里待上好几个礼拜，而不是几天了。你们已经在探讨如何饲养蜜蜂了，我只是针对你们所知道的提出一些修正——请相信我，这些修正非常重要。用这种蜂巢很容易就饲养一窝蜜蜂。在把蜂群引入蜂巢之前，先放一点蜂蜡和蜜源植物在里面，不用放自制的巢框、巢础了。之后当蜂群在临近几座园地里活动时，自然就会繁殖，蜂拥而至占领空的原木。"

"那要怎么取出蜂蜜？"

"打开底端的盖子，将悬挂着的蜂巢折下一部分，取出密封在其中的蜜和花粉。别贪心哦，留一些给蜜蜂过冬，而且头一年最好完全不取蜜。"

早晨你好！

阿纳丝塔夏把她的晨间巡礼改在夏屋园子的地板上：

"早晨，最好在日出时，赤脚走进园子里，凭感觉走到想接近的植物前。可以摸一摸、动一动它们，一切随心所欲，不必程式化，变成每天重复的刻板动作。不过要在梳洗之前进行，这样植物就能嗅到你身体在睡觉时从皮肤分泌出的物质。要是天气暖和，旁边有块小草地——最好有这样的草地，躺在上面伸展几分钟。如果这时有小昆虫爬到你身上，不要赶走它。很多小昆虫会打开你的毛孔清理一番。通常体内各种疾病的毒素会从毛孔排到体表，好让你把它们洗掉。如果园子里有流经的水域，你可以跳进去；如果没有，就往身上淋水——这时要赤脚站在畦床和植物附近，在几个畦床之间更好，或是一天早上在悬钩子丛旁边，隔天在醋栗丛旁边……淋完水不要马上擦干，手抖一抖，把水甩向周围的植物，身上每个部位的水也都用手抹掉。之后就可以照平常的方式，用你习惯的先浴器具盥洗了。"

晚上需要做的

"晚上睡前要用加了一些（几滴）滨藜或荨麻汁液的水洗脚，可以两样都加，但不要加肥皂或清洁液。洗过脚的水倒进畦床里。在这之后有需要可以再用肥皂洗脚。晚上这个步骤非常重要，原因有二：身体透过脚汗把体内的疾病赶出来，所以必须清洁毛孔，把表面的毒素洗掉。滨藜和荨麻清洁毛孔这方面的效果很好。把洗脚水倒进畦床里则可以向微生物和植物补充你当天的生理信息，这点也很重要。将这些信息吸收进去后，你身边有形与无形的世界才能从宇宙和大地中，为你的身体挑选出正常运作所需的能量。"

它自己会打理一切

饮食方面她会怎么建议我也很感兴趣，因为她自己的方式非常特别：

"阿纳丝塔夏，和我说说你认为人应该如何进食吧——该吃什么、什么时候吃、一天几次和需要多少分量。我们很关注这个问题，书店里有很多食疗和减肥建议菜单的书。"

"在一个技术治理的世界中，很难想象人可以拥有不同的生活方式。黑暗力量一直在利用它们累赘的人工系统，企图取代一开始就被赋予人类的自然机制，这种人工系统违反了人类的自然天性。"

我请阿纳丝塔夏说得简单、具体一点，不要搞什么哲学。于是她说：

"你知道吗，你的这些应该吃什么、什么时候吃、吃多少的问题，没有谁的答案，可以比每个人自己的身体回答得更好。

"感到饥饿和口渴是给我们的信号，告诉我们该进食了。这才是最适合的时候，每个人都不一样。技术治理的世界无法确保在不同时刻满足每个人身体饥渴的需求，在无助的情况下，驱使人进入一个样板化的模式，并给它一个正当化的理由。

"想象一个人坐了半天，几乎没有消耗能量；另一个人从事体力劳动或因跑步而满身大汗，消耗了十倍能量。这两个人却必须同时吃饭。

"人该在身体提出建议的时候去进食，除此之外，不该听从别的建议。我知道以你们的情况真的很难做到，但住在自家菜园旁边的人就有机会。他们应该好好利用这个机会，排除违反自然、人为的干涉和规范。

"我可以依次类推，继续回答你该吃什么的问题，答案是：当下身边有的东西。身体自己会选择它所需要的。我还有个另类的建议：假如你家有动物（例如猫或狗），仔细观察它们。它们会时不时地从草丛里挑出某种草来吃，你也应该拔些同样的草加进你要吃的食物里。不用每天，一个礼拜一两次就够了。

"也应该自己收割谷物，将它们脱粒、研磨成粉，然后做成面包，这相当重要。一个人一年只要吃一两次这种面包就足以产生许多能量来活化自己的精神力量。不只对身体有正面的影响，心灵也会获得平静。如果你真心诚意地把这种面包送给亲朋好友，对他们也会有很好的影响。

"每年夏季至少有一次是连续三天都只吃自家园子里长出来的蔬果的，再配上面包、葵花油和少量的盐——光是这样就对人体的健康非常有帮助了。"

我前面已经提过阿纳丝塔夏是如何进食的，就连她在讲这些的时候，也会不自觉地拔起一片草叶嚼起来，同时也拔一片给我。我决定试吃看看，嗯，没什么特别的味道，但也不难吃就是了。

阿纳丝塔夏似乎把整个进食、补充她身体能量的事情都托付给大自然了，从没让这些事情打断她思考别的问题。同时她的健康也和她美丽的外表密不可分。

阿纳丝塔夏说，和自己园子里的土地和植物建立连接的人，将能避免所有疾病。疾病本身即代表一个人脱离了原本保护他身体健康、支持他生命能量的自然机制。这些自然机制和任何疾病对抗都不成问题，因为这就是它们存在的意义。而在自己小小的自然世界里，建立这种信息交换的人能获得的好处，远非仅有对抗疾病。

第十二章　在你的星星下入眠

前面说过，阿纳丝塔夏只要一讲到植物、与植物交流的人就会话题不断，热情洋溢。我以为像她这样住在大自然里，只会对大自然有研究，没想到她对星体也有所认识。她似乎感觉得到宇宙天体的能量。你们可自行评断，关于睡在星空下的事，她是这样说的：

"当植物接收到一个特定的人的信息后，便开始跟宇宙交换信息，不过植物只是中间的媒介，执行的任务有限，只涉及肉体跟部分心灵层面的影响。植物从不触及只有人脑及人类生活层面才有的复杂程序，这个星球上没有除人类外的其他动植物有这种复杂的系统。然而，植物建立的信息交换能促使人类发挥其独有的一项能力——使用宇宙智能，或者说得准确些——和宇宙智能通信。简单几个步骤就能进行，并且感受到它的效用。"

阿纳丝塔夏的详细说明如下：

选一个天气状况允许的夜晚露宿在星空下。

把你的床位铺设在悬钩子、醋栗丛或谷类作物的旁边。

躺下来面对天空的同时先不要闭上眼睛。让意念随着眼神，在星星间游移，不要费心、太用力地去想它们，让你的意识保持轻盈、自由。

　　然后试着想想那几颗最明亮的星星。想想珍藏在你心中美好的事物，以及与你亲近的人、想祝福的人。

　　这时千万不要想着报复、诅咒谁，因为这可能会在你身上招致不好的结果。

　　这个简单的做法会活化你脑中许多沉睡的细胞，其中绝大多数甚至在人的一生中都不曾有机会醒来。

　　宇宙的力量将与你同在，协助你实现最璀璨、最不可思议的梦想，你的内心将获得平静，并和亲近的人维持良好的关系，同时增加或者获得他们对你的爱。

　　多做几次很有用。它的作用，在你长期接触植物的地方，还有在你一早起来的时候，都能感觉到。每年生日前夕做这件事尤其重要。现在解释它如何产生作用会解释很久，而且也不是重点，有些你不会相信，有些你不会理解。跟亲身尝试、体会到效益的人解释，会快速且容易得多，因为人在接收并证实信息后，领悟力就会增强。

第十三章 星辰之女

在阿纳丝塔夏那里的一个晚上，我碰巧有机会见证了她跟星星的交流。

那天傍晚，阿纳丝塔夏说：

"弗拉狄米尔，今晚对我来说有特殊意义。我不能睡在你身边了。但是别担心，我可以叫一只母狼来，让它守在洞口护你安睡。"

我一点儿也不想独自睡在洞里。洞口不能关闭，任何野兽都可以进来攻击一个熟睡的人。虽然野兽们会保护阿纳丝塔夏，可只留我一个人的时候，它们未必会喜欢我。也许它们不会对我做什么，但是担惊受怕也会让我睡不着觉。于是我问：

"阿纳丝塔夏，你今晚要上哪儿去？"

"我会在湖水里，弗拉狄米尔。"

"你要去游泳啊。你一定要今晚去游泳吗？"

"是的，弗拉狄米尔，这样的夜晚一年只有一次，我不想错过。"

我没有继续追问她为什么今晚一定要泡在湖里，比起这个，我更担心自己的安危。于是我提议：

"我和你一起去湖边吧。你游你的，我就坐在岸边。"

"好吧，弗拉狄米尔。只是你得穿暖和一点儿，我们带上些干草，如果你想睡就可以躺在上面睡。"

我们就这样做了。夜幕降临后，我躺在干草堆上，观察着接下来发生的一切。

这是个温暖而无风的夜晚。没有树梢摇曳的声音，听不到草地里的虫鸣，也没有森林动物们夜间活动的沙沙声。万里无云的夜空中，点点繁星异常闪亮。

阿纳丝塔夏站在湖边，静静地看着犹如镜子般反射出大大小小星光的湖面。接着她褪去连衣裙，赤身走进湖里。她跪在水中待了一阵子，然后坐下来用手掌轻抚水面，接着突然潜入洒满星光的水中。她小心翼翼地下潜，尽量不搅动湖水。浮出水面后，她沿着湖缓慢地绕着圈儿游。她不断地缩小着圆圈的直径，直到来到湖的正中心。这时她翻过身躺在水面上，双手向两边伸展，面朝天空。

天上的星光倒映在湖面上，她的四面八方，上上下下都环绕着星体，使她看起来就像躺在太空的中央，成为星光家族中的一部分。

湖里的水轻柔地荡漾，泛着不易察觉的五彩的光。整座星湖和周围的空间如同被施了魔法一样迷人，我什么也没想就睡着了。

黎明时分醒来，湖里不再有星光闪耀，阿纳丝塔夏穿着她的连衣裙坐在我旁边，双手抱着膝盖，头枕在上面，一动不动。

虽然还很早，但我已经睡不着了。我想知道她为什么做这种奇怪的夜间活动。

我挪到阿纳丝塔夏身边，一边摩挲着她的手，一边说：

"阿纳丝塔夏，我有话想对你说，希望你不要介意。"

"说吧，弗拉狄米尔，我不介意。"

"今晚的湖水实在太美了。我此生中从未见过如此美丽的景象，也没有过如此美妙的体验。就好像，这个湖并不是在西伯利亚的泰加林里，而是在宇宙的中心。只是，阿纳丝塔夏，你真的不该在水里待那么久。你现在该好好照顾自己。我觉得你不应该做昨晚的事。要知道，水温已经不太适合游泳了，你可能会感冒，或者遭遇其他不测，你已经有孩子了，更应该保护好自己。而且我看不出这个活动或者说仪式有什么意义。"

"我所做的这些是有意义的，弗拉狄米尔。"

"有什么意义？"

"我出生的时候妈妈用这湖里的水给我洗了澡。水非常、非常重要，它存在于全宇宙所有的生命中。

"生命之水包含着宇宙中创造生命的所有信息。它还包含着人曾经产生过的所有思想和情感。水也能感知和反映人的情绪。"

"也许确实是这样，阿纳丝塔夏，我不知道……但为什么要晚上在湖里游泳呢？你想要什么呢？"

"弗拉狄米尔，我想了解人类从第一次出现到今天是如何生活的。我想知道什么时候、什么时刻、什么时代的人们最幸福。是什么给他们带来了最大的幸福。然后我想把这些告诉今天的人们，好让大家变得幸福，让我们的孩子变得幸福。"

"但是，了解几个世纪前人们的生活，这真的可能吗？"

"可以的，弗拉狄米尔。一个孩子出生、长大后，他的外表不仅会像自己的父母，还会像第一个人类。不仅是外表，他们有着同样的血液，他的记忆深处储藏着从创世伊始以来的所有信息，只是他从未去想过这些信息，如果努力回想的话，就可以记起所有事情。"

"就算可以，但这些记忆也只与某一个人的祖先们有关啊。"

"当然，弗拉狄米尔，当然只能回溯到自己的祖先们。我的细胞记忆向我展示的就是我遥远的祖先们生活的画面，只有我祖先的。"

阿纳丝塔夏跳起来，跑到湖边，小心翼翼地碰了碰水，然后转向我继续说道：

"但是水知道所有人的过去，水里蕴含着所有人的信息，以及宇宙中曾经发生的一切。水帮助我看到这些。当我在水里，在湖中心思考，水跟着我一起思考并寻找我需要的画面，它甚至搜寻了所有的在星球上发生的事情，因为它无处不在。

当星星映射在湖中，也映射在我的眼中，那一刻我们是一体的。这时，所有的宇宙信息都向人敞开，因为在那一刻人感知到自己就是宇宙的一分子。当人感知到自己是宇宙的一分子时，宇宙会很开心，并准备好为他服务，实现这个人心中的愿望。"

我听着阿纳丝塔夏如此平静而自信地谈论宇宙、星星和水的事，心想：一个年轻漂亮的女人住在泰加林里，她没有任何靠技术治理世界的那些生活烦恼，也许正因为如此，她对宇宙的想法和观念才如此特别。她那么自信地谈论着自己对世界的看法，对她的话提出质疑仿佛不太合适。于是我大声说道：

"阿纳丝塔夏，你就像一个学术研究人员在分析人类的生活。那么你现在可以看到多久以前的事儿了？"

"目前还不多，只有 9000 年。"

"你的还不多已经很多了。那么根据你看到的，得出了什么结论呢？"

"稍后我会告诉你我的结论，弗拉狄米尔，或者直接给你看我看到的画面，让你和其他人自己从中得出结论。"

"人们当然可以自己下结论，不过得先让他们相信你说的话。比如说你谈到水的不寻常，它可以存储信息，还可以对人类情绪做出反应，但证据在哪儿？"

"我想证据已经在你们现代的科学家手里了。"

"我没听说过这些事儿，水对我们来说只是水，是人类周围环境的一部分。"

"是的，一部分，有生命的一部分，很少有人想到它是有生命的物质。即使你的身体大部分成分是水，你仍然要求证据。我可以告诉你一个方法，让任何人都能体会到活水的伟大力量，弗拉狄米尔。"

"你说吧。"

"你或者那些想亲身体验水的疗愈特性的人，先找一个口感最适合你的泉水。带些泉水回家，分别倒进几个漂亮的容器里，冷冻起来。

"每天晚上，把装着白天所需量的水的漂亮容器放在桌子上，最好在容器下面铺一块绿色的布。睡前一定要对水说些好话，只是温柔地想着它也行。

"房间里温度不要太高，让水里留有一点儿冰。如果冰化完了，就加一块单独存放的冰块儿。

"最好能在你喝的温水、热茶里加一小块儿冰。在冰融化的时候，你要温柔地想着水，可以对它说一些好听的话，把它当成一个生命体。也可以在融化的水中加一滴雪松油。一滴油配多少水都没有关系，雪松油的信息都会传遍整个水体，这个信息是非常重要的。

"睡觉前，你可以抚摩这个装水的容器，对着水吹气。

"第二天，当你醒来，记得要跟水打个招呼。喝一点儿水，一小口一小口地慢慢喝。也可以用它来滋润你的脸。

"如果你的身体有些疾病，水会着手为你治疗，而且一定治得好。三天后你就会感觉到身体状况有所好转。

"如果你能这样坚持喝上九十九天，即便是重病也能水到病除，同时你会惊奇地发现脸上的皮肤有明显的改善。

"如果你希望自己的身体变得更年轻、思维更加敏捷，那么除了喝水外，你可以在早上、中午和傍晚各服用一口雪松油。还可以服用各种植物的蜂蜜和花粉，用量可根据自己的喜好而定。但不要和水混在一起。如果你照着这样做，30天后你的思考速度会更快，身体也会变得更年轻。"

"阿纳丝塔夏，你说的这些值得我们关注，毕竟科学家和普通人都可以亲自验证。但你是从哪儿得知这些的呢？是从你的祖先那儿吗？"

"从水那里呀，"阿纳丝塔夏一边说一边开心地笑着旋转了起来，然后停下，又认真地补充道，"还有，从星星那里。"

第十四章　协助与养育你的孩子

　　我问阿纳丝塔夏，一块栽种作物的地——即便是用特殊方式栽种、与人有连接的地——如何有助于抚养小孩。我本来预计会听到能灌输孩子爱大自然之类的答案，但我错了。她的立论简单，同时又具备哲学深度，令我讶异。

　　"大自然及宇宙意识视每一个新生的人为君主、为国王！他像天使般纯洁与完美无瑕，头顶柔软的部位仍打开接收庞大的宇宙信息流。每个新生儿与生俱来的本领都能使他如神一般，成为宇宙中最睿智的生命，只需很短的时间便能为父母带来幸福与欢乐。让他了解世界的本质及人存在的意义只需要地球上9年的时间，而他在这段时间内所需要的一切，都已经存在了，只要父母不去扭曲世界原本真实自然的架构，不将孩子与宇宙最完美的造物相隔离。但是，技术治理的世界没有机会让父母这样做。

　　"婴儿带着意识环顾四周的第一眼看到了什么？天花板、床的边缘、几块布和墙壁——全是人工世界的特色与产物，由技术治理的社会营造出来的。而在这样的世界里，有他的母亲，还有他母亲的乳房。'大概吧，所以，意思是，这些都是必要的吧。'——他这样想着。然后面带笑容的父母会给他一些叮叮当当、咔嗒咔嗒响的玩具，好像把它们当成了珍贵的东西。为什么呢？他会花很长的时间去思索：它们为什么要叮叮当当、咔嗒咔嗒地响。他将有意识、无意识地试着要理解它们。

"接着，同样这对面带笑容的父母，会用一些令他不舒服的布，把他包起来。他会试着挣脱，但没有办法！唯一能表示抗议的方法就是——哭！不满、求助、愤怒地哭泣。从那一刻起，天使、君主变成了乞求赏赐的奴隶。

"一个又一个人工世界的东西——新玩具、新衣服——被当成奖赏送给小孩，让他觉得自己初来乍到的这个世界中，最重要的就是这些东西。虽然他还小，但已是宇宙中最完美的生命，却被当成幼稚的、不完美的。就连你们所认为的教育机构，也都在向他传授人工世界的好。

"直到他9岁后，才开始对他稍微提到大自然的存在，仿佛大自然是一种附属品，附属在最重要的人造物之下。大多数人直到生命的最后一刻，仍无法体会到真理。'生命的意义何在？'这似乎是个简单的问题，却始终苦于无答案。

"然而生命的意义存在于真理、喜悦和爱之中。

"一个在自然中成长的9岁孩童，对于世界组成的认知，将比你们科学研究机构甚至顶尖专家所认知的还要准确。"

"停一下，阿纳丝塔夏。你指的大概是自然方面的知识吧？如果他过着和你一样的生活，我可以同意你的观点。但现代人被迫生活在你说的那个技术治理的社会——先别谈这样的社会好或不好——总之，若照着你的建议，小孩被抚养长大后是会了解自然、感受到自然没错，但在其他方面他可就要一窍不通。还有像数学、物理、化学之类的学科和基本生活常识、社会伦理这类的东西。"

"这些对于在正确时机认识到世界本质的人来说都是小意思。若他想要，或认为有必要在某类学科中展现自己，那他的表现将轻而易举地超越其他不认识世界本质的人。"

"这怎么说呢？"

"人在技术治理世界里发明出来的东西，很少是大自然没有的。即使是最完善的人造设备，也只是一种孱弱的仿制品，仿自大自然中已存在的机制。"

"好吧，就当作真是这样好了。你答应过，要告诉我在我们的条件下如何抚养小孩以及培养小孩的能力。请用我听得懂的方式，给点具体的例子吧。"

"我尽量具体。"阿纳丝塔夏回答，"我已经模拟了这种情况，并试着暗示某个家庭去做，但是怎样都无法让他们抓到重点，并向小孩提出适当的问题。这个家庭会拥有一个十分纯洁、天赋禀异的小孩，他能为地球上的人带来很大的福祉。但是这对夫妻带着他们的三岁小孩和一堆他最爱的玩具到夏屋去了，让人造玩具优先取代了真实世界。"

"啊，要是他们没有这样做就好了！知道吗？比起一直碰那些人工产品，进行那样没有意义，甚至有害的行为，小孩其实会被其他更有趣的事物所吸引，并专注其中。"

"首先请他来帮你。尤其要很认真地请他帮忙，因为他真的会这么做。

"如果你在种东西，可以请他拿着种子，或请他挖洞、把种子放进土里。同时要告诉他你正在做什么，譬如，你可以这样说：'我们把种子放进土里，再用土盖起来。太阳出来以后，土被晒得暖暖的，种子也会暖暖的，然后开始长大。它会因为想要看到太阳，从土里长出绿色的幼苗，就像这个。'这时指着旁边的草给他看：'如果幼苗喜欢太阳，就会越长越大，最后可能长成一棵大树，或是一朵花。我希望它帮我们结出好吃的果实，到时你想吃也可以吃。幼苗会为你准备果实。'

"每次你带小孩到园子里，或是他一早醒来，你要做的第一件事就是和他去看幼苗长出来了没。看到幼苗，你们会很开心的。

"若你在移植而不是用种子栽种，也要向小孩解释。譬如你正在移植西红柿苗，让他一次拿一株给你。假如他不小心弄断了，把断掉的苗接过来拿在手上说：'这棵断掉了，我觉得它可能活不了了，不能结出果实了，不过我们还是把它种下去看看吧。'至少把一棵断掉的和其他完整的种在一起。几天后你和孩子再到苗圃去看，西红柿茎已变得硬实，再把断掉、枯萎的那棵指给他看，提醒他那是在移植过程中断掉的，但不能用责备的口气，要用平等的态度和他说话。你必须牢记在心，他在某些方面其实是超越你的，譬如：思想的纯洁。他是天使，若你了解这点，以后你会很自然地对待孩子，而你的孩子，将真的成为令你幸福无比的人。

"当你带着孩子一起要露宿在星空下，让他躺在你旁边，看着星空。不要说出你所知道的星星名称，或它们的起源与作用，因为你不是真的了解它们，而你脑中的教条会使孩子远离真相。他的潜意识知道真相，且自然会浮到表意识来。你只能告诉他，你喜欢看着闪烁的星星，问他最喜欢的是哪一颗。

"总之，善于向孩子提出问题十分重要。来年，帮他准备专属的苗床，让他拥有完全的自由，在上面进行任何想做的事。绝对不要强迫他或修改他做的，只能问他想要什么。你可以和他一起做，但只有问过他，在他的允许下才可以。当你种谷物时，让他的小手为你播种。"

"好吧，"我对阿纳丝塔夏半信半疑地说，"这样小孩可能对植物世界发展出兴趣，进而成为农艺专家，但他要从哪儿学到其他领域的知识呢？"

"你说'从哪儿'是什么意思呢？这样做不只是在于让他知道、感觉到有什么在生长，或如何生长，最主要的是让他思考、分析，使大脑细胞开始苏醒。这些苏醒的细胞将为他工作长达一生，使他比细胞处于沉睡中的人更聪明，而且才华横溢。

"至于在你们所谓'先进'的各种生活领域，他都会有超群的表现，而他那比任何人都要纯洁的思想将使他成为一个最快乐的人。他和他的星星们接触，将使他不时接收、交换到更多信息。这些信息在他的潜意识被吸收，然后被传送到表意识，成为他越来越多新点子和新发现的来源。表面上，他是一个普通人，但里头……这样的人，你们称之为天才。"

第十五章　森林学校

"这就是你父母抚养你的方式吗，阿纳丝塔夏？"

她沉默了一下，也许在回溯自己的童年记忆。接着，她在草地上坐下来，一边抚摩着草地一边开始讲述她的故事：

"我几乎不记得爸爸妈妈的模样。我是被祖父及曾祖父带大的，他们把我带大的方式和我刚刚说的差不多，不过重点是，我自己对大自然和身边的动物世界感觉很强烈，即使我当时可能还不太了解它们存在的意义——那样也没关系，只要能感觉到它们，那就不是那么重要。

"我继续在这片林间空地生活，没有爸爸妈妈，但我不是独自一人。

"草地里到处都有各式各样的昆虫，我会把手伸过去，让它们跳到我手上、在我手上爬，然后观察它们，心里想着：为什么它们长得那么不一样，是为了让我觉得好玩还是为了什么呢？

"我也喜欢大型动物，和它们玩很开心，尤其是当我学会走路后，开始会跑的时候。

"我和一只母狼、一头母熊和一只狐狸成了朋友，不过我们有时也会吵架。

"我非常想了解它们的思想和语言，因为我想知道为什么它们都不让我离开这片林间空地。我常想趁这些大型动物不在时离开空地，看看森林里有什么。但每次只要我走得稍微远一点儿，其中一只就会出现，挡住我的去路并对我咆哮。

"有一次母熊还用掌掴了我一下，我好生气，决定再也不看它一眼。结果它一整天都跟着我，我却总是转过头去不理它，最后它发出可怜的哀号，我才觉得很对不起它，走过去摸摸它，它也开心地舔我的手和脚。我这才发现它们是用不同的声调和动作来表达情绪的，于是我开始更密切地观察它们，研究它们的语言。

"后来我才知道，它们不让我远离空地是因为其他地区是别的动物的地盘，那里不像我出生的这个地方这样了解我。

"祖父和曾祖父会时不时过来拜访我和我讲话。他们时常问我问题，希望我回答。

"我们长者会把婴儿或小孩视为神的化身，透过小孩的回答来检验自己的纯洁度。"

我请阿纳丝塔夏回忆一些当时的问答，她笑着告诉我：

"有一次我正在和小蛇玩，一转头就发现祖父和曾祖父站在一旁对我微笑，当时我开心极了，因为和他们在一起十分有趣。只有他们会问我问题，而且他们的心跳频率和我一样。动物的就不一样了。

"我跑向他们。曾祖父向我鞠躬，祖父则把我抱在膝上。我听着祖父的心跳，梳弄并观察着他的胡子。没有人说话，我们一起思考着，这种感觉很好，我的内心很喜悦、很平静。然后祖父开口问我：'阿纳丝塔夏，告诉我，为何我的毛发长在这里了'他指着他的头和胡子，'而不是长在这里？'又指了指他的额头和鼻子。

"我摸摸他的额头和鼻子，但没有作答。我不能就这样随便回答，我得先了解才行。

"等到下一次，他们来了，祖父又说：'我还在想为何我这边有毛发，但那边没有。'并再次指着额头和鼻子。

"曾祖父认真、严肃地看着我，因此我想这大概真的是个重要的问题。于是我问祖父：'祖父，你真的想要你的毛发到处长吗？额头也长？鼻子也长？'

"曾祖父开始沉思起来，而祖父回答：'不，不想。'

"'那就是为何你这边没有长了，因为你不想。'我回答祖父。

"祖父反思着，摸着胡子，像在对自己说：那么长在这里就表示因为我想要它长在这里了？

"我对他的念头表示肯定地说：'当然呀，祖父，因为你想，因为我想，因为想出你的那位也想。'

"这时曾祖父有点激动地问我：'是谁想出他的？'

"'想出这一切的那位。'我回答。

"'但是他在哪里？可以指给我看吗？'曾祖父弯下腰问

我。我一时答不出来，但这个问题就此留在我心底，我时常想起它，思考它的答案。"

"你后来有想出答案了吗？"我问。

"嗯，大概一年后。他们又继续问我新的问题，但在我回答出上一个问题以前，他们不会再问我新的问题，这让我很苦恼。"

第十六章　对人的关注

我问阿纳丝塔夏，既然她几乎不记得自己的父母，也很少看到祖父和曾祖父，那么，是谁教她说话的。她的回答太令我惊讶了，绝对需要专家的解释，所以我尽可能从头到尾完整地复述一遍。我已经稍微可以理解她的意思了，只不过速度非常缓慢。她在我提出这个问题后先是问了我一句：

"你是指可以说不同人的语言吗？"

"'不同'是什么意思？你会说不同的语言？"

"是的。"阿纳丝塔夏回答。

"德语、法语、英语、日语和中文？"

"假如一个有趣的说话对象出现在你面前，让你很想和他交谈，你很快就可以学会他熟悉的语言，并且用那样的语言和他说话。像现在，我就是用你的语言在和你说话。"

"你指的是俄语？"

"你的俄语。我尽量使用你的遣词用语，这对我来说一开始有些困难，因为你知道的词不多，一直在重复，也不太会表达情感。用这样的语言，很难表达我想要精准诠释的东西。"

"等等，阿纳丝塔夏。我要用其他国家的语言问你问题，然后你回答我。"

我用英语和她说"你好"，然后换法语。她马上就回我，只不过不是用说的，而是用手势表达问候。

可惜我不会说什么外语。以前在学校有学过德语，但是分数很低，不过有一句完整的话我和同学们都学得很好，于是我说给阿纳丝塔夏听：

"Ich liebe dich, und gib mir deine Hand."（我爱你，把手交给我吧。）

她把手伸向我，并用德语说："我把手交给你。"然后脸颊泛红地把手交给我，小声地说，"你对我说了很好的话，弗拉狄米尔。"

不管我说什么语言，她都听得懂。

实在太令我惊讶了，我不敢相信自己的耳朵。我问她："每个人都可以学会全部的语言，是这样吗？"这件不可思议的事情背后一定有个简单的解释，这是我的直觉。我迫切地想要了解，于是我有点儿急切地要求她：

"阿纳丝塔夏，快用我的语言解释给我听，举几个例子。"

"好，好，冷静。放松，别急，不然你听不懂的。不过在这之前，我要先教你写俄文。"

"我会写。我要听你解释怎么学会好几个国家的语言。"

"不只是写字。我要教你成为一个作家，一个天才作家。你要写一本书。"

"那是不可能的。"

"可能！很简单。"

阿纳丝塔夏拾起一根树枝在泥土上画出全部的俄文字母和标点符号，并问我总共有几个字。

"33 个。"我说。

"看吧，不是很多。我画的这些，可以被称为一本书吗？"

"不能。"我回答，"这些只是字母而已，普通的字母。"

"但是所有俄文书都是由这些普通字母组成的。"阿纳丝塔夏说，"你同意吗？你看得出来这有多简单吗？"

"是这样没错，但书里的字母有各种排法。"

"对。每一本书都是由大量的字母组合构成的，书写者跟随情感变化，自然而然地安排出它们的先后次序。也就是说，最早诞生的不是文字和声音的组合，而是想象力引发的情感。阅读者大致上也产生了相同的情感，这样的情感可以被记很长一段时间。你现在可以回忆起任何一本你读过的书里头的画面或情节吗？"

我想了一下，回答："可以。"

不知道为什么，我想到莱蒙托夫所写的《当代英雄》。

我开始把内容告诉阿纳丝塔夏。她打断我，说：

"看吧，你上次看这本书已经是很久之前的事了，却依然可以向我描述书里的英雄，告诉我阅读的感受。不过，要是我请你告诉我，这本书里面的 33 个字母被排在哪些位置、产生了哪些组合，这些组合的先后次序又是什么，你可以一一重现吗？"

"不可能的。我记不起来原文从头到尾用了哪些字。"

"那真的很难。也就是说，一个人把情感借由 33 个字母的组合传达给另一个人了，这些组合，你看过以后马上就忘了，其中的感觉和画面却留在记忆里很久……也就是说，如果一个人的情感与这些符号有所联结，不管写作技巧如何，他的灵魂都会使这些符号呈现出能让阅读者感受到书写者灵魂的顺序和组合。要是书写者的灵魂……"

"等等，阿纳丝塔夏，你说得简单具体一点儿吧。举例告诉我怎样才能学会好几种语言。谁教你的？"

"我的曾祖父。"阿纳丝塔夏回答。

"举个例子。"

"他和我玩。"

"怎么玩？说呀。"

"冷静，放松，不要这么急。我真不懂你在急什么。"她继续平静地说，"曾祖父玩的方式像在和我开玩笑。每当祖父没有和他一块儿来拜访我，只有他一个人时，他总在走近我之后，向我深深一鞠躬，把手伸到我面前。我也把手伸出去，他会握住我的手，一条腿跪下来，亲吻我的手，说：'你好，阿纳丝塔夏。'

"有一次他来了，一如既往地做了这些举动，也一如既往温柔地注视着我，然而他一开口却说着我听不懂的话。我惊讶地看着他，他又说了句别的话，听起来语无伦次。于是我忍不住问他：'爷爷，你忘记要说什么了吗？'

"'对，我忘了。'曾祖父回答我，然后往后退了几步，思考了一下，再重新走向我，把手伸到我面前。我也把手伸出去，他跪下来亲吻我的手，一阵温柔的注视过后，他的嘴巴动了起来，却没发出任何声音。我吓到了，提醒他：'你好，阿纳丝塔夏。——你都是这样说的，爷爷。'

"'没错。'曾祖父微笑着说，表示我答对了。

"当下我明白了，这是个游戏，他常和我这样玩。一开始很简单，后来游戏越变越复杂，也越来越好玩。我会非常仔细地观察曾祖父的脸，记住他说的每一句话如何牵动他的眼睛、额头的皱纹、嘴巴的动作和每个微乎其微的表情。这样的游戏从三岁开始一直到十一岁结束，像是在进行某种测验。在这个测验中，一个人必须仔细观察他的说话对象，不管对方说的是何种语言，都要有不靠语言来了解对方的能力。

"比起使用语言交谈，这样的对话完美多了，速度更快，也更完整。你们说这样是心灵传送，认为它不寻常，是科幻小说的情节。然而它需要的不过是发达的想象力、良好的记忆力与对人保持高度的关注。这不只是一种较完美的信息传递方式，在它的背后，还透露出一个人对人的灵魂、动植物世界与宇宙——简单来说，就是对一切万物——都有深刻的了解。"

"一切可能就像你说的那样。我还以为你每一种语言都会说，其实你只是感觉出对方的心思，而且也不是马上，而是跟对方相处过一阵子后才会说他的语言。"

"是的，正是如此。不过之后就可以把他的心思所对应的用语通通牢记在心了，不管他用哪一种语言。这个游戏也可以培养一个人了解动物的诉求。"

第十七章　飞碟? 没什么特别!

我请阿纳丝塔夏举例, 显示她对我们科技了解的程度。

"你希望我告诉你, 你们那里各种机械的运作原理吗? "

"告诉我一些我们顶尖的科学家才刚开始接触的领域, 来个科学大发现吧。"

"我一直在为你这么做。"

"不是为我, 是为科学界, 可以让他们视之为新发现的。既然你说一切都很简单, 那就在科技、宇宙飞船、原子和燃料方面提出可供证实的新发现吧。"

"这方面, 和我一直试着要解释给你听的东西比起来, 套一句你们的话——简直还停留在石器时代。"

"那就太好了! 你觉得落后的, 反而是我容易理解的。你就来证明你是对的吧, 证明你的智力高过我。举例来说吧, 你认为我们的飞机和宇宙飞船是完美、先进的机械吗? "

"不, 它们太落后了, 正好可以用来说明, 技术治理式的发展, 一点也不先进。"

她的回答让我提高警觉, 我想这句话要不是出自一个疯子之口, 就是她真的知道的东西令一般人难以想象。于是我继续追问:

"我们的火箭和飞机哪里落后了？"

阿纳丝塔夏停顿了一会儿才回答，似乎在理解我说的话：

"你们所有的机械——所有，都是靠爆炸的能量推动的。你们不知道有更完美的自然力可以使用，以难以置信的固执坚持使用这种笨拙又落后的方式。连使用这种方式所造成的毁灭性后果也没能阻上你们。你们的飞机和火箭的航行范围以整个宇宙的尺度来说，等于稍微离开地面了而已，而这已经到达它们的极限了。这是荒谬的！以爆炸或引燃的物质推动笨重的结构，就是你们所谓的宇宙飞船。而且其中大部分结构，还都是用来'解决'这推动的问题。"

"还有其他空中飞行的原理吗？"

"举例来说，飞碟就是使用不同的原理。"阿纳丝塔夏说。

"什么？你知道飞碟，还知道飞碟的原理？"

"当然知道。那很简单，也很合理。"

我的喉咙都干了，催促她快点说：

"告诉我，阿纳丝塔夏，快点，清楚一点。"

"好，别急，你一急就很难理解。飞碟的飞行原理基本上靠的是制造真空所产生的动能。"

"什么意思？说清楚一点。"

"你的词汇很少，但是为了让你懂，我只能用你的词汇。"

"我现在就加，槽、盖、面板、气体……"我着急地脱口而出，快速地列出当时脑中浮现的所有字眼，甚至咒骂起来。

阿纳丝塔夏打断我：

"别说了，你会用什么词来表达，我都知道。但是还有其他的字眼，以及另一种完全不同的方式能传递信息。用那种方式能让我在一分钟内解释给你听，否则这样要花两个小时以上，太久了，我还想跟你说其他更重要的事。"

"别这样，阿纳丝塔夏，和我说飞碟的事，说说它的原理和动力来源，直到我了解为止，在那之前我听不进去其他的事。"

"好吧，"她继续说，"爆炸是固体在某个作用下迅速变成气体，或某个反应过程中两种气体变成更轻的气体的现象——这些大家都知道。"

"是的，"我说，"把火药点燃，它会变成烟；把汽油点燃，它会变成气体。"

"对，大概是这样。要是你或你们有更纯净的思想，就会知道整个大自然运作的机制，也会在很久以前就意识到：既然有物质能急遽扩张——爆炸之后，转化成另一种形态，逆转的过程也一定存在。大自然里有活的微生物能将气体转换成固体。基本上所有植物都在进行这个活动，只是速度不一样，所制造的固体硬度也不尽相同。看一下你周围的植物，它们吸收大地的汁液和空气，转化成固态的身体，例如木质或是更坚硬的——像是坚果壳和李子这类水果中间的果核。

肉眼看不见的微生物以非常快的速度进行这个过程，仿佛只用吸食空气。它们就是飞碟的引擎。它们类似于脑细胞，只是功能比较狭隘。它们唯一的功能就是：运动。但它们执行起来十分完美，可以让飞行器的速度达到今天地球人平均思想速度的1/19倍。它们在飞碟上层内侧，位于飞碟壁的双壁结构之间。双壁之间大约相距三厘米。外壁不管在飞碟的上层还是下层，都是透气的，充满许多细小的孔隙。微生物透过这些孔隙吸入空气，在飞碟正面形成真空。细小的气流甚至还没碰到飞碟就准备转成固体，而且通常，在通过微生物之后，会变成圆圆的颗粒。这些细小的颗粒会膨胀成直径约零点五厘米的圆球，呈软胶状，从双壁间滑到飞碟底部，崩解消散，再次化为气体。如果来得及，你还可以在它们崩解前把它们吃掉。"

"飞碟壁是用什么做成的？"

"它们是长出来的。"

"什么？"

"哎呀，你光是感到惊讶，都不先想一想的。有很多人在培养一种菌，用各式各样的容器，放入这种菌的水会变成好喝并带点微酸的饮料。它会顺着容器的形状长。顺带一提，这种菌和飞碟很像，它也会形成双壁。若在它的水里添加某种微生物，它就会硬化。而这所谓添加的微生物可以研发出来，或者说得准确点——可以透过大脑和意志力逼真地想象出来。"

"你可以做出来吗？"

"可以，但光靠我一个人不够，需要几十个具备这种能力的人联手合作至少一年。"

"地球上有制造——或像你说的培养——飞碟和微生物所需的一切吗？"

"当然有。宇宙有的地球都有。"

"但是微生物这么小，看不到，怎么放在飞碟壁里面呢？"

"飞碟上壁生成后，会自动吸引无数微生物，像蜂房吸引蜜蜂那样。不过这还是需要动用到几十个人坚强的意志力。假如你们还没有人具备适当的知识、智能与意志力可以培养它，又何必知道更多的细节呢？"

"你就不能帮帮忙吗？"

"可以呀。"

"那就帮个忙呀。"

"我已经在帮忙了。"

"你帮了什么忙？"我不懂她的意思。

"我已经告诉你抚养小孩的要点了。而且我还没有说完，我还会一直跟你说抚养小孩的事。你再把我说的告诉别人，接着很多人都会了解的，而他们抚养长大的小孩，就会拥有这些知识、智能与意志力，到时候他们能做的事，远比制造一台落伍的飞碟还要……"

"阿纳丝塔夏，你怎么知道这些飞碟的事？难道也是因为和植物沟通吗？"

"它们曾经在此着陆，我呢，算是帮它们修过飞碟。"

"它们比我们聪明多了吗？"

"一点也不，和人比差得远了。它们很怕人，不敢靠近人，尽管十分好奇。它们一开始也很怕我，对我发射思想麻醉剂，还一直吓唬我。我费了很大的劲安抚它们，让它们镇定下来。"

"既然它们能做到人做不到的事，怎么可能没有人聪明？"

"这有什么好奇怪的吗？蜜蜂也能用自然材质制造出具有完美通风与保暖系统的神奇构造，但这并不代表蜜蜂的智力比人还高。全宇宙没有谁比人更有力量，除了造物主。"

第十八章　大脑——超级计算机

有可能制造飞碟这件事让我整个人都兴奋起来了。即使当它是个推进原理的假设，这假设也够新了。不过对于我们地球人来说，飞碟是复杂的航空器，并不是首要的必需品。

因此我想听听马上就能理解的东西——不必用到科学脑筋，马上就能实际应用在生活里且好处多多的"东西"。于是我请阿纳丝塔夏针对我们今天社会所面临的严重问题提出解决方案。她同意我的要求，但是接着又说：

"是什么问题，你要说得明确一点。不知道你要什么，我怎么有办法解决呢？"

于是我在脑中盘算今天哪个问题对我们的影响最为直接，连附带条件也一并想出来了：

"你知道的，阿纳丝塔夏，我们大城市正在面临严重的污染问题，空气糟得令人窒息。"

"是你们自己污染的。"

"这我们知道。先听我把话说完，也别说什么我们应该净化自己、多种点树这类的话，不要拿哲学思想出来和我辩论。接受我们的现实条件，从中想出办法吧……例如用一个东西减少大城市 50% 的空气污染，且不必动用国库，也就是国家的开支。还有它必须是所有解决办法中最合理，让我和所有人马上可以理解和执行的。"

"我马上试试看。"阿纳丝塔夏说，"所有条件都开出来了吗？"

我尽量把问题搞得复杂一点，生怕真的证明她的智力和才能都超越我们。我加了一条："你想到的要带来利润。"

"给谁？"

"我，还有国家。你住在俄罗斯的领土上，那就给整个俄罗斯吧。"

"你指的是钱？"

"对。"

"很多钱？"

"阿纳丝塔夏，利润——也就是钱，怎样都不会太多。不过我想要有一笔钱不只可以让我这次的考察回本，还可以有足够的盈余筹备下一次。至于俄罗斯……"

我考虑了一下……要是让阿纳丝塔夏对我们文明世界的物质财富产生兴趣会怎样呢？我问她：

"你自己什么都不要吗？"

"我什么都有了。"她回答。

我突然想到个点子，我知道怎么让她感兴趣了。

"你知道吗？就让你想到的带来足够的钱，让全俄罗斯的小农和园艺爱好者可以获得免费或有折扣的种子吧。"

"太棒了！"阿纳丝塔夏说，"好棒的主意！如果没有别的，我要开始工作了。我好开心！种子……还有别的吗？"

"没了，目前这样就够了。"

我感觉得出来，这个任务已经激发了她的兴致，尤其是帮小农获取免费种子的部分。但我仍十分确定净化空气是不可能的任务，尽管她能力很强，否则我们科学机构老早就想出办法了。

阿纳丝塔夏开心地躺在草地上，不像平常那样平静。她的双手打开，手指微弯，指尖朝上，有时抽动有时静止，合上的眼皮不时抖动。

她这个样子躺在那里大约 20 分钟。最后她睁开眼睛，站起来说："我找到了，真是场噩梦。"

"找到什么了？什么噩梦？"

"最大的危害是你们所谓的汽车。大城市里有好多汽车，每一台都在喷着难闻的气味和伤害身体的物质。最可怕的是这些物质渗入污泥和灰尘，和它们混在一起。汽车移动时扬起这些被渗透的灰尘，人们又吸入这些可怕的混合物。它们四处飞扬，落在草地和树上，遮盖一切。这很糟糕，对人体和植物伤害很大。"

"这当然很糟糕，每个人都知道，只是没人有办法。清洁车也派不上什么用场。阿纳丝塔夏，你有没有任何新发现？你有没有想出独创的解决之道来净化空气？"

"我只是先找到危害的主要来源，现在我才要开始分析与思考。我需要集中注意力一段时间，可能要一个小时，因为我从没研究过这类问题。你可以先到森林散步，这样才不会无聊。"

"你想吧，我自己会找事做。"

阿纳丝塔夏完全进入她的内在世界。一小时后，我从林中散步回来发现阿纳丝塔夏看起来闷闷不乐的，我对她说："看吧，阿纳丝塔夏，你对这件事也使不上力。没关系，我们很多科学机构都在研究这个问题，也都和你一样只发现了污染的事实。他们目前也无能为力。"

她有点遗憾地说：

"我已经把所有可能的方案都筛选出来了，只是没有一样可以快速地减少50%，我做不到。"

我心头一惊：终究还是被她找到了解决的方案！

"你想到多少百分比？"我问。

她叹气。

"还差很多。我只想到……35%—40%。"

"什么？！"我忍不住大叫。

"少很多，对吧？"阿纳丝塔夏问。

我的喉咙都干了，我知道她不会说谎，也不会夸大其词。我按捺住内心的激动，说：

"我们改一下条件范围，就38%吧。快点说你想到什么。"

"要让汽车不只排放，也回收肮脏的灰尘。"

"怎么做？说快一点！"

"汽车前面，嗯，那个凸出的部分叫什么？"

"保险杆。"我提示。

"好，保险杆。保险杆的里面或下面要装上前后方都有许多小孔的盒子，让空气可以流通。汽车行驶时，充满有害灰尘的脏空气会流进前方的孔，过滤后，再由后方的孔流出，如此便净化了 20%。"

"那你说的 40% 呢？"

"现在街上的灰尘几乎都没被清理掉，不过用这个方法，灰尘就会少很多了，因为每天都可以清除它们。假使每辆车都装上这种盒子，我估计一个月之后，肮脏的灰尘就会减少 40%。但也只能到这里了，没办法再减少，因为还会受到其他因素的影响。"

"盒子的尺寸多大、里面要放什么、几个孔、孔与孔之间的间距要多大？"

"弗拉狄米尔，也许你还想要我亲自帮每一台车装上这些盒子？"

头一次发现阿纳丝塔夏也有幽默感，我大笑起来，想象她帮每辆车装上盒子的画面。她看我开心，自己也笑了起来，在林间空地里旋转。

这个点子的确简单，剩下就是技术层面的事了。不用阿纳丝塔夏说，我也知道它能如何成形：行政首长下令，交警监督，全面在加油站更换过滤器，把用过的交回去，出示检验合格凭证，等等。一个普通的规定，就像安全带。

轻轻摇动笔杆，每台车就有安全带了。现在也只要轻轻摇动笔杆，空气就会被净化了。企业家会抢着生产这种盒子，工厂会有很多订单。最重要的是，最后空气会变得更洁净。

"等等，"我又对着还在快乐地旋转飞舞的阿纳丝塔夏说，"盒子里要有什么？"

"盒子里……盒子里……你稍微想想看嘛，很简单的。"她回答的同时没有停止旋转。

"给我的钱，还有足够付小农种子的钱从哪儿来呢？"我再次提问。

她停了。

"从哪儿来是什么意思呢？你要我想个最合理的方法，我就想出来了。世界各地的大城市都会使用它，为此付钱给俄罗斯，让俄罗斯得到足够的钱来支付免费种子，还有给你的费用。只不过你要在特定的条件下才能得到。"

当时我没留意她说的特定条件，问起其他细节。

"你是说要申请专利？不然谁会自动付钱？"

"怎么不会？有人会的，而且我现在就算好比例。制造盒子，俄罗斯得 2%，你得 0.01%。"

"你自己算好有什么用？某些方面你很强，不过做生意你完全外行。没有人会自动付钱，有人就算签了合约也不见得会付钱。你知道我们有多少赖账不付款的案例吗？仲裁法院根本忙不完。你知道什么是仲裁法院吗？"

"我猜得到。可是这次没有人会少付一毛钱，谁赖账，谁破产。只有童叟无欺的人才会繁荣兴旺。"

"为什么他们会破产？难不成你要进行什么非法的手段？"

"你在想什么啊，真是的！是他们自己……应该说，有些事情自然会发生在骗子身上，导致他们破产。"

这时我突然有个想法。基于阿纳丝塔夏不会说谎，而且她自己也说大自然的机制不允许她出错，那么这表示发表这些言论以前，她已经在脑中处理超大量的信息跟数学运算，并把将来涉及此计划的人的心理因素全数考虑进去了。以我们的话来说，就是她不只解决了净化空气的难题，还组织、分析了一个商业计划——这全在一个半小时内完成。我决定再澄清几个细节。

"告诉我，阿纳丝塔夏，你在脑中算出空气净化的百分比，也算出生产装在车子上的盒子和更换过滤器将赚到多少钱吗？"

"算出来了，而且很详细，只是不完全靠头脑……"

"好！停！让我把我的想法说完。你告诉我，你可以和最先进的计算机比赛吗，比如日本或美国的计算机？"

"可是我没有兴趣。"她回答，"这样太落后了，好像把人贬得很低。和计算机比赛就像……我要怎么比喻才好呢？就像……和义肢比赛，而且还不是完整的义肢，而是和它的一部分比赛。计算机缺了重要的东西，那重要的东西就是感觉。"

我告诉她相反，我们那里认为能和计算机下棋的人是非常聪明的，且受到社会尊敬。但不管这个或其他理由，都没能说服她，最后我要求她就为了我和其他人做这件事吧，好证明人脑的智慧。她同意了，于是我把话说得更清楚：

"也就是说，我可以正式宣布你已经准备好和日本计算机比赛解决问题了？"

"为什么是日本的？"阿纳丝塔夏问。

"因为它被认为是世界一流的。"

"是吗？最好一次和所有的计算机比赛吧，免得你以后再叫我做这种无聊的事。"

"太好了！"我开心地说，"就和全部的计算机，只不过先要拟定问题。"

"好。"阿纳丝塔夏不情愿地说，"但为了不浪费时间，先让它们解决你为我设定的问题吧，看它们是证实还是否定我的方法。若是它们否定，它们就要提出自己的解决方案。就让实际生活和大众来裁决这次比赛吧。"

"太好了，阿纳丝塔夏！这主意很棒！很有建设性。你觉得它们需要多少时间呢？像你一样一个半小时大概不够，给它们三个月吧。"

"好，就三个月。"

"我建议只要有人想当裁判就可以当，人多就不会有人为了私利影响判决结果。"

"就这样吧。我还想和你多说一点抚养小孩的事。"

阿纳丝塔夏视抚养小孩的话题为第一要务，总是乐于谈论。我提出和计算机比赛的假想没引起她多大兴趣，不过我还是很高兴得到她的同意。现在我想呼吁生产新型计算机的公司都加入这场解决上述问题的竞赛。

我想再和阿纳丝塔夏确定一件事。

"赢家的奖赏是什么？"

"我不需要任何东西！"她回答。

"你为什么只说你自己？你这么确定你会赢？"

"当然，因为我是人。"

"那好吧。你可以提供败于你的公司什么奖赏？"

"嗯，我可以帮他们对落伍的计算机提出一些改良的建议。"

"成交！"

第十九章 ……生命在他里头，
这生命就是人的光……

阿纳丝塔夏答应我的要求，在其中一天带我去看她祖父与曾祖父所说的嗡响雪松。我们离开林间空地没多远就看到它了。这棵大约40米高的树比周围的树来得更为高耸醒目，不过最特别的是它的树冠看起来在发光，形成类似圣人画像中环绕圣人头部的光环。这光环没有平均分布，还在一闪一闪地振动。它的顶端有一撮细小的光束射向无际的天空。

这奇景使我震撼，为之着迷。

在阿纳丝塔夏的建议下，我将手掌贴在它的树干上，感受它的鸣响或噼啪声，这种声音接近站在高压电线下时听到的声音，只不过更响亮。

"我偶然发现了让它把能量送回宇宙，再散布到地球的方法。"阿纳丝塔夏告诉我，"看，很多地方树皮都被抓破了，是母熊爬过的痕迹。我好不容易才让它把我背到最低的树枝上。我紧抓住它脖子的鬃毛，它边爬边咆哮，再爬，再咆哮，最后让我抵达最低的树枝，我再攀上其他树枝，一直爬到顶端。我坐在那里两天，想尽各种办法。摇它，对着天空大叫，但没有用。

"然后祖父和曾祖父来了。你可以想象得到：他们站在下面，看着我，要我下来。而我反倒要他们告诉我怎么办，现在没有人来砍这棵雪松，该怎么救它。他们不肯说，但我觉得他们知道办法。祖父他很狡猾，想引诱我下来，说会帮我连接那个我一直无法连接上的女人。

"我真的很想帮助她。之前祖父还气我花那么多时间在她身上，顾不上其他的事。不过我知道他也帮不上忙，因为就连曾祖父瞒着他两次帮我也没有成功。

"后来祖父开始大呼小叫，抓起一根树枝，绕着雪松跑，拿着树枝在空中鞭打，说我是家族里最搞不清楚状况的家伙，做事不合逻辑，也不听劝告，要打我的屁股把我教训一顿。同时他不停拿着树枝在空中鞭打，连曾祖父都被这个举动逗笑了，我也哈哈大笑。这时候我不小心弄断顶端的一根树枝，马上有光线从里面散发出来。我听见曾祖父非常严肃的声音，他同时是命令，也是请求地说：'别碰它，小孙女，什么都别做。要很小心地下来。你做的已经够多了。'

"我听从曾祖父的话爬下来。他一言不发地抱着我，浑身颤抖地指着雪松。越来越多树枝开始发光，接着汇聚成射线指向天空。现在，鸣响雪松不会自焚了，它为万物储存了500年的能量将透过射线送还给人类和地球。曾祖父说射线形成的地方正是我对着天空大叫，后来大笑不小心弄断树枝的地方，要是我碰到断裂处发射出来的射线，我的脑袋早就爆炸了，因为射线里有太多能量和信息。我爸爸妈妈就是这样死的……"

阿纳丝塔夏把手扶在这棵被她拯救的鸣响雪松宏伟的树干上，脸贴着它，沉默了一会儿才又继续述说她的故事：

"他们，我的爸爸妈妈，也曾发现这种鸣响雪松。只是妈妈处理的方式稍微不同，因为她不知道……她爬到鸣响雪松旁边的树上，伸出去抓住鸣响雪松最底层的树枝并折断它，因此意外地暴露在树枝突发的射线里。树枝往下指，射线也跟着指向地面。这种能量直接射入地面会很糟，造成很大的伤害。后来爸爸来了，看到射线和挂在树上的妈妈，妈妈的双手还分别紧紧地抓住正常的雪松树枝和鸣响雪松断掉的树枝。

"爸爸一看就知道发生什么事了。他一路攀爬到鸣响雪松顶端。祖父和曾祖父看到他弄断顶端的树枝，可是顶端的树枝没有发光，反倒是底层的树枝越来越亮。曾祖父说，爸爸知道自己要是再不赶快从树上下来，就永远下不来了，可是往天空发射的射线还没有出现，往地面射入的细小光束却越来越多。最后爸爸折断一根朝天的粗大树枝，顶端的射线终于出现了。在它发光以前，爸爸正把那根树枝弯向自己。

"爸爸还没来得及在它爆出光芒的瞬间松开手，树枝就弹回去指向天空，散发出来的射线跟着射向天际，形成闪动的光环。

"曾祖父说，爸爸的脑子在他生命最后的瞬间，接收到极为庞大的能量与信息流，让他有机会以一种不可思议的方式清除他脑中累积的一切信息，因而争取到一点时间在爆炸前松开手，让树枝向天空伸直。"

阿纳丝塔夏再一次用双手抚摩着雪松，将脸颊靠在上面，站立着不动，微笑着聆听这棵树发出的鸣响声。

"阿纳丝塔夏，雪松油的疗效比一小块鸣响雪松强还是弱？"

"一样，如果用正确的态度对待雪松并在对的时间搜集松子。当雪松愿意奉献自己，给出松果。"

"你知道方法吗？"

"知道。"

"你可以告诉我吗？"

"好，我告诉你。"

第二十章　需要改变世界观

　　我问阿纳丝塔夏导致她和祖父发生冲突的女人是谁，为什么她连接不上她，又为什么非要连接她不可。

　　"知道吗？"阿纳丝塔夏开始说道，"当两个人将生命结合在一起，彼此的心灵互相吸引是最重要的，可惜大多是从肉体开始。譬如看到一个漂亮女孩就想要亲近她，却还没认识她的人、她的内心。人们经常只靠肉体的吸引就把彼此的命运系在一起，那很快就会过去了，或是转移到别人身上，到时还有什么能够连接他们呢？"

　　"找到与自己心灵相近、可以共享真正幸福的人并不难，但是你们技术治理的世界却存在着许多障碍。我想连接的这个女人住在大城市里，几乎每天固定到同一个地方去，大概是去工作。在那里或是去那里的路上，她一直都可以找到或遇到一个和她心灵非常相近的人，和这个人在一起她真的会很幸福，更重要的是，他们会生下能为世界造福的孩子。因为他们将会像我们一样，在创造所激起的浪潮中生下他。可是这个男人从未能鼓起勇气向她表白，有一部分原因也要怪她。想想看，当他注视着她的脸，发觉这是他心灵所选中的对象时，她马上就会因为感觉到某人的注视而整装，假装

'不小心'把裙子撩得高一点，诸如此类。结果让这个男人的性欲马上被撩起，但由于不认识她，只好去找别的同样在肉体方面能够吸引他、较熟悉和较容易接近的女人。

"我想暗示这个女人该怎么做，但无法接近她。她的头脑连一秒也不愿意打开接收新信息，都被日常生活的问题给占满了。你可以想象吗？有一次我整整跟了她一天一夜，那是多么可怕的景象！后来祖父责备我不好好和小农工作，等别人的闲事让自己分身乏术。

"她早上醒来的第一个念头不是赞美新的一天来临，而是想着要做什么来吃。然后因为某样食物没了而不开心，接着又因为某样你们早上会涂抹的东西没了而不高兴，大概是乳液或化妆品。她一天到晚想着怎么弄到它。而且她总是迟到，一直匆匆忙忙，怕赶不上这个或那个交通工具。

"到了她固定会去的那个地方，她的头脑已经超载了，装满，要怎么说呢？——装满在我看来全是乱七八糟的东西。她的头脑一方面要让她装作认真地完成交代的工作，一方面却在想着某个女性朋友或熟人，生这个人的气，同时她又竖耳聆听周围的人在说什么。想想看，这样日复一日，就像上紧发条的闹钟。

"回家的路上，她在人前尽量表现出快乐的样子。但事实上，她总是不断地想着各种问题，想着化妆品，到商店里看衣服——尤其是可以暴露她性感身材的衣服，以为这样可以导致奇迹出现，尽管这其实导致了相反的结果。回家后，她开始打扫屋子，觉得看电视和准备食物就是在放松。重点是，她只在非常短暂的瞬间想到美好的事情。一直到她上床睡觉，她脑中仍不断重复着日常的担忧。

"要是她哪天可以稍微撇开那些思想，想到……"

"等等，阿纳丝塔夏，解释一下她的打扮和穿着，还有，当这个男人在她附近时她脑中该想些什么。她要怎么做，才会让这个男人有机会想去靠近她？"

阿纳丝塔夏向我细致地描述所有细节。这里我只转述我认为最主要的部分：

"应该穿裙摆稍微到膝盖下面、没有低胸领口、整套绿色配上小白领的洋装；尽量不要化妆；带着兴趣聆听和她说话的人讲话。"

"就这样？"我听了她简单的解释后说。

阿纳丝塔夏回答：

"这些简单的事物背后包含着很多东西。要让她选择这样的衣服，改变她化的妆，并让她带着真诚的兴趣聆听他人，她需要改变世界观。"

第二十一章　致命的恶习

"弗拉狄米尔，我还得告诉你，等你银行账户有很多钱，你要把它们取出来时，需要遵守一些规定。"

"说吧，阿纳丝塔夏，这可是个令人愉快的过程。"我回答。

但我接下来听到的简直令我爆炸。我交给你们去评断，她是这样说的：

"要把你的钱从银行账户取出来，你必须遵守以下规定：首先，取款三天前不能碰酒精。你到银行时，必须让主管人员至少在两个目击证人面前使用你们的仪器来检测你确实做到了这点，然后才可以进行下一步。其次你必须在两个目击证人和银行主管面前蹲下、站起来，蹲下、再站起来，至少9遍。"

当她认真严肃——或者胡说八道——的话传进我的耳里时，我跳了起来，她也跟着站起来。我不敢相信我的耳朵，于是我开口确认：

"首先让他们测试我的酒精浓度，再来我要在这些证人面前重复蹲下、站起来的动作至少9遍，是这样吗？"

"对。"阿纳丝塔夏回答，"每蹲一次，他们会从你账户取出——按照今天的币值———百万卢布以内的金额给你。"

我心中充满了愤怒、不满和怨怼。

"你为什么说这种话？为什么？我本来心情很好。我相信你。我已经开始认为你说的很多事情都是对的，认为你说的话是有逻辑的，但你却……现在我确定你是个精神异常的人。你最后说的这些话抹杀了之前的一切，毫无道理与逻辑可言，而且不只我，任何精神正常的人都会这样告诉你的。你该不会还想要我把这些条件写在你的书上吧？"

"是的。"

"你真的完全失常了。你是不是还要去跟银行提出这个指示或命令？"

"不，他们看完书就会这样对你了，不然他们会破产。"

"我的天啊！！！我竟然听这个人说话听了三天？你是不是也要银行主管和我在证人面前一起蹲下再站起来？"

"这样对他和对你都有好处。不过我没有对他们设下和你一样严格的标准。"

"也就是说你特别青睐我了？你知道你这样做会让我成为什么样的笑柄吗？被一个精神失常的隐居女人爱上的下场！

"不过这一切都不会成真的，没有一个银行会同意在这些条件下为我服务，不管你如何模拟出这种情况。你离你的梦想越来越远了……你自己在森林里爱怎么蹲就怎蹲吧！"

"银行会同意的，甚至会在不知情的情况下替你开户，当然只有诚实的银行会这么做，而人们会信任他们，到他们那里去。"阿纳丝塔夏依然坚持。

我心中的愤怒和不满逐渐高涨，分不清楚是气我自己还是气阿纳丝塔夏。毕竟我听她说话听了那么久，也试着去理解，结果她基本上是个疯子。我开始对她说一些——含蓄地讲说一些粗鲁的话。

她背靠着树站着，头稍微往前倾，一只手靠在胸前，一只手抬高轻轻地挥手。

我认得这个手势，每次她为了让四周环境恢复宁静，以免让我感到恐惧，就会做这个手势。这次我了解她为何需要安抚环境。

每一个粗暴、羞辱人的字眼像鞭子一样落在阿纳丝塔夏的身上抽打她，使她浑身颤抖。

我不再说话。我坐在草地上，背对阿纳丝塔夏，决定先让自己冷静下来再走到河边，从此不和她说话。可是当我听到她的声音从背后传来，我很惊讶她的声音里没有任何委屈或责备。

"你知道吗？所有的坏事都是当人违反灵性法则并切断与自然的联系时，自己招来的。

"黑暗力量试图利用你们那技术治理的生活，以它暂时的吸引力转移人的注意，让人忘了简单的真理和《圣经》里的遗训。而通常，它们成功的概率很高。

"高傲——人的致命恶习之一。多数人都受到这个恶习的支配。我现在不打算向你解释这个恶习的致命之处。将来会有许多开悟的人出现在你面前，等你回去以后，你可以靠这些人的帮助或者靠你自己，只要你想要，你就有办法理解。现在，我只想说：黑暗力量作为光明的反面，无时无刻不在想办法让人无法从这个恶习中脱困，金钱就是它们其中的一样工具。金钱就是它们想出来的。

"金钱——它就像是高压地带。黑暗力量对自己的发明引以为傲，它们甚至相信自己的力量比光明的力量还要强大，因为它们想出了金钱并用它来分散人的注意力，使人忘了自己真实的天赋。

"这强烈的对峙长达数千年，人一直处于对峙的中心。但我不想要你受到这个恶习的支配。

"我知道只靠解释没有用，几千年来人类都无法透过理解，找出方法除去这个恶习，当然对你也是一样。但我真的很想帮你摆脱这种会毁灭灵性的危险恶习。我特地为你想出一个情况，让黑暗力量的机制失效、瓦解，甚至开始反向操作——根除这个恶习。所以它们才这么恼怒。它们的恼怒占据了你，因此你开始用侮辱的言语骂我。它们想要我也对你充满怒气，但我永远都不会这样。我知道我想出的方法正中了它们的要害，因此现在我很清楚：它们几千年来运行无误的机制确实可以被瓦解。目前我只为你想出办法，我会再替其他人想出办法的……

"让你少喝点有毒性的酒精饮料，不当个傲慢、强硬的人有什么不好呢？你为什么会生气？当然是因为高傲在你体内作祟。"

她不再说话。我心想：不会吧，她的脑子——或她脑子里面的什么——为这种超乎常理，例如在银行里蹲下的闹剧，赋予如此深刻的意义，很可能里面真有它的逻辑存在，我应该再冷静地思考看看。

我对阿纳丝塔夏的怒火都消退了，取而代之的是隐约的愧疚感，不过我没有向她道歉，我只是转向她，心里企盼和解。阿纳丝塔夏似乎感受到我的心意，马上神采奕奕，继续飞快地说起话来。

第二十二章　碰触天堂

"你的大脑已经疲于理解我说的话了，可是我还有好多事想和你说，不过你需要休息了，我们再坐一下吧。"

我们在草地上坐下来。阿纳丝塔夏把手搭在我的肩膀上，把我拉近她。我的后脑碰到她的胸部，感到一阵舒服的温暖。

"别怕我，放轻松。"她轻声地说，并往草地上躺，好让我更充分地放松。她一只手的手指伸进我的发间，像在替我梳头，另一手的指尖迅速地点我的额头和太阳穴。有时她用指甲轻轻刻我头部好几个点。这些动作使我平静、清醒。然后阿纳丝塔夏把手放在我的肩上说："请听你周围现在有什么声音。"

于是我开始去听。我的耳朵捕捉到相当多的声音，它们长短不一，有各自的音色和不同的规律。

我开口将听到的声音一一列举出来：鸟在树上歌唱、昆虫在草丛里发出窸窸窣窣的声音、树叶摩擦地沙沙作响、鸟儿振动翅膀的扑棱声音……将全部的声音悉数列出，我闭上嘴，继续仔细聆听。我觉得这样做很舒服，也很有趣。

"你还没说完。"阿纳丝塔夏说。

"我全都说了。"我回答："也许是我漏了什么不是很明显，或是我听不到，不是很重要的声音吧。"

"弗拉狄米尔，你没有听见我的心跳声吗？"阿纳丝塔夏问。

说得也是，我怎会没有注意到这个声音呢？她的心跳声。

"有啊，"我赶紧说，"当然有，而且听得很清楚，它很平静、稳定地跳动着。"

"试着记住你所听到的声音之间的间隔。你可以选几个主要的声音来记。"

我选了一种虫鸣、一只乌鸦的叫声、溪水潺潺流动和水花溅起的声音。

"现在我要让我的心跳加速，你再听听看，四周会产生什么变化。"

阿纳丝塔夏的心跳逐渐加快，四周我听得见的声音也跟着加快速度、提高音调。

"太惊人了！简直不可思议！"我大声嚷嚷，"阿纳丝塔夏，它们对你的心跳节奏可以做出如此敏感的反应？"

"是的。每当我的心跳有任何变化，万物，真的是万物——每一株小草、每一棵大树、每一只昆虫，全都会响应这个变化。树会加速内部的活动，制造出更多的氧气。"

"所有在人身边的动植物都会有这种反应？"

"不，在你们那里，它们不知道要对谁做出反应，而且你们也没有想要和它们沟通，你们不了解这种连接的意义，没有把自己的信息充分传递给它们。"

"在自己小园子工作的人，和植物之间就有可能产生类似的情况，要是他们按照我告诉你的那些程序，让自己的信息渗透进种子里，并开始更有意识地与植物沟通。你想要我带你体验一下，当一个人建立出这种连接的时候，会有什么样的感受吗？"

"当然想了。只不过这种事情，你要怎么办到？"

"我把我的心跳速度调整成和你一样，你就感觉得到了。"

她把手滑进我的衬衫里，温暖的掌心轻轻靠在我胸口。慢慢地，她的心跳开始调节成和我相同的速度。

不可思议的事情发生了：我感受到一股非常的喜悦之情，仿佛我的母亲和其他亲人都围绕在我的身边，一种柔软且健康的感觉向我的身体袭来，自由、欢乐充满着我的内心，我对四周的一切顿时拥有了全新的感受。

四周的声音轻抚着我，向我诉说它们所知的真理——我未能理解，却透过直觉直接地体悟。似乎我一生中所有经历过的快乐与满足，在此刻融为一体，化为一股单一、美妙的知觉。也许这种知觉，就叫作幸福。

然而，当阿纳丝塔夏开始改变她的心跳速度，这美妙的感觉也开始离我远去。我央求她：

"再一下子！再一下，拜托，阿纳丝塔夏。"

"我无法维持很久，毕竟我有自己的节奏。"

"再一下就好。"我央求。

阿纳丝塔夏再次让幸福回到我的身上,即使时间很短暂,但是等一切都消退之后,愉悦和明亮的感受仍以记忆的形式留存在我心中。

我们陷入一阵子沉默。我想再听听阿纳丝塔夏的声音,于是我问:"就是这么美好吗? 最早的人类——亚当和夏娃——只要躺着享受一切安乐和繁荣。不过,没事做会变得无聊吧。"

阿纳丝塔夏没有回答,反倒问我:"告诉我,很多人都会像你现在这样,想到第一个人类亚当吗?"

"应该大部分的人都会吧。他们俩在伊甸园,有什么事好做呢? 人类是到后来才开始发展,想出各种事物。人类是通过劳动而发展,因为劳动而更加聪明。"

"需要劳动没错,不过第一个人类远比今天的人类聪明,他的劳动更有意义,并且拥有高度的智慧、觉察力和意志力。

"亚当在这样的天堂乐园里做了什么? 造了花园? 今天任何一个喜欢园艺的人都可以做到,这方面专业的人士更不用说了。《圣经》里没有提到亚当做的其他活动。

"要是《圣经》把所有细节都交代清楚,那要花一辈子才读得完。《圣经》是需要理解的。每一行背后都有数不尽的信息。你想知道亚当做了什么吗? 我可以告诉你。不过首先要记得,《圣经》说,神嘱咐亚当为地上所有生物命名,以及决定它们的目的。而他——亚当——做到了。他做到了全世界的科学机构联合起来也还做不到的事情。"

"阿纳丝塔夏,你自己向造物主祈求、向他要了什么吗?"

"我已经被赐予这么多了,怎么还需要求什么呢?我应该感谢他,同时,帮助他。"

第二十三章　我们俩的儿子由谁来抚养？

　　阿纳丝塔夏陪我返回河边小艇，途中我们在她放置外衣的地点坐下休息。

　　"阿纳丝塔夏，我们如何抚养我们的儿子？"

　　"请你试着理解，你还没有能力抚养他。当他的眼睛第一次带着意识看着世界时，你不该在他旁边。"

　　我抓着她的肩膀摇她。

　　"你说什么？你怎能自作主张？我不知道你哪儿来的这种奇怪的定论，你的存在本身就够奇怪了，但这不代表你能违反逻辑、擅自决定一切。"

　　"请你冷静，弗拉狄米尔。我不知道你说的是何种逻辑，也请你冷静地想一想。"

　　"想什么？孩子不只是你的，也是我的。我希望他有父亲，我希望他拥有一切和受教育的机会。"

　　"请你了解，他不需要你认同的物质权利，他从一开始就拥有一切了。他自婴儿时期就能接收和领悟大量的信息，你认为的受教育对他而言是荒谬的，就像送一个伟大的数学家去念小学一年级一样。

　　"你想带没有意义的玩具给宝宝，可是他一点都不需要。

是你需要借此自我淘足：'看我是一个多么好、多么关心你的人。'假如你认为送你儿子汽车或其他有价值的东西是为他好，那么只要他想要，他自己就有办法得到。冷静地想一想吧，你能对你儿子说出什么具体而重要的话？你能教他什么？你生命中做的哪些事能引起他的兴趣？"

她继续用温和、平静的声音说下去，但每一句都令我发抖。

"请你了解，当他开始领悟宇宙万物，你在他身边将会像个发展不齐全的生物。你真的希望这样吗？你真的希望你儿子看到父亲站在一旁像个傻瓜一样吗？

"唯一能使你们亲近的只有思想纯洁度，但你们那里很少人有这样的纯洁度。你必须努力达到。"

我知道和她争论毫无用处。我绝望地说道：

"所以他永远不会知道我这个人？"

"当他有办法思考、理解，并替自己做决定时，我会和他提起你，提起你的世界。到时他会怎么做，我不知道。"

绝望、痛苦、羞辱、可怕的臆测，全在我脑海里打转。我想使尽全力狠狠扒揍这个美丽聪明的女隐士的脸。

这下我全都懂了。我心里明白的一切让我喘不过气来。

"我懂了！我全都懂了！你……你在这里没人和你睡觉生孩子。你一开始还故作姿态地玩弄我，假装自己像个修士！

"你需要一个孩子，你去了莫斯科。你卖掉干香菇和浆果。你何不在那里卖身——脱掉你的外套和头巾，马上就会有人上钩。用不着织罗网网住我。

"当然！你要的是梦想有儿子的男人，现在你到手了，但你有替孩子想过吗？替你的儿子想？你预设他要过隐士的生活，过你认为他应该过的生活。你觉得你在传播真理！说得真好听——你太高估自己了，女隐士。你算什么，终极的真理吗？你有考虑过我吗？

"对！我梦想有一个儿子！梦想把我的事业传给他，教他做生意。想有个儿子可以爱。现在要我怎么办？活着，但知道幼小的儿子在偏远的森林地上爬着，没有保护，没有未来，没有父亲。这太令我心碎了。你不会懂的，你这头森林母兽。"

"也许你的心将变得明晰，一切都会没事的。这样的痛苦将洗涤灵魂，激发思考，召唤你去创造。"阿纳丝塔夏轻声地说。

但我的怒火仍持续燃烧，愤怒到失去了控制。我抓起一根木棍用尽全身力气打一棵小树，直到棍子断裂。

然后我转向站在一旁的阿纳丝塔夏，不可思议的是，我一看到她怒气就开始消退。我心里想：为什么我又失去控制发火了呢？

阿纳丝塔夏像上次我咒骂她一样靠着树站着，一只手抬起来头往前倾，仿佛在抵抗一场暴风雨。

　　我的怒气全消。我走近她，看着她。现在她的双手都按在胸前，身体微微颤抖。她一言不发，只是用她和善的眼神看着我。我们就这样站着互相凝视了好一阵子。我心想：她不会说谎，这点毋庸置疑。

　　她可以不用对我说这些的，但是她……

　　她知道说了自己不会好受，但是她还是说了。当然这样也很极端。一个人只能说实话、只能说心里想说的话是活不下去的，但她就是这样，无法改变，你还能怎么办？

　　事情发生就发生了，木已成舟。现在她要成为我儿子的母亲了。

　　就像她说的，她将成为一个母亲。

　　想当然地认为她会是个奇怪的母亲。她的生活方式，她的思考，她的逻辑……唉，无论如何都没用。

　　反正她的身体很强壮，人又善良，很了解自然和动物，很聪明，虽然是很特殊的聪明方式。

　　不管怎样，毕竟她知道很多抚养小孩的事。她一直想讲的就是关于小孩的事。她会带大我们的儿子，像她这样的人会带好他的。她经得起冰天雪地，那对她来说根本不算什么。她会好好把他带大、培养他。

　　我自己要适应这种情况，只要当成夏天去夏屋拜访他们就好了。冬天不可能，我没办法。不过我可以在夏天时和儿子玩。他会长大，然后我会和他说说大城市里面的人……这次我应该和她道歉才是。

　　"对不起，阿纳丝塔夏，我又神经兮兮了。"

　　她立刻说：

　　"不是你的错，不要怪你自己。别难过，你只是担心你儿子。你怕他过得不好，怕你儿子的母亲是一头野兽，不能用真正人类的爱去爱他。但是你别担心，你别难过，你会这样说是因为你还不知道——亲爱的，你还不知道我的爱。"

第二十四章　穿越时光

"阿纳丝塔夏，假如你真的如此聪明并且无所不能，表示你也能帮我吗？"

她看了看天空，再看看我。

"整个宇宙没有任何生命能发展得比人更有力量或更自由。其他文明全都要拜倒在人的膝下。其他文明都只能朝一个方向发展和进步，它们不是自由的。它们甚至还无法理解人的伟大。造物主引伟大的意识创造了人、赋予了人，造物主赋予人的，比谁都多。"

我听不懂或者说当下没有听懂她的意思。我再问了一次同样的问题，请她帮我，但是连我自己也不清楚我需要什么帮助。

她问："你想要的是什么？要我治好你所有的病痛吗？

"那一点也不难，我半年前就做过了，但是重点部分却无效。你们那里的人惯有的毁灭性和黑暗的东西没有从你身上减少，各种病痛重新回来……女巫！疯掉的隐居人！我要尽快离开这里！你正在这样想，对吗？"

"没错，"我惊讶地回答，"那正是我在想的。你读了我的心？"

"我猜你这么想。事实上，全都写在你脸上了。弗拉狄米尔呀，你真的一点都不记得我了？"

她这个问题让我超级惊讶，我仔细地端详起她的五官。她的眼睛……我确实感觉曾经在哪儿见过……在哪儿呢？

"阿纳丝塔夏，你自己说你一直住在森林里，我怎么可能见过你呢？"

她对我笑了一下然后跑掉。

不久后，阿纳丝塔夏穿着长裙和咖啡色纽扣的上衣从树丛后方走出来，头发用头巾盘起来，没有在河边遇到她时穿的那件棉袄，头巾绑法也和当时不太一样。她的衣着整洁，不过并不时髦，用头巾包住额头和脖子……我想起来了。

第二十五章　奇怪的女孩

去年商队轮船停泊在离这里不远的村子旁，我们得为餐厅买点肉，因此在岸边停留了一段时间。

60千米后就是危险的河段，轮船无法在这种情况下航行（某些河段没有导航灯火）。为了不浪费时间，我们开始利用对外的扩音器及当地的广播，宣布今晚将有海上派对。

岸边闪烁着无数的灯光、播放着悠扬音乐的白色轮船吸引着当地的青年。这次几乎全村的年轻人都向轮船边靠近。

就像所有第一次踏上甲板的人一样，他们起先都忙着到处参观，急着看遍船上的每个角落。走过底层、中层和上层的甲板后，最后都会聚集在酒吧和餐厅。按照惯例，女性会去跳舞，男性则偏好喝酒。船上特殊的氛围加上音乐和酒精，总让他们处于兴奋状态，这有时会给船员带来不少麻烦。通常他们会觉得时间不够，集体要求延长派对时间，一开始要求半小时，之后要求不断延长。

当时我在包厢，听到餐厅传来的音乐，正在考虑调整船队接下来的行程，突然觉得有谁在注视我，我转过去，从窗户看到她的眼睛。这没什么好惊讶的，来参观的人总喜欢往舱房里看。我起身打开窗户，她没有离开，只是有点害羞地继续看着我。我感觉自己想对这个独自站在甲板的女人好一点，心想："为什么她没有和其他人一样去跳舞？也许她有什么不幸？"

我表示要带她参观轮船，她安静地点点头。我带她在船上四处走，为她展示办公厅——里面高雅的装潢总让参观者惊艳——铺着地毯的地板、软皮家具和多台计算机。然后我邀请她进入我由一间卧、办两用舱房和一间会客室组成的包厢，里面铺了地毯，配上高级家具、电视和影像播放器。

当时我大概以展示文明世界的成就来震撼乡下姑娘为乐。

为了彻底使她惊艳，我打开一盒糖果，倒了两杯香槟，打开录像机，薇卡·奇加诺娃正在唱着《爱与死》。这卷录像带还有其他我最爱的歌手演唱的歌曲。她只轻轻用嘴巴沾了一点香槟，然后，认真地看着我，问我：

"很辛苦，对吗？"

我什么都料得到，除了这个问题。

这趟旅途真的很艰辛。航线错综复杂；河运学校见习生组成的团队里有人抽大麻、偷商店里的东西；我们总是晚点，无法在当地已经公布的船队抵达时间内到达。这些重担及其他焦虑让我无法好好欣赏沿途风景，甚至无法好好睡上一觉。

我应付她几句，例如"没什么，我们撑得下去"之类的话，然后转身面对窗户，喝我的香槟。

我们聊了一些别的话题、听录像带播放的歌，直到轮船回到岸边，派对接近尾声，我送她到船梯。回到包厢后，我心想这女人真有些奇怪和特别，和她相处过后有一种轻盈、明亮的感觉。那晚是我连续好几天以来第一次睡个安稳觉。现在我知道了，船上那女人就是阿纳丝塔夏。

"那是你，阿纳丝塔夏？"

"对。我就是在你的包厢把那些歌记住的，后来在森林里唱给你听。我们讲话时它一直在播放。你看，就是这么简单。"

"你怎么会上船？"

"我对你们的情况和生活很感兴趣。弗拉狄米尔，毕竟我向来都只和夏屋小农有接触。那天我跑到村子里，把松鼠搜集的干香菇卖掉，买了一张你们的门票。现在我对你们被称为企业家的人所知甚多，也很了解你。

"我真的、真的很对不起。我不知道事情会变成这样，你的命运被我大大地改变了。对此我无能为力，因为它们已经接手这个计划，它们只听上苍的。从现在开始你和你的家人会有段非常难熬的时期，需要克服许多困难，不过一切都会过去的。"

虽然我不清楚阿纳丝塔夏指的到底是什么，但我的直觉告诉我，有件超乎我们生活常理的事即将发生，并且会直接波及我。

我请阿纳丝塔夏详细地告诉我，她说的改变我的命运是什么意思，还有她说的困难又是什么。听她讲起来，我实在很难想象，事情真的会照她预测的那样，在真实生活中——发生吗？阿纳丝塔夏开始诉说自己的故事，再次把我带回一年前的这起事件：

"当时，你带我参观轮船的每个角落，包括你的包厢。你请我吃糖果、喝香槟，最后送我到船梯。不过我没有马上离开，我贴近树丛，站在岸边，看见明亮的酒吧窗户里还有当地的年轻人在跳舞、玩乐。

"你每个地方都带我去了，就是没有带我去酒吧。我猜得到原因：我穿得不体面、包着头巾、上衣不时髦、裙子太长。可是我也可以拿掉头巾，我的上衣很整洁，裙子也是在见你之前认真用手平整过的。"

那晚我确实因为阿纳丝塔夏奇怪的衣着没有带她去酒吧。现在再清楚不过了，这个女孩是用她奇怪的衣着来掩饰她出众的美丽。我说：

"阿纳丝塔夏，你怎么会想去酒吧？难不成要穿着胶鞋在那里跳舞？你又怎么会跳现在年轻人跳的舞？"

"我那时候穿的不是胶鞋。我为了买你们船的门票，在拿干香菇换钱时和那位妇女借了一双鞋子。鞋子是很旧没错，而且太紧，不过我又用草清洗干净。跳舞……我只要看一次就会了，我会跳得很好的。"

"你那天晚上生我的气了？"

"没有。只是，如果你有带我去酒吧，虽然我不知道这样是好还是不好，至少事情会发展得不一样．也就不会发生这样的事了。不过它就这样发生了，我不后悔。"

"什么事发生了？发生什么事情？"

"你送我走以后没有马上回到包厢。你先去船长那里，然后你们俩一起去酒吧，这对你们来说是家常便饭。你们一进去就吸引了众人的目光：船长穿着端庄的制服，相貌堂堂；你是高尚、令人景仰、为河边居民所熟知的、大名鼎鼎的弗拉狄米尔·米格烈。一个船队的主人对这里的人来说就是不一样。你们很清楚自己给周围的人带来什么印象。

"你们坐到村里的三个年轻女孩那里。她们都只有18岁，刚从中学毕业。

"马上就有人送来香槟、糖果和新的高脚杯——比原来放在桌上的还要漂亮的高脚杯。

"你握着其中一个女孩的手，靠过去在她的耳边说些什么……我知道，那就是人家说的'恭维的话'。你和她跳了几次舞，继续和她说话。那个女孩的眼睛都亮了，仿佛置身在另一个世界，一个童话世界。

"你带她到甲板上参观轮船，像对我一样。你带她到你的包厢，请她吃糖果、喝香槟。不过你和那女孩在一起时有点不一样，你的心情愉悦，而和我在一起时，比较严肃甚至郁闷，但是和她，尔显然很高兴。我透过你包厢明亮的窗户看得一清二楚，也许那时，我有点希望自己是那个女孩。"

"意思是你在忌妒吗，阿纳丝塔夏？"

"我不知道，那种感觉对我来说是陌生的。"

我回想起那天晚上那些竭尽所能打扮得年纪大一点、时髦一点的乡下女孩。

早上我还和船长再一次取笑她们昨晚轻佻的举止。当时我在包厢里感受到那个女孩随时都可以献出一切，但是我无意占有她。我把这告诉阿纳丝塔夏，她说：

"你还是占有了她的心。你们到甲板上去，那时天空下着小雨，你把外套披在女孩肩上，带她回到酒吧。"

"你在干吗？阿纳丝塔夏，一直冒雨站在树丛那边吗？"

"那没什么，只是一点小雨，很温和。只不过它们挡住了我的视线，而且我真不希望把裙子和头巾弄湿。那是我妈妈的，是妈妈留给我的。

"不过我很幸运，在岸边找到一个塑料袋。我把它们脱下来放进袋子里，藏在我的上衣里面。"

"阿纳丝塔夏，如果你还没回家就开始下雨，你可以再回船上啊。"

"不，我不能。你已经送我走了，而且你还有别的事。反正一切都结束了。

"当派对结束、轮船必须离开时，你们在女孩们——主要是和你独处过的女孩——的请求下暂缓开船。一切都在你的掌控之中，包括她们的心。你很享受这种掌控的力量。当地年轻人感谢那些女孩，那些女孩也透过你感受到自己被赋予的那种掌控的力量。她们完全忘了曾一起在酒吧里、从学校时代就是朋友的那些年轻男孩。

"你和船长送她们到船梯后，回到了包厢。船长升起桥板，鸣响汽笛，轮船缓慢地驶离了岸。和你跳过舞的女孩和女生朋友们，以及当地的男孩站在岸边目送轮船离开。

"她的心跳得多么激烈，仿佛要从胸膛跳出来飞走。她的心和情绪乱成一团。

"她的身后是熄了灯火、一整片乡村房舍黑压压的轮廓线；眼前是自此永远离岸、灯火通明、继续勇敢地驶向水面和夜晚的河岸，并且乐声不断的白色轮船。

"向她说了那些她从没听过的美丽言辞的你就在那艘离去的白色轮船上，那些言辞多么令人陶醉、诱人。然而这一切正缓慢地、永远地离她而去。

"她决定要在众人面前做一件事……

"女孩握紧拳头，绝望地大喊：'我爱你，弗拉狄米尔！'一次又一次。你有听到她在喊吗？"

"有。"我回答。

"不可能没听到。你的船员也听到了，有的还跑到甲板上笑那个女孩。

"我不想要他们嘲笑那个女孩。后来他们好像感觉到什

么，就不再笑了。但是你没有出现在甲板上，船继续缓慢地离开。她以为你没听到，执着地继续喊着：'我爱你，弗拉狄米尔！'

"后来她的女生朋友们也加入，帮她一起喊。我很想知道那是什么样的情感——爱，如此让人失去控制。也可能是因为我想帮那个女孩，所以我也跟她们一起喊：'我爱你，弗拉狄米尔！'

"那一刻我似乎忘了一句话不可能只是单纯地说出来，它背后一定包含感情、意识，与真实可信的自然信息。现在我知道那是多么强烈的情感，也多么不受理智控制。

"那个乡下女孩后来变得憔悴，开始喝酒。我好不容易才想到办法帮助她。现在她已嫁为人妇，操持日常家务，我只好把她的爱融入我的爱中。"

这个女孩的故事有点扰乱我。阿纳丝塔夏的描述使我记起那晚发生的所有细节，每件事真的就照她说的那样。那是真的。

阿纳丝塔夏表达爱意的方式很特别，但我当时没什么感觉。见识过她的生活方式、知道她的世界观之后，她对我来说，已经越来越不真实了。尽管她就坐在我身边，我可以轻易地碰到她。我的意识已经习惯用别的准则来判断事情，无法接受她是一个真实的人的事实。现在她再也无法引起我初遇她时被她吸引的那种感觉了。我问她：

"所以你是说，你有这种新的感情纯属巧合？"

"这种感情很重要、值得期待，"阿纳丝塔夏回答，"甚至让人愉悦。但我希望你也爱我。我知道一旦你认识了我和我的世界，就会认为我不是个普通人，甚至你可能有时候还会怕我……现在事实就是如此，这都要怪我自己，我犯了很多错。不知道我为什么变得这么心急、冲动，无法好好解释一切。这些都很蠢吧？对不对？我应该改进才是？"

她说着，露出了苦笑，并把手放在胸前，我立刻联想到那天早上和阿纳丝塔夏发生的事。

第二十六章　虫子

　　那天早上我决定和阿纳丝塔夏一起做晨间巡礼。刚开始一切都好，我站在树下，摸各种植物的嫩芽，听她讲解各种植物，然后和她在草地上躺下来。我们全身赤裸，连我也不觉得冷，可能是因为我和她在森林里跑步的关系。我的心情特别好，好像不只身体，连内心都感到充盈。事情是从我感觉到大腿有点刺刺麻麻的时候开始的。我抬头发现我的大腿和小腿上有一些蚂蚁和甲虫之类的昆虫，我举起手想打它们，却打不到，因为阿纳丝塔夏抓住我的手。"别碰它们。"她说。

　　然后她转过来跪在我面前，把我的另一只手压在地上。我像被钉在十字架上一样躺在那里。我想挣脱她的手，但没有用。我发现要挣脱根本是不可能的。我用力挣扎，她却没花什么力气就继续压住了我，还一直面带微笑。我感觉身体有越来越多的东西爬上来，刺我、咬我、叮我，我猜它们要把我吃掉。我是被她掌控在手心里的。我评估自己的处境：没人知道我在这里，也没人会经过这里，就算有人经过了，也只能看到我的白骨——如果还能剩下骨头。当时各种念头掠过我的脑海，大概在自我保护的本能驱使下，我做出了唯一可能得救的举动：绝望中我使出全力咬住阿纳丝塔夏裸露的胸部并拼命左右摇头，直到她尖叫我才松开牙齿。阿纳丝塔夏放开我跳起来，一手摸着胸部，一手向天空挥手，并试着挤出笑容。我也跳起来对她嘶吼，拼命抖掉爬在我身上的东西。

"想把我拿去喂这些毒虫，你这个森林女巫！没门！"

阿纳丝塔夏继续对提高警觉的四周环境挥手，尽力挤出笑容。她看着我，头低低地慢慢走到湖边。我站在原地好一阵子，想着接下来该怎么办。回到河边吗？但如何能找到路？跟着阿纳丝塔夏吗？但又是为什么？结果我还是走到湖边。

阿纳丝塔夏坐在湖边，用双手揉搓一些植物，挤出汁液抹到她被我咬出一大片淤青的胸部，一定很痛。但她为什么要把我压住？我在她身边徘徊了一阵子，才开口问她：

"痛吗？"

她没有转头，只是回答：

"心更痛。"并继续静静地涂抹植物汁液。

"你为什么要这样整我？"

"我想帮你。你皮肤的毛孔都堵住了，根本不能呼吸。小昆虫可以清理它们。其实没有那么痛，还有点快感。"

"蛇呢，它不是要用牙齿碰我的脚吗？"

"它没有要对你做什么坏事。就算它放出毒液，也只是在表面而已，我会马上把它抹掉。你脚底的皮肤和肌肉都麻痹了。"

"那是因为一场意外。"我说。有一阵子我们都没有说话。这一切感觉很蠢，不知该说些什么，于是我问她："怎么了，那个看不见的谁怎么没有像上次我失去意识时那样帮你？"

"他没有帮我因为我在笑。你咬我的时候我尽量笑。"

我感到难为情。我拔了一撮旁边的草，用两手全力地搓，跪在她前面，用湿湿的手掌擦她的淤青。

第二十七章 梦想——创造未来

现在我已经知道阿纳丝塔夏的感受，知道尽管她再怎么特别，她都想要证玥自己是个自然、正常的人，因此我了解自己那天早上在她心里造成什么样的痛苦。我再次对她道歉。阿纳丝塔夏回答说她没有生气，只是现在因为她自己创造出的一切而替我担心。

"你能创造什么，有这么可怕吗？"我问，并且再次听到一个希望自己和世界上其他人一样正常的人，不应该这么正儿八经说出口的话。没有人会这样说自己的。

"轮船离开以后，"阿纳丝塔夏继续说："当地的年轻人回到村庄，我一个人站在岸边一阵子，感觉很舒服。然后我跑回森林。白天和平常一样过去了，但是到了晚上星星出来的时候，我躺在草地上开始梦想，就在那时想出了这个计划。"

"什么计划？"

"你知道吗，你居住的那个世界，人人都知道一点我所知道的事物，只要合起来，他们几乎知道全部，只是不完全了解这整个机制如何运作。

"那时我想象你会到大城市和许多人提到我，还有我解释给你听的事。你会用你们习惯传递信息的方式，比如写书，很多很多人会读到这本书，这本书将为他们揭开真相。他们将减少生病的机会、改变对小孩的态度、为小孩创造一种新的教育方式。人们将有更多的爱，地球将发射更多光明的能量。

"艺术家会画我的肖像，那将是他们最棒的作品。我会努力激发他们的灵感。他们会制作你们所谓的电影，那将是最棒的电影。你会看着这一切，并想到我。

"了解我告诉你的一切，并懂得欣赏这一切的科学家会去找你，他们会给你很多解释，你会比较相信他们而不是相信我，到时你会了解我不是女巫，我是人，只是我的信息比别人多。

"你写的东西会引起人们很大的兴趣。你会很有钱，19个国家的银行里都有你的钱。你会去圣地朝圣，洗净你体内黑暗的东西。

"你会想起我，爱我，希望再看到我和你的儿子。你会想要配得上你的儿子。

"我的梦想很鲜明，但可能祈求的性质多了点。也许这就是为什么一切会发生。它们把这当成一个付诸行动的计划，并决定要带人们穿越黑暗力量时光。每当地球人的内心和思想里，诞生了翔实的计划，就会被它们允许。

"它们大概把这当成了一个庞大的计划，可能还增加了一些东西，所以黑暗力量在加紧行动。我从鸣响雪松看出来的，因为它的射线变得更强烈了，鸣响声也越来越大——它急着把光和能量送出去。"

我听阿纳丝塔夏说着说着，越发觉得她精神异常。说不定她很久以前从某个医院逃到这里，住在森林里，而我却和她睡了觉，现在还可能有了小孩……天哪，到底发生了什么事情！不过看到她这么认真、这么兴奋地和我讲话，我还是尽量安慰她。

"别担心，阿纳丝塔夏，你的计划显然不会实现，所以光明力量和黑暗力量没有必要斗争。你还没那么了解我们的生活常态、规则和条件。问题是现在市场上每年有成千上万的书，就连知名作家的作品也很少有人买。我根本不是作家，没有那种天分、能力或教育程度去写出什么东西来。"

"是的，弗拉狄米尔，以前你没有，但现在你有了。"阿纳丝塔夏回应我说。

"好，"我继续安抚她，"不过就算我写了，也没有人要出版，没有人会相信你的存在。"

"但我真实存在。我存在，为了某些人；为了这些人，我存在。这些人会相信，这些人会帮你，如同我日后会帮他们一样。然后和这些人一起，我们……"

我一下无法理解她在说什么。我继续安抚她：

"我不会写的，连想都不会去想。这根本没道理，你必须了解。"

"你会写的。它们已经构成一整个系统让你不得不写。"

"你当我是什么，某人的枪手吗？"

"很多情况取决于你的决定。不过黑暗力量将千方百计地阻挠你，甚至制造绝望的假象逼你自杀。"

"够了，阿纳丝塔夏，我听够了你不切实际的幻想。"

"你认为这些都只是幻想？"

"对！对！幻想。"我很快终止对话。

一个牵扯到时间的观念在我脑中迸发出来，我突然懂了。阿纳丝塔夏告诉我的这一切，她的梦想，都是她在一年前想出来的。那时我还没像现在这样认识她，也还没和她睡觉，然而一年后，这一切都成真了。

"也就是说，已经在发生了？"我问她。

"当然。要不是因为它们，还有一点点因为我，你的第二次商旅不可能成行。第一次结束以后你就已经很难维持下去了，而且也不再有轮船的所有权。"

"意思是你影响了河运局，还有帮我的那些公司？"

"是的。"

"所以是你害我损失惨重，也造成他们的亏损。你有什么权利干涉？我竟然还丢下船和你坐在这里，可能船上面都已经被偷光了。你会催眠吧，不，比那还可怕，你是女巫。不然就是精神失常的隐居人。你什么都没有，连房子都没有，还在我面前讲一堆哲理，你这个邪门的女巫！

"我——一个企业家！你到底知不知道那是什么意思？我是企业家！就算我死了，我的船还在河上为人们带来货品。我就是那个为人们提供必需品的人。我也可以供应你，但你可以给我什么？"

"我？我可以给你什么？我可以给你一滴天堂的温柔宁静。你将成为双眼清澈的写作天才——我是你那充满诗意的意象。"

"意象？谁要你的意象？那可以拿来干吗？"

"它可以帮助你为人们写书。"

"噢，拜托！又是你不切实际的幻想！"

"我从来没对任何人做过坏事，我不能。我是人！如果你这么关心俗世里的物品和金钱，等一阵子吧，它们会回来的。

"我对你很抱歉，我做了这样的梦，让你有段时期很难熬，我当时想不到别的方法。你看不到这中间的逻辑，你要被你们那里的生活情势所逼才能看得到。"

"你看！"我忍不住说，"用强迫的？你做这种事，还想要别人把你当正常人看待。"

"我是人，一个女人！"阿纳丝塔夏激动起来了，从她的口气听得出来，"我只想到美好、光明的事。我想要你被净化。所以我那时才想出到圣地朝圣和写书的主意。它们接受了，而总是在和它们对抗的黑暗力量，从来就无法在最重要的关头获胜。"

"那你呢，以你的智力，以你的信息和能量，你却只打算袖手旁观？"

"在两大阵营的角力之中，我个人的努力是微不足道的，需要你们那里很多人来帮忙。我会搜寻这些人，如同你住院时我找到你一样。只是你自己必须有所提升，提高你的意识，战胜你体内不好的东西。"

"我体内有什么不好的东西？我在医院做了什么坏事？你又不在那边，你要如何治我的病？"

"当时你丝毫感觉不到我的存在，但我就在你身边。在船上的时候，我给你鸣响雪松的树枝，那是妈妈死前折断的。你邀我进去时我把它留在你的包厢。你那时就已经生病了，我可以感觉得出来。你还记得那根树枝吗？"

"记得。"我回答，"事实上它挂在我包厢里很长一段时间，很多团员都看到了。我把它带回新西伯利亚，不过没特别留意它。"

"你把它丢了。"

"因为我不知道……"

"对，你不知道……你把它丢了……所以妈妈的树枝没有来得及击退你的疾病，于是你进了医院。回去以后仔细看一下你的病历，你可以在病历表上看到，即使用了再好的药，你的病情都没有改善。后来他们给你用雪松油，严守医疗规定的医生本来不应该这么做，但这位医生采用了医疗手册没有提到，也没有人使用过的疗法，你还记得吗？"

"记得。"

"帮你治疗的，是你们城里一间最好诊所的科主任，一个女人。但是她主治的科目和你的病情无关。她把你留下来，尽管上面的楼层就是主治你病症的楼层。对吗？"

"对！"

"她帮你打针，打针时在昏暗的房间里放了音乐。"

阿纳丝塔夏描述的全是真实发生在我身上的事。

"你还记得那个女人吗？"

"记得。她是负责前州委医疗院的科主任。"

突然阿纳丝塔夏仔细盯着我，断断续续地说着让我马上吓得浑身打战的一段话："你喜欢什么类型的音乐？呃，这种吗？不会太大声吧？"她用的完全是帮我治疗的那位科主任的声音和腔调。

"阿纳丝塔夏！"我叫了一声。

她阻止我。"听下去，看在老天的分上，别这么惊讶。试着了解我要对你说什么，至少动点脑筋。目前为止，这些对你来说都很简单。"她继续说：

"这是一位很好的女医师，真正的医生。我和她相处融洽，她善良直率，是我不希望你被转到其他科。你的病要在其他科治疗，不是在她那里。但她对上级说：'把他留下来吧，我会治好他的。'她觉得她能做到。她知道你的病纯粹是'别的东西'导致的，她试着对付那个'别的东西'。她是医生。

"但是你都做了什么？你继续爱怎么做就怎么做，抽烟、喝酒、吃辣的、吃咸的，不管胃溃疡多么严重。你没有拒绝任何享乐行为。在你潜意识里有这样的想法——这一切没什么好怕的，什么事都不会发生在你身上——连你自己都不曾质疑。我没有做到什么好事，很可能还帮了倒忙。你意识里的黑暗面没有减少，意志力和觉察力也没有增加。你康复以后派你的员工去向这位救你一命的女医师送去节日祝贺，但你自己连一个电话也不曾打给她。她在等你的电话，她爱上你了，就像……"

"她还是你，阿纳丝塔夏？"

"我们，如果这样对你来说比较清楚。"

我站起来，迈开两三步，不知道为什么，远离坐在倒木上的阿纳丝塔夏。我的情绪和思想十分混乱，让我更不知道要用什么态度面对她。

"你又不懂我是怎么办到的，你又害怕了，可是很容易就猜到我是靠想象力和准确分析各种情况做到的。你又开始觉得我……"

她不再说话，头低低地垂到膝前。我也沉默地站着，心想：她怎么净说这些令人难以置信的事？说了又因为令人难以理解而沮丧。看来她真的不懂没有一个正常人会接受这些事情，也没有人会把她当成正常人。

后来我还是走到阿纳丝塔夏面前，拨开她盖住脸的头发。眼泪从她湛蓝、带点灰褐色的大眼睛中滑落。她笑了，说了些不符合她个性的话：

"女人就是女人，对吗？

"现在你对我存在的这个事实感到震惊，不敢相信你的眼睛。你没有完全扫信，也不懂我在说什么。

"我存在的事实和我的能力都让你震惊，你完全不把我当正常人，但是请相信我，弗拉狄米尔，我是人，绝不是女巫。

"你对我的生活方式感到震惊，但为什么另一种就不令人震惊、不令人觉得矛盾？

"为什么承认地球是个天体，是至高无上的智能最伟大的创造，每个系统都是它最精心设计的人，却在破坏这些系统，努力地拆解它呢？

"对你们来说，人造宇宙飞船、人造飞机是很自然的东西，但它们整个机具却是用最伟大的、活生生的大自然机制被破坏后，再次熔化的残片制成的。

"想象一个人破坏了一台正在飞行的飞机，就为了用它的残片做锤子或刮刀这类粗糙的工具，还引以为傲。这个人不了解他不能永无止境地将飞机破坏下去。

"你们怎么不了解，你们不能这样子破坏我们的地球！

"计算机被当成人工智能的一项成就，但很少人知道计算机只能和义脑相比。你可以想象如果一个人有健全的双脚却只用拐杖走路，他脚上的肌肉当然会萎缩。如果不停地锻炼大脑，机器永远不可能胜过人的头脑……"

阿纳丝塔夏拭去滑下脸颊的泪水，执拗地继续阐述她奇异的论点。

当时我根本想不到她说的话会激励这么多人并引起科学家的讨论，就算当成假设的理论，她的论点也被认为是世上独一无二的。

按照阿纳丝塔夏的说法，太阳类似镜子。它反射来自地球的、肉眼看不见的光线。这种光线是从处在爱、喜悦，或其他明亮感受的人们身上发射出来的。太阳反射它们，让它们以阳光的形式回到地球，为地球上的一切带来生命。

她举了许多例子支持她的论点，虽然这些例子也很难以理解。

"如果地球跟其他星球只消耗太阳本身美好的光线，"她说，"太阳就会熄灭，或燃烧得不均匀，它闪烁的光线就会参差不齐。宇宙中没有单向的程序，一切都是互相关联的。"

她还引述《圣经》的句子："这生命就是人的光。"

阿纳丝塔夏还说一个人的感情也能透过星体的反射传给

另一个人。她用一个例子说明并示范：

"没有一个住在地球上的人可以否认，有人爱着自己的时候，自己可以感觉得出来。在爱你的人身边，这种感觉会更明显。你们说这是直觉，事实上，爱你的人会发射看不见的光波，就算这个人不在身边，只要他的爱够强烈，你还是可以感觉得到。运用这种感觉，并了解它的本质，奇迹就会出现。这就是你们说的奇迹、神秘现象或不可思议的超能力。跟我说，弗拉狄米尔，现在跟我在一起，有觉得好一点了吗？比较轻盈、温暖和心满意足？"

"是有，"我回答，"不知道为什么，我觉得温暖一点了。"

"现在我把注意力更集中在你身上，你看看会发生什么事。"

阿纳丝塔夏睫毛稍微低垂，慢慢往后退了几步，停下来。我身上产生一段舒适的暖意。温度在上升，但不灼热。它没有让我觉得太热。

阿纳丝塔夏转身慢慢走开，躲到一棵粗壮的大树树干后面。舒适的暖意没有减少，还多了帮忙心脏输血的感觉。现在随着每一次心跳，我都能感觉到血液正被送往全身上下的血管。我开始出汗，脚底都湿了。

"你看到了吧？现在你懂了吧？"阿纳丝塔夏从树后现身，好像证实了什么似的而扬扬得意，"即使我走到树干后面你还是感觉得到，当你看不见我，你的感觉甚至变得更强烈了。跟我说你有什么感觉。"

我告诉她以后，问她："树干证明了什么？"

"你说呢？本来信息和光的波是直接从我传向你，当我躲起来，树干理应大大地扭曲它们，因为它也有自己的信息和光线，但是这没有发生。

"被星体反射，甚至增强了的感情波直接涌向你。然后我展示了你们所谓的奇迹。你的脚开始出汗，这点你对我隐瞒了。"

"我不觉得那有什么。脚出汗算什么奇迹？"

"我把你体内各种疾病从你脚底赶出来了。你现在应该觉得好多了，连外表都很明显，你的背没有那么驼了。"

真的，我觉得身体好多了。

"所以你就是像这样集中注意力，想象一下，就能得到你要的。"

"多多少少是这样。"

"每一次都能成功吗，如果想的东西不只是治疗呢？"

"每一次，只要不是抽象的。只要每个细节都被设想周全，而且不违反灵性法则，但这种梦也不是随便就做得出来的，思想要很快，还要有相符的情感波动，这样一定就能实现。这种事很自然，很多人一生中都会发生这种事。也许你可以找到几个这样的人，曾经梦想过什么、然后完全或部分实现的人。"

"细节……思想……很快很快……你梦想诗人、艺术家和书的时候，有把细节设想得很周全吗？你的思想速度很快吗？"

"非常快。具体到每个细枝末节。"

"所以，你认为它会实现？"

"是的。"

"你那时没有别的梦想吗？你把你的梦想全都告诉我了吗？"

"我还没把我梦想的所有事情全都告诉你。"

"全部告诉我吧。"

"你……你想听我说吗，真的？"

"对。"

阿纳丝塔夏的脸亮了起来，仿佛有一道光芒照射在她的脸上。她受到鼓舞，兴奋地开始她那令人难以置信的独白。

第二十八章　穿越黑暗力量时光

"那天晚上我还梦想着，如何让人们穿越黑暗力量时光。我的计划和觉察很精准、贴近真实，它们接受了。

"你写的这本书，没有经过修饰，所有字母排列都很朴素，然而它们组成的字句将在大多数人的心中产生美好、光明的感觉。这些感觉能够克服身体和心灵的疾病，能催生未来世代与生俱来的新意识。相信我，这不是凭空捏造出来的，这符合宇宙法则。

"一切很简单：你会凭感觉、凭你的内心写出这本书。你别无他法，因为你没有写作技巧。然而，只要凭感觉，你可以做到任何事。

"这些感觉已经在你体内了，包括我的和你的，只是你还没察觉到而已。它们会被很多人了解。它们具化为符号，比某些宗教力量还大。

"不要隐瞒发生的一切，包括私密的部分。放开羞愧的想法，不要怕呈现出愚蠢的模样。克服高傲的心态。

"我已经把自己完全开放给你了，我的身体，我的灵魂。我希望透过你，把自己开放给所有人。现在我可以这么做了。

"我知道黑暗力量会大肆袭击我，对抗我的梦。我不怕它们。我的力量更大，我会活着看见我构想出来的一切。

"我会活着将我们的儿子生下来并将他抚养长大，弗拉狄米尔。

"我的梦会打破黑暗力量形成的，几千年来作用在人身上许多毁灭性的机制，并迫使这些机制开始为美好的事运作。

"我知道你现在不可能相信我。你居住的那个世界，那里的生活环境，已在你脑中形成既定的常规和预设的框架来阻碍你。

"你们觉得穿越时空是不可能的事，但你们所谓时间及空间的观念是相对忙的。决定它们大小的，不是秒和米，而是意识和意志力的强度。

"多数人的思想、感觉、情感的纯净程度，决定了人类在时间和宇宙中的位置。

"你们相信占星学，相信自己完全受行星位置的影响。这种信念是黑暗力量的机制引发的。这种信念降低平行光的速度，使黑暗力量往前推进、扩展。这种信念正在误导你们，使你们远离真理、远离生命的本质。

"请仔细地检视这点，请想一想造物主按他的形象创造了人。人被赋予最大的自由——在光明和黑暗之间进行选择的自由。人被赋予灵魂。可见的一切都为人所掌控，甚至与造物主之间的关系也是自由的——人可以选择爱他或不爱他。没有谁，也没有任何事物可以控制人、违背人的意愿。造物主希望人用爱响应他的爱，但造物主希望得到的，是完全自由的人，如此完美神似他的人——自由、自发的爱。

"造物主创造一切，包括星球，为了替所有生命——植物和动物——保持秩序与和谐、协助人类，但它们绝对无法驾驭人的灵魂和心智。不是星球在推动人，而是人在用潜意识推动所有星球。如果有一个人希望天空中出现第二颗燃烧的太阳，这颗太阳并不会出现，事情已经被这样设定了，为了避免发生星际灾难；如果所有人都希望有第二颗太阳，那么这样的太阳就会出现。

"想要编写占星命盘，首先要将基本的因素考虑进去：此人觉察力目前暂时达到的层级、他的意志和精神力量、灵魂的志向，以及他投入当下日常生活的程度。日子不管吉凶、有无磁风暴、高气压或低气压，全都可以被意志力和意识克服。你有没有见过在阴雨的天气里快乐、喜悦的人，或是相反，在阳光明媚的一天里悲伤、沮丧的人？

"当我所说的被放进这本书的字母排列组合时，它将疗愈和启发人类，你觉得我只是像疯子一样在幻想。你不了解，所以你不相信，但事实上它很简单。

"我现在使用你的语言，以你的用词甚至腔调来和你说话。这样你很容易就能将我说的话记下来，因为这是你的语言，专属于你，同时大部分的人都看得懂。这里面没有难懂的句子或少见的词，它很简单，所以大部分人都看得懂。

"不过我稍微做了一点修改，也许只有几个地方，只有一点点。你现在处于亢奋的状态，所以你只要回忆起这个状态，就能想起我说的每一句话，而你会把我说的话写下来。这样我组合的字句就会出现在你写的书里。

"它们非常重要，就像祷告词一样能创造奇迹。况且你们已经有很多人知道，祷告词就是某些字句的组合。这些组合是开悟的人在神的帮助之下所做的安排。

"黑暗力量总是设法阻挠，不让人有机会亲近这些组合所散发出的恩泽，甚至为此改变了语言，加上新的字、删除旧的字、扭曲字的意思。例如，从前你们的语言有 47 个字母，现在只剩下 35 个。

"黑暗力量加入其他字母组合、加入它们自己的语法，煽动低级、黑暗的东西，企图用肉体情欲误导人。但是我用今天使用的字母和符号，将最初的组合带回来了，现在它们就要开始产生影响力了。

"我费尽千辛万苦搜寻它们！终于找到了！我搜集了不同时代的精华，搜集了很多。我把它们暗藏在你即将写出来的文字里。你可以看到，这些文字十分精准而成功地诠释了永恒的、深邃的、无穷的宇宙，以及古老的符号组合所代表的意义、内涵与目的。

"你一定要把你的所见所闻全写出来，什么都不要隐藏——

不管坏的、好的、私密的，这样它们就会被保存下来。你会相信的，弗拉狄米尔，相信我。等你写出来，你就会相信的。

"很多人读到你即将写的文字，会在心里产生一些他们还不太明白的情绪与感受。他们会告诉你这些感受，你会亲眼见到并听到他们告诉你。他们的感受是明亮的，之后他们许多人将透过这些感受理解到更多你没有写出来的东西。

"就多少写一点吧。当人们感受到这些组合，你开始相信——当十个、百个、千个人告诉你他们的感受，你就会相信了，然后你会全部写出来。只要你相信，相信你自己，相信我。

"以后我会再和你说更重要的事情，他们同样会理解和感受得到。但最重要的是抚养小孩。你对飞碟、机械、火箭和星球有兴趣，但我想和你多说些有关抚养小孩的事。我会这么做的，等我帮你培养了更多的觉察力，我会再和你说的。

"不过，阅读时别受人工、人造机械声响的打扰。这种声响对人不利，使人远离真相。伴随着造物主创造的大自然的声音吧，它们携带着真理的信息和恩惠，有助于提高觉察力，疗愈的力量也会更大。

"当然，你又再次怀疑，并且不相信文字的疗愈力量，你觉得我……这绝对不是虚构或神秘的现象，绝对没有违反灵性法则。

"当明亮的感觉出现在人的心中，它们绝对会对人体所有器官产生良好的影响。这种明亮的感觉对任何病痛来说都是强而有效的药方。造物主用这种感觉来进行疗愈，圣人也是。你读了经典就知道了。你们那里也有人能用这种感觉疗愈。很多医生都知道，如果你不相信，问问他们吧，毕竟你比较相信他们。

"这种感觉越强烈、越明亮，对接收的人就越有效。

"我一直都能用我的光线来治疗。当我小的时候，曾祖父曾教过我，并把一切解释给我听。我对我的小农做过好几次。现在我的光线力量比祖父和曾祖父强了好几倍，他们说这是因为我心中产生出一种叫作爱的感觉。它如此强大、喜悦，又有点炙热，我想把它送给所有人，包括你。我希望每个人都感觉到美好，我希望一切事物都很美好，就像造物主希望的那样。"

阿纳丝塔夏异常激昂且笃定地道出她的独白，仿佛朝时间和空间发射出去，然后沉默。

我被阿纳丝塔夏的激昂和笃定吓到，我看着她说："阿纳丝塔夏，你全部说完了吗？你的计划，你的梦，没有别的细节了吗？"

"剩下的都是些琐碎的事，我计划时很快把它们带过了，就像完成 2×2 的习题这么简单。只有一个关系到你的地方比较复杂，不过我也解决了。"

"那就详细说明一下吧，复杂且关系到我的是什么事情？"

"你知道吗？我把你变成地球上最有钱的人，也把你变成最有名的人，过一阵子它就会发生。

"但是当这个梦的细节被一一描绘出来……当它还没起飞、被光明力量接管……这时黑暗力量……它们总是企图施以伤害，如同各种副作用般影响这个梦所关系到的许多不同的人。

"我的思想速度非常非常快，但是黑暗力量还是实时赶上了。它们放下许多俗务，企图用它们的机制影响我的梦，就在这时候，我想到了。我战胜了它们，迫使它们的机制为美好的事工作。

"黑暗力量困惑了，虽然只有非常短的一瞬间，但那已经足够让我的梦被光明力量接住，飞入光明的无穷无尽之中，使它们追赶不及。"

"你想到了什么，阿纳丝塔夏？"

"出乎意料，我把你必须克服各种困难的黑暗时期稍微延长了。为了延长这段时期，我让自己没有机会用光线帮你。它们困惑了，完全看不出我行动的逻辑，而这时我却极为快速地照亮未来和你接触的人。"

"这是什么意思？"

"人们会帮助你，实现我的梦，用他们小小的、几乎无法控制的光线。然而这些小小的光线数量很多，你们齐心协力就能把我的梦化为现实。你会穿越黑暗力量时光。其他人也会和你一起穿越黑暗力量时光。

"成名、富有并不会令你傲慢、贪婪，因为你会发现金钱不是最重要的，它永远无法为你带来温暖或他人真正的同情。等你穿越黑暗力量时光，你就会明白了，你会看见、遇见这些人，而他们也会明白。

"至于下蹲的事……为了以防万一，我先想好你和银行之间的关系，而且你一点都不注意你的身体，像这样在取钱的时候运动一下也好。就算看起来有点蠢也没关系，至少你可以改掉高傲这个恶习。

"所以黑暗力量在这段时期想出的种种困难和阻碍，在锻炼着你和你周围的人。你们的觉察力将有所提升。这些困难和阻碍，反而对你们有利，使你们将来能够完全避开黑暗力量引以为傲的各种诱惑。不管它们采取什么行动，结果都是一样的。因此有那么一瞬间，它们困惑了。现在，它们永远都追不上我的梦了。"

"阿纳丝塔夏！我亲爱的梦想家、幻想家！"

"噢！你真好，谢谢你！谢谢你！你说'我亲爱的'，真好！"

"不客气。但我也说你是幻想家、说你是梦想家，你不会不高兴吧？"

"一点儿都不会。你还不知道，每次只要我的梦想鲜明，连细节都考虑周全，就一定会实现。这一次也绝对会实现。这次是我最爱，也最鲜明的梦。你的书一定会写出来的，大家会开始产生一些很特别的感觉，而这些感觉会召唤他们……"

"等等，阿纳丝塔夏，你又开始失控了，冷静一点。"

* * *

我不太明白她独白的意义在哪儿，她说的每一句话听起来都那么不切实际。一年后，《奇迹与探险》杂志的编辑在阅读过包含这篇独白的手稿后，兴奋地把他们最新一期的杂志（1996 年 5 月号）交给我。

我看了内容以后也激动不已。两大科学家——科学院院士阿纳托利·阿基莫夫与弗拉依尔·卡兹那雪夫——都分别在文章里谈到"至高意识"的存在，以及人与宇宙的密切关联，也谈到了人体所发射的肉眼看不见的光线，可以用特殊仪器捕捉得到，并且在杂志刊登了两张人体散发辐射的照片。不过科学家才刚开始探讨的东西，阿纳丝塔夏从小就知道了，而且还在日常生活中运用自如并拿来帮助别人。

一年前我怎么可能知道站在我面前，穿着她唯一一件旧裙子，套着笨胶鞋，局促不安地玩弄着上衣纽扣的女孩阿纳丝塔夏，拥有丰富的知识且有能力影响人类的命运呢？怎么可能知道，她心中的热情真能为人类抵挡黑暗与伤害？

我怎么可能知道俄罗斯家喻户晓的医师——俄罗斯医疗人员基金会的会长——会召集他的助手，在他们面前说："和她比起来，我们不过是区区蝼蚁。"还说世上没有比她更强大的力量，并且对我长期无法了解她而感到遗憾？

很多人都感受到这本书散发出来的强大刀量。

本书初版小批印刷发行以后，诗歌如洗去污泥的春雨般纷纷降临。我认为这要归功于阿纳丝塔夏，她也是本书的作者。

亲爱的读者，现在你手上拿的就是这本书，你正在阅读。这本书是否唤起你内在的任何情感，只有你自己知道。你感受到了什么？这本书召唤你去做什么呢？

继续独自待在泰加林的阿纳丝塔夏，仍在她的林间空地持续不懈地用她美好的光线，清除她梦想前面的障碍。她会继续集合并鼓励越来越多的人加入，实现她的梦想。

在艰苦的时期，三名莫斯科大学生在我身旁支持我，他们没有得到与付出的劳力相对应的酬劳（甚至还在物质上资助我）。他们到处打工赚钱，然后熬夜把《遇见阿纳丝塔夏》的手稿打进自己的计算机，尤其是辽沙·诺维奇科夫。

就算进入繁重困难的期中考试期间，他们也不愿意放下键盘。

莫斯科 11 号印刷厂印了 2 000 本，没有通过出版社。而且在这之前，已经有一位《农民报》的记者叶夫根妮雅·柯维特科首度在报纸上发布了阿纳丝塔夏的报道。之后还有《莫斯科真理报》的卡佳·戈洛维娜、《林业报》、《新闻世界》与俄罗斯电台。专门刊登科学院著名学者文章的《奇迹与探险》也顾不得惯例，好几期专题讲的都是阿纳丝塔夏，并使用这样的标题："科学院院士的最大胆的梦，也赶不上西伯利亚泰加林女巫士阿纳丝塔夏的真知灼见。是思想的纯洁使人无所不知，无所不能。人才是最极致的造物。"

只有首都严肃的报纸杂志有阿纳丝塔夏的报道。仿佛阿纳丝塔夏自己选择了它们，略过小报，小心翼翼地维护她梦想的纯洁。

但直到我认识她的一年后，这些事情才变得比较清楚。当时我还不了解她，不完全相信她，而且对发生的一切保持观望态度，还试着把话题拉到我熟悉的领域，也就是与企业家相关的话题。

第二十九章　坚强的人

　　阿纳丝塔夏讲了很多我们称之为企业家的这些人，如何对整个社会的精神层面产生影响。她拿起树枝，在泥土上画了一个圆；在这个圆里面，又画了许多小圆，并在每个小圆中心点上一点；接着她又沿着这个圆的外围画了许多小圆。她画着画着，越加越多，看起来就像地球内部的星象图。

　　"大圆是人居住的地球；小圆是由许多人组成的小团体；点是领导这些团体的人。领导人周围人群状态的好与坏，取决于领导人对待他们的方式、领导人要他们做什么，以及领导人用影响力创造了什么样的心理环境。若大部分人的状态是好的，团体中每个人会集体散发出明亮的光线；若感觉不好，他们的光线就是黑暗的。"她说。

　　阿纳丝塔夏把几个小圆画上阴影线，让它们变暗。

　　"当然，有很多因素会影响他们内心状态，但是身处团体的这段时间，影响最大的就是他们和领导人之间的关系。

　　"从地球发射出来的集体的明亮光线对宇宙非常重要，爱的光线，美好的光线。《圣经》也说了：'造物主就是爱。'

　　"我非常非常同情你们所谓的企业家，他们是最不幸的人。我很想帮助他们，但是只靠我一个人很难。"

"你错了，阿纳丝塔夏。我们那里最不幸的，是只能靠养老金度日的人。他们找不到工作，连找个遮蔽的地方、图个温饱都很困难。企业家拥有的比常人多太多了，可以享受到常人连做梦都想不到的东西。"

"像是什么？"

"普遍来说呢，企业家都有一部现代汽车、一栋公寓，而且不愁吃、不愁穿。"

"那快乐呢？满足呢？你看一下吧。"

阿纳丝塔夏又把我带到草地上，告诉我一些场景，就像她第一次带我看那个夏屋小农。

"你看到了吗？那个人坐在你所谓的豪华汽车里。你看，他一个人坐在后座，车里暖和又舒服。司机熟练平稳地开着车。但是你看那个企业家的脸如此紧绷，好像很苦恼。他在筹备什么，像是在担心一些事情。你看，他拿起你所谓的电话，他在担心……来了，他收到信息了……现在他必须尽快判断并做出决定。他整个人都紧绷起来，他在思考。好了，他做好决定了。现在你看，看好了，他看起来是平静地坐着，但是他的脸上还挂着疑虑和担忧，一点儿都不快乐。车子外面就是春天，可是他看也不看，也感觉不到春天。"

"阿纳丝塔夏，那是工作。"

"那是生活方式。而且从他起床那一刻起就不曾间断，一直到他睡觉，甚至梦里也一样。他看不到新吐的嫩叶，也看不到春天里流淌的小溪。

"终其一生围绕在他身边的都是虎视眈眈的对手，想要伺机夺取他的一切。试着用你们所谓的保全或者像堡垒一样的房子也不能带给他百分之百的安全感，因为他心中的恐惧和忧虑总是如影随形，一直会持续到他生命结束的那一天。直到死前最后一刻，他甚至还在哀叹不得不把一切留在身后。"

"企业家也有快乐的时候，只要他达到理想的状态，完成自己的计划。"

"那不是真的，他根本没时间替自己的成果感到开心，马上就要进行下一个更复杂的计划，一切都要从头再来一遍，难度越来越高。"

这位森林美女替我描绘了我们社会外表富足，内在却阴暗可悲的一面，这样的画面令我难以接受，我试着反驳她：

"阿纳丝塔夏，你忘了，他们有能力完成预定的目标，替生活赢得美好的事物，让女人爱慕他们，也受旁人的景仰。"

她回答："幻觉，没有一样是真的。当人们看着豪华汽车里的乘客，看着拥有那栋最昂贵住宅的主人，你哪儿能从他们眼里看到尊敬与赞赏？没有人会附和你说的。那全是忌妒、冷漠和被刺激的眼光。就连女人也无法爱他们，因为她们的感情混杂了占有这个男人，以及占有他的财产的欲望。同样，这些人也无法真心地爱一个女人，他们无法为这么强大的情感腾出足够的空间。"

再想说出什么话来辩解也没用，毕竟只有她说的这些人有资格同意或反驳。身为一个企业家，我从没想过阿纳丝塔夏说的这些问题，从没计算过我快乐的时间，更没办法替别人这样做。企业家从不抱怨或叫苦，每个人都尽力展现出成功和幸福美好的一面。大概因为这样，大家对企业家的印象就是一群什么都不缺的人。

阿纳丝塔夏接收到的不是表象，而是埋藏在内心的感受。从一个人身上看见多少光芒，就是她判断此人状态的依据。我觉得与其听她讲，不如我自己看看那些她看到的画面和状况。我把这个想法告诉阿纳丝塔夏，她说：

"我帮你，很简单。眼睛闭上，双手打开躺在草地上，放松。想象整个地球，想象它的颜色，想象它有些地方散发出蓝色的光。然后缩小你想象力触及的范围，让它不再遍及整个地球，越来越窄，越来越窄，直到你看到具体的细节。到蓝光最强烈的地方寻找人群。让想象力的视线越来越集中，越来越窄，最后你会看到一个人，或好几个人。好，你再试一次，我帮你。"

她用手顺了顺我的手指，然后把指尖放在我的掌心。她的另一只手，靠在草地上，手指朝向天空。我在脑海中照她说的做了一遍，随后出现了三个人围坐在桌边热烈讨论的模糊画面。我不知道他们在说什么，因为我什么也听不到。

"不对，"阿纳丝塔夏说，"他们不是企业家。我们再找一下。"

她用她的光线找了又找，扫描大大小小的办公室、私人俱乐部、宴会、戏院……这些地方蓝光很微弱或者根本就没有。

"你看，那里已经是晚上了，可是他还一个人坐在烟雾弥漫的办公室里，有些地方不太对劲儿……你看那一个，在游泳池扬扬得意的那位，身边都是女孩子。他有点醉意，可是一点光芒都没有。他只是在逃避某些东西，他得意满足的样子都是假的。

"这个在家里，那是他太太，他小孩在问他事情……电话响了……你看，他又开始认真了，甚至把亲人全都抛在脑后……"

她一个接一个，扫描各式各样的情况，有些表面上看起来不错，有些看起来不是很好，直到我们看到一个可怕的景象。

我们突然看到一个房间，可能在某间公寓，里面装潢得不错，可是……

圆桌上躺着一个裸体的男人，手脚被捆绑在桌脚上，头悬空倒吊着，嘴巴被咖啡色胶带粘起来。桌子旁边坐着两个年轻的彪形大汉，一个头发很短，一个留着柔顺光滑的长发。在远一点的地方，有一盏落地灯，下面的扶椅上坐着一个年轻的女子，她的嘴也被粘住，胸部以下被人用麻绳捆绑在椅子上，双脚也被绑在椅子脚上，全身上下只有一件被撕破的内衣。她旁边坐着一个瘦削的老男人，他正在喝东西，白兰地之类的。他前面的小桌子上摆了巧克力。

坐在圆桌旁的年轻人没有喝酒。他们把某种液体——伏特加或酒精——倒在躺着的男人胸口上，然后点火。"他们在寻仇！"我惊觉。

阿纳丝塔夏把光线从这场景移开。我大喊：

"回去！做些什么！"

她回到那一幕，回答说："我没办法。已经发生了，没办法阻止。要早一点才行，现在已经太迟了。"

我像着了魔似的看傻了眼。突然，我清楚地看见那名女子眼里布满了恐惧，然而她完全没有求饶的意思。

"做些什么啊！如果你还有心的话，至少做些什么啊！"我对着阿纳丝塔夏大叫。

"这不在我的能力范围之内。可以说是原先就设定好了，不是我设定的，我不能直接干涉。现在它们比较强势。"

"你的那些能力呢？你的善良都到哪儿去了？"

阿纳丝塔夏一句话也没说。可怕的景象稍微变得模糊，喝白兰地的老家伙突然不见了。我一时感到全身瘫软。

我还感觉到碰着阿纳丝塔夏的那只手开始麻掉了。我听见她越来越微弱的声音，她很艰难地吐出话来："手拿开，弗拉狄……"她甚至没能说完我的名字。

我起身把手从阿纳丝塔夏那里抽回来。

我的手垂在那里，就像有时候压到手脚变得麻麻的那样，而且整个都变白了。我活动活动手指，麻痹的感觉才开始消失。

我看看阿纳丝塔夏，她的样子把我吓坏了。她闭着眼睛，脸颊不再红润，双手和脸上毫无血色，躺在那里简直像停止了呼吸。

她周围直径三米的草地都变得苍白、枯萎，我意识到发生了可怕的事，我大叫："阿纳丝塔夏！你怎么了，阿纳丝塔夏？"

她对我的呼喊毫无反应。我抓住她的肩膀，摇着她不再有弹性、瘫软的身体。没有反应——她完全苍白没有血色的嘴唇一动也不动。

"你听得到吗，阿纳丝塔夏？"

她的眼皮睁开了一点点，失去光彩的眼睛无神地看着我。我抓起装了水的白兰地扁瓶，抬起她的下巴，想让她喝点水，但是她吞不下去。我看着她，着急地想着办法。

后来她的嘴唇终于稍微动了动，虚弱地说：

"把我移到别的地方……到树那里。"

我抱起她瘫软的身体，远离这一圈苍白的草地，把她放在最近的一棵雪松旁边。过了一会儿，她逐渐恢复。我问她：

"到底发生什么事了，阿纳丝塔夏？"

"我尽量去做你要求我做的事，弗拉狄米尔。"她轻轻地说。一分钟后又说了第二句："我想我成功了。"

"可是你看起来糟透了。你差一点就死了吗？"

"我违反了自然定律。我干涉了不该干涉的事。这耗去了我全部的精力，我很意外它竟然够用。"

"既然这么危险你何必冒这么大的险？"

"我没有选择的余地，你要我这样做。我怕我不能满足你的要求，我怕你不再尊重我。你会认为我只会说而已，在实际生活中什么都做不了，只会说而已。"

她说话时用苦苦哀求的眼神看着我，声音有些颤抖。"但是我没办法解释这是怎么做到的，这个自然机制是如何运作的。我感觉得到，但没办法解释给你听，你们的科学家可能也没办法。"

她低下头，保持沉默，好像在把力量召唤回来，然后又用可怜兮兮的眼神看着我，说："你现在觉得我更像一个疯子或女巫了。"

那瞬间我有股强烈的冲动，想要做些什么，想对她好一点。但是我又能做什么呢？

我想告诉她，我觉得她是一个正常的普通人，一个聪明漂亮的女人。但是我对她的感觉并不像对一般人那样，她有直觉，她一定不会相信我。

我突然想到她说她小时候曾祖父常常用一种方式来问候

她。白发苍苍的曾祖父会单腿下跪在小阿纳丝塔夏的面前，亲吻她的小手。

我单腿下跪在阿纳丝塔夏面前，拿起她依然苍白还有点冰冷的手，在上面亲了一下，说："假如你真的不正常，那你一定是所有不正常的人中，最好、最善良、最聪明和最美丽的一个。"

终于，阿纳丝塔夏的脸上恢复了笑意。她用感激的眼神看着我，双颊渐渐转为红润。

"阿纳丝塔夏，是你刻意选的吗？那些画面怎么都死气沉沉的。"

"我也想找出一个好的例子，但是我找不到。他们都被忧虑夹得紧紧的，只看到自己的问题，彼此之间几乎没有心灵交流。"

"那怎么办？除了同情他们，你还能给他们什么建议吗？不过我告诉你，这些企业家都是很坚强的人。"

"非常坚强，"她同意，"并且令人好奇。他们似乎同时过着两种截然不同的生活。一种只有他们自己知道，甚至连亲人也不清楚；另一种是呈现在外给别人看到的样子。我想，只有他们自己增加彼此之间的心灵交流，诚挚地往来，才有办法帮助他们。他们需要敞开自我，追求思想的纯洁。"

"阿纳丝塔夏，我大概会尽量照你说的云做。我会试着写一本书，并将思想纯洁的企业家组织起来，不过只能用我理解范围内的方式。"

"你会遭遇到很多困难。我的力量只剩下一点点，不够用来帮你，它需要长时间的恢复。从现在起，我有一阵子无法用光线看见远距离外的地方，就连现在，我要用一般的视线看你都很模糊。"

"怎么了，阿纳丝塔夏，你快瞎了吗？"

"我想它会恢复的，只可惜这段时间我不能帮你。"

"你不需要帮我，阿纳丝塔夏。为了儿子，照顾好你自己，去帮别人就好。"

* * *

我必须离开了，我得赶上轮船。我等阿纳丝塔夏至少外表看起来和之前一样，就踏上我的小艇。阿纳丝塔夏用手扶着船头，把船推离岸边。小艇开始跟着水流浮动。

阿纳丝塔夏几乎膝盖以下都浸在水里，长裙下摆都湿了，漂在水面上随波摆动。

我拉了启动绳，马达砰砰地发动，打破了三天以来我逐渐习以为常的宁静。小艇猛然往前冲，速度越来越快，远离岸边那站在河里的泰加林隐士孤独的身影。

下一秒，阿纳丝塔夏却突然跳上岸，沿着岸边追着小艇跑。

她的头发迎风飞扬，看起来就像一条彗星的尾巴。她尝试用非常快的速度奔跑，大概用尽全力，想做到这件不可能的事：追上飞快的汽艇。但是这种事，就算是她也做不到。

沿着河岸奔跑的阿纳丝塔夏与汽艇之间的距离越来越大。

我对她这种徒劳无功的努力感到伤感，希望能尽快结束这个令人难过的分离场面，于是我紧踩油门，加足马力。我脑海里闪过一个念头：也许阿纳丝塔夏又会觉得我现在是因为害怕她这个人而逃跑。

马达轰隆隆地使船头离开水面翘了起来，我们之间的距离在全力冲刺之下越拉越大。

而她……天哪，她在干吗？

阿纳丝塔夏扯开妨碍她跑步的湿裙子，把扯破的衣物往旁边一手。她奔跑的速度加快了，而且令人难以置信的事发生了：她和汽艇之间的距离开始缩短。

我看见她前方有一道陡峭的斜坡，我继续踩紧已经到底的油门，心想那道斜坡会让她停下来，就可以赶快结束这个令人难受的离别场面。

但是阿纳丝塔夏继续往前飞奔，还不时伸出双手往前探，仿佛在摸索前方的路。

难道她的视力真的变得那么差，没看到斜坡吗？

阿纳丝塔夏一点儿都没有慢下来，直接跑上斜坡顶端，然后双腿跪下来，两手稍微往我的方向在空中举起来，大声嘶吼。我在杂乱的水声和马达的咆哮声中听见她的声音，那就像是耳语一般："前面是……浅滩……，浅……滩……，沉……底……材……"

我迅速回过头来，在还没搞清楚状况下紧急转了船舵，倾斜的船身还差点儿进了水。

只见一头栽在浅滩里、另一头稍微露出水面的巨大原木———一般人家说的沉底材——擦过飞驶的汽艇。要是直接撞上，它可能早就撞破轻薄的铝制船底了。

进入较宽的河道后，我回头看了一下斜坡，小声地向逐渐缩小成一点、跪在那里的孤独身影说：

"谢谢你，阿纳丝塔夏。"

第三十章　阿纳丝塔夏你到底是谁?

　　船在苏尔古特等我。船长和船员都在等我的指示。但是我完全没办法专心计划接下来的路线，因此我下令继续停留在苏尔古特为当地居民举办派对，继续展示商品和提供交易服务。

　　我的内心都被先前和阿纳丝塔夏在一起旳经历占满了。我在店里买了一堆书，全都是普及科学和描述超自然现象、超能力的书，还有西伯利亚的边疆史。我把自己关在包厢里，希望从书中找到解释。

　　我的内心开始对我们的生活产生一些疑问。其中一点直到今天仍困扰着我. 我在想，我们的教育体系和抚养小孩的方式，足以让每个人了解存在的意义吗? 足以让每个人安排自己的人生、知道什么对自己来说是最重要的吗? 这个体系帮助了我们，还是坊碍了我们了解人的本质与生命目旳呢?

　　我们建立了庞大的教育体系。靠这个体系的基础——幼儿园、小学、中学、大学、研究所——来教育我们的孩子、教育彼此。这个体系教我们发明创造，教我们飞上太空。我们遵照它建立人生. 利用它创造自己的幸福。

　　我们努力了解宇宙、原子，喜欢用耸动的标题在报纸和科学期刊上描述与讨论各种反常的现象。但是不知道为什么，有一个现象我们一直在回避，全力地回避！我们好像很怕谈到它，而我们害怕是因为它能轻而易举地摧毁我们基本的教育体系和科学理论，它在嘲笑我们的现实生活！我们老是想要假装这个现象不存在。但是它存在！而且会一直存在下去，不管我们怎样忽视它、回避它。

好好看它一眼的时候到了，不是吗？而且说不定，我们全体人类也该是时候，好好脑力激荡一番，集合所有人的智识，回答下列问题：为什么这么多伟大的思想家，没有一个例外，在创立多数人所遵循的——至少是尝试着要遵循的——宗教与哲学性的教诲之前都是隐士？为什么他们要隐居起来，住在森林里？请注意，是森林，而不是某个超级学院。

为什么《圣经·旧约》中的摩西，退隐归来向世人揭示刻在石板上的智慧之言之前，进入高山旷野如此之久？

为什么耶稣基督要和他的门徒隔离，一个人进入荒漠、山区和森林？

为什么公元前六世纪一个名为悉达多·乔达摩的印度男子在森林里隐居了7年？

隐者悉达多·乔达摩后来离开森林，带着几千年后仍撼动无数人心的教诲回到尘世中。人们盖了许多宏伟的寺庙，并将他的教诲统称为佛教，后来又称他为佛陀。

生活的时代距离我们不是那么遥远的历史人物，例如圣赛拉芬·萨洛夫斯基、圣赛吉·拉董尼兹斯基，为什么同样进入森林隐居，并在短时间内获得高深的智慧，使尘世间的君王不惜跋山涉水，只为亲耳听取他们的谏言？

人们在他们隐居的地点建造修道院和宏伟的教堂。例如至今仍吸引大批民众参访、位于莫斯科州谢尔吉耶夫镇上的圣三一修道院。而这一切不过是从一个森林隐士开始的。

为什么？是谁，是什么，帮助了这些人，使他们开悟？谁赋予他们知识，诖带领他们深入了解生命的本质？他们在森林隐居时，过着什么样的生活、做些什么、思考些什么？是谁教他们的呢？

这些疑问，在我遇见阿纳丝塔夏不久后一一浮现。我开始查阅有关隐士的资料，翻遍了所有我能找到的资料，但依然没有找到答案。为什么他们隐居的生活经历都没有被记载呢？

我认为我们需要一起找出答案。现在我尝试着把我在西伯利亚泰加林，和阿纳丝塔夏相处的三天内所发生的事，以及我自己的感觉，尽可能地描述出来，期盼有人可以理解构成这些现象的要素是什么，进一步认清我们的生活模式。

据我的所见所闻，目前只有一点是确定的：那些隐居在森林里的人，包括阿纳丝塔夏，他们看待我们整个生活的角度和我们不太一样。阿纳丝塔夏有些观念甚至和一般人的普遍认知有 180 度的差异。谁比较接近真相？又有谁能评断？

　　我的任务只是把我的所见所闻记录下来，并不提供答案——我把这个机会交给别人。

　　此外，我也很想知道，因为想要帮助乡下女孩而喊着"我爱你，弗拉狄米尔"的阿纳丝塔夏，是否真的因此就对我产生了情感。

　　为什么这样简单的一句话，我们说起来往往不带着应有或足够的情感，却超越了年龄和不同生活观点的差距，对阿纳丝塔夏产生了影响？

　　不懂得狡诈欺瞒的阿纳丝塔夏，她的话都不是随便说说的。我还记得她曾经说过："我忘了一句话不可能只是单纯地说出来，它背后一定包含有感情、意识，与真实可信的自然信息。"

　　噢，天哪！她怎么这么不幸！为什么偏偏对我说了这句话？我年纪不轻了，而且饱受我们那个世界诸多诱惑——就像她说的，那些毁灭性、黑暗的诱惑。像她这样心地纯洁的人值得配上更好的人。可是谁会爱上生活方式、思考逻辑、聪明才智都如此特别的她呢？

　　她第一眼看起来是个普通女孩，只不过特别漂亮有吸引力，但是只要你和她相处，你就会发现，她仿佛是另一种不存在理性范围内的生物。也许我之所以有这种感觉是因为我没有足够的知识，也不够了解我们的生命本质。其他人可能对她有完全不同的看法。

　　我记得我离开的时候完全没有想要亲她或抱她的意思。我不知道她是不是想要我这么做。她到底想要什么呢？

　　我记得她和我谈到她的梦想。她的爱真是一种奇怪的哲学：为了帮助企业家，要为企业家成立友谊互助的团体；要把她的想法写成书给大家；要让大家穿越黑暗力量时光。

　　而且她深信不疑！她相信这一切都会成真。我还答应她试着为企业家成立友谊互助的团体，试着写书。现在她大概对这抱有更大的期望了。她应该想一些比较简单，实际一点的东西才是。

　　我深深地同情起阿纳丝塔夏。我想到她待在森林里等待美梦一一实现的样子。如果她只是等待，只是做白日梦还好，但是她很有可能已经开始采取行动，不断地发射她那美好的光线，将她内心的三大能量一点一滴地消耗掉，并且坚持相信不可能发生的事。虽然她已经把她的光线能力展现给我看，也试着解释过了，但我的理智依然拒绝接受那是真实存在的东西。请各位自行判断——她说她把光线照向别人，将看不见的光照在那个人身上，然后把她满怀热烈的美好与光明传送给那个人。

　　"不，不是这样的，别以为我在干涉别人的精神状态，或是入侵他人的心智。人有拒绝或接受的自由，至于到什么程度，就看他自己的喜好、有没有合乎他的心意，还有他可以容纳得下多少。这个时候，他的气色也会变得比较亮，疾病会从他身上减少或完全消失。祖父和曾祖父有这种能力，而这种能力，我也一直都有。小时候，曾祖父和我玩的时候教过我。不过现在我的光线已经比祖父和曾祖父强了好几倍，他们说，那是因为我心中产生一种叫作爱的特殊情感。它光彩夺目，甚至有点灼热，我心里满满都是，我想要把它送出去。"

"送给谁呀，阿纳丝塔夏？"我问。

"给你，给大家，给所有愿意接受的人。我希望每个人都能感觉到美好。等你开始如我梦想般行动，我会把这些人带到你面前，然后你们一起……"

想起她的脸，想起这一切，我突然觉得自己实在没办法不帮她完成这个愿望，至少也要试试看，否则我会因为惴惴不安而折磨一辈子，认为自己背叛了阿纳丝塔夏的梦。虽然她的梦不切实际，但是她这么殷勤地期盼它可以实现。

我下定决心，命令轮船直接开回新西伯利亚。

我把卸货和拆除展览设备的工作交给公司的总经理，就只身前往莫斯科。

我去莫斯科，为了实现——至少实现一部分——阿纳丝塔夏的梦。

第三十一章 创造之初

我要告诉你一些关于创造的事情，弗拉狄米尔，了解了这些事情，人们自己就可以解答内心的疑问了。弗拉狄米尔，请你听我说，并将造物主伟大的创造记录下来。请倾听，并试着用心灵去体会对神圣梦想的渴望。

请想象一下世界之初。地球还没有出现。物质也还没有反射宇宙的光。但宇宙已经和现在一样充斥着各种各样伟大的能量。各种生命能量元素在黑暗中思考着，在黑暗中创造着。那时它们并不需要外在的光。它们的内在可以照亮自己。

每一种生命能量元素都是具足的：有思想、有情感、有渴望的能量。不过它们之间还是有区别的。每一个宇宙元素都拥有一种占绝对优势的能量。

跟现在一样，宇宙中既有破坏性的能量元素，也有创造生命的能量元素。与人类的情感类似，其他元素也各不相同，有着众多类似人类感情的东西。那时，宇宙元素之间是不能相互联系的。

每一个能量元素内部都蕴含着各种能量，它们有时萎靡不振，有时又产生风地电掣般的运动。它们在自己的内在运用自身能量创造出一些东西，也在那里将其摧毁。

因为它的振动并没有改变宇宙，所以没有人能够看得到它，每个元素都以为自己是整个空间里的唯一。唯一！

由于不了解自己的使命，它们无法创造出永恒不灭的作品，而只有这样的作品才能为它们带来成就感。这就是为什么当时在永恒中，在广袤无垠里，只存在振动，却不曾有大规模活动的原因。

突然间，仿佛有种冲动，触发了所有元素间的沟通！瞬间把浩瀚宇宙中的所有元素联系起来。一个生命能量体顷刻间点亮了其他生命体。

那个生命体到底算老还是年轻，实在无法用语言来描述。他到底是从虚空中诞生或是从星火中出现，随你想象，这不重要。这个生命系统真的很像一个人类！就像生活在当今的人！类似他的第二个"我"。这个"我"不是物质的，而是永恒的，神圣的。

他带着渴望的能量和朝气蓬勃的梦想第一次轻轻地触碰着宇宙中的一切存有。他是那么的热情洋溢，将一切都席卷进了觉知的运动中。

宇宙中第一次出现了声音的交流。若是能把第一批出现的声音翻译成现代的语言，我们就可以感受到问题和答案的意义所在。

所有的存在从广袤宇宙的四面八方向"他"提问：

"你如此热忱，是想要得到什么呢？"所有存有都在问。

他对自己的梦想充满了信心，回答道：

"我想要共同的创造，我想要所有存有从中得到快乐。"

"那快乐能给大家带来什么呢？"

"诞生！"

"要诞生做什么呢？每个存有早就可以自给自足了呀。"

"诞生，可以让每一个小小的部分都蕴藏着一切能量！"

"一个存有中如何能结合所有的毁灭和创造呢？"

"首先要在自己身上找到对立能量的平衡！"

"谁能做得到呢？"

"我。"

"可还有怀疑的能量。怀疑会拜访你并摧毁你，把你撕成无数细小的能量碎片。没有存在可以把对立的东西统一起来。"

"我们也有坚定不移的能量啊。当坚定和怀疑的能量相当时，会让未来的创造更精准、更美丽。"

"你怎么称呼自己呢？"

"我是造物主。我可以接纳你们所有的能量。我承受得住！我要创造！对整个宇宙而言，创造将带来快乐！"

于是，所有的元素从全宇宙各处同时向"他"释放出巨大能量。每一种能量都试图在对手中脱颖而出，想让自己在新的环境中占据至高无上的地位。

全宇宙的伟大能量战役就这样打响了。没有人可以用时间的长短、测量的范围来描述这场战役的规模。

最后，当所有人意识到，宇宙中没有哪一种能量可以比神圣梦想的能量更强大时，一切才终于平息下来。

造物主拥有梦想的能量。他能够接纳、平衡并掌控一切。他的创造开始了。也包括内在的创造。他以无法衡量的速度在自己的内在创造出未来的样子，精雕细琢每一个细节，照顾到每个创造物与所有创造物之间的关系。

在黑暗而浩瀚的宇宙里，他独自一人默默地创造着。独自一人在内在推动着全宇宙的能量运动。

未知的结果令大家恐惧，使他们远离造物主。造物主来到了虚空，虚空立刻延伸扩展。

当时温度极低，周围充斥着恐惧和疏离。而形单影只的他，却看到了绚丽的曙光，听到了鸟儿们的歌唱，闻到了花朵的芬芳。他用炽热的梦想只身创造出了美丽的作品。

"快停下来！在虚空中，你会爆炸的！"有人不停地对他喊道：

"你怎么控制得住体内众多的能量？没有什么能帮助你停止膨胀，等待你的命运只能是爆炸。"

"要是你有片刻的喘息时间，请停下来！来，把自己的创造能量慢慢地释放出来。"

而他回答道：

"这是我的梦想！我不会背弃它们！为了它们，我会持续地收缩，并为我的创造能量加速。我的众多梦想啊！它们就在草地上，在花丛中，我看到一只性急的蚂蚁在匆忙奔跑，还有一只雌鹰在给孩子们示范如何勇猛无畏地飞翔。"

造物主运用他玄妙的能量不停地加速着宇宙能量的运动。灵感在他心中凝结成一颗种子。

突然，他感受到了异样的触碰。一个未知的能量从四面八方无处不在地灼烧着他，而后立刻躲远了一点儿，仿佛在用自己充满了新能量的身体温暖着他。虚空里的一切突然亮了起来。一些新的声音在宇宙中响起，造物主欢喜而温柔地问：

"你是谁？是什么能量？"

一个音乐般的声音回答道：

"我是灵感，我是爱的能量。"

"我的体内有你的一部分。它非常特别，可以控制蔑视、仇恨和邪恶的能量。"

"你是造物主。你的能量也是你心灵的梦想，它能使一切变得和谐。如果我的一小部分对它有帮助，请听我说，哦，造物主啊，请你帮帮我。"

"你想要什么？为什么要用自己的火焰拼尽全力地触碰我呢？"

"我知道，我就是爱。我不能被分成很多份儿……我想全部奉献给你。我明白，为了不破坏善与恶的和谐，你不会把我整个儿装进你的身体。但我可以填满虚空，围绕在你的四周，温暖你的内心，驱散宇宙的寒冷、阴霾，让它们无法接近你。"

"发生了什么事情？怎么回事？你怎么变得更加光亮了！"

"我不是独自一人。这是你的能量！你的心灵！我只是反射了它而已。而你把反射的光又还了回来。"

绝望而执着的造物主在爱的鼓励下大声喊道：

"快了，快了！我的内心汹涌澎湃。哦，多么美妙的灵感啊！就让我的创造梦想在闪耀的爱中实现吧！"

第三十二章　你的首次出现

　　地球！可见星球——地球出现后，成为了整个宇宙的核心和万物的中心。突然她的周围冒出了星星、太阳和月亮。无形的创造之光从地球发出，反映在太阳和月亮上。

　　宇宙中第一次出现了全新的存在形式！物质层面就这样诞生了。

　　在可见星球地球出现之前，没有任何人、任何东西是物质的。地球与宇宙万物相联，而她还是独立的个体。

　　她是可以自给自足的创造物。有植物，有动物——有水里游的，也有天上飞的，所有的一切都不会消亡，永恒不灭。腐败物里可以滋生蛆虫，而其他生命会以蛆虫为食，所有一切都融为了一个美好的生命。

　　所有的宇宙元素在困惑和赞叹中将视线投向地球。地球与万物相连，但没有人能够触碰到她。

　　在造物主的体内灵感恣意迸发着。在光中，在充满爱的虚空里，神圣元素不停变换着自己的轮廓和形体，直到化为人类身体的形状，神圣元素接受了它。

　　神圣思想在工作时是不受速度和时间限制的。在灵感和顿悟中超越了所有的思想能量，创造了无限的能量！还有一点，在它的内部蕴藏着一个无形的创造物。

突然，一道灵光迸发出来，神圣思想战栗了一下，仿佛被一种全新的能量之火燎了一下，那是爱的能量。造物主欣喜若狂地叫了起来：

"看，宇宙，看哪！这是我的儿子！人！他站在地球上。他是物质的！在他的体内蕴藏着所有种类的宇宙能量。他兮活在所有有形和无形的存在层面。连他的样子都很像我，在他体内有着你们所有能量的成分，你们一定会喜欢他的！爱爱他吧！

"我的儿子一定会为所有存在带来喜悦。他是创造！他是诞生！他是所有的一切！他将缔造新的创造物，并将不断重生直至永恒。

"当一个人变成很多人，他，会散发出无形的光，把光汇聚成一体，他就可以主宰宇宙。他会为所有人的生活带来快乐。我把一切都给了他，将来我的思想也会奉献给他。"

"这就是你第一次独自站在美丽的地球上。"阿纳丝塔夏的故事讲完了。

然后她向我展示了极其清晰的画面，讲述了人最初来到地球上的生活：他与女人的第一次会面，第一个婴孩的诞生，以及为什么我们今天既看不见造物主也听不到他声音的原因。

我说的"展示"，是因为当她说话的时候，我不仅可以听到她的声音，而且不知何故，眼前出现了立体的彩色画面。这些画面让大脑和灵魂兴奋，您会在后面的书中读到它们。您会读到，甚至可能会看到那些画面。

爱的能量将自己全身心地奉献给了造物主。在这里，我忍不住要描述造物主与她告别的动人场景。事情发生在造物主发现第一个人类无法爱上女人的时候。

喜庆的一天，一位少女越过山丘，踏着沾染晨露的草地，迎着朝阳向亚当走来。她步履娉婷，体态匀称，身形婀娜柔美，肌肤在神圣的晨曦中散发着光泽。她越走越近，越走越近。她来了！在躺在草地上的亚当面前站定。

微风拂过她金色的发丝，露出了额头。整个宇宙都屏住了呼吸。噢，她的脸是多么美丽——这是你的杰作啊，造物主！

亚当躺在草地上，只是瞥了站在身旁的少女一眼，轻轻打了个哈欠，就转过身去，闭上了眼睛。

所有的宇宙元素都听到了，不，听到的不是语言，而是亚当在心里对造物主的这个新作无精打采的看法："好吧，也就那样吧，又来了个新的创造。也没有什么新意，只是看起来跟我有点儿像而已。马的膝关节都比她更灵活结实。豹子的毛皮也更鲜艳，更有光泽。这个创造物还是个不请自来的，我今天还要给蚂蚁下一个新的定义呢。"

夏娃在亚当身旁站了一会儿，默默地向河边走去，在岸边的灌木旁坐下来，静静地看着自己在水中的倒影。

宇宙元素们喧闹起来，他们的思想在一起窃窃私语：

"两个完美的创造物不能欣赏彼此呀。"

"造物主的创造并不完美啊。"

在宇宙的闲言碎语中，只有爱的能量试图维护造物主。她用自己的光罩住了造物主。所有人都知道爱的能量从来不多事。她总是不显形地沉默着，在未知的广袤空间徘徊着。但此刻，她为什么要毫不保留地在造物主周围放射光芒呢？她全然不管宇宙的牢骚，只顾着用自己的光芒温暖造物主，柔声安慰他：

"伟大的造物主，请休息一下，然后再开导开导你的儿子。你有能力修正任何美丽的创造。"

宇宙听到了造物主的回答，并透过这些话语领悟到了造物主的智慧和伟大：

"我的儿子拥有我的形象，跟我有很多相似之处。他的体内有着所有种类的宇宙能量。他是阿尔法和欧米茄[⑥]。他是缔造者！是未来的化身！从现在起，只要他不愿意，谁也不能改变他的命运。连我也不行。

"无论他想要什么，他都会得到。他的愿望不会落空。

"我儿子没有拜倒在完美少女的胴体之下。

"他没有对她感到惊叹，这让整个宇宙感到惊讶。他还没有开窍，但他能察觉到自己的感觉。这是我的儿子！

"他是第一个察觉到自己还缺少什么的人。即便他面前的新造物——女人，也不具备他所缺少的东西。这是我的儿子！

"我的儿子能察觉到宇宙的一切，他可以洞悉宇宙的一切。"

此时，一个问题充斥着整个宇宙：

"这个人已经拥有了我们和你的所有能量，他到底还缺少什么呢？"

造物主对众人回答道：

"是爱的能量。"

于是爱的能量站了出来：

"可是我只有一个，我是你的。我只为你而闪耀。"

"是的！我的爱，你只有一个。"造物主回答道："你光芒四射，既明亮又无慰人心。我的爱！你即是灵感。你能让一切加速，你能使惑官变得敏锐，你也能令人平和安详，我的爱。我请求你，毫无保留地到地球去吧，用你伟大的能量，围绕在我的孩子们身旁。"

爱与造物主的话别成了开启地球上爱的宣言。

"我的造物主。"爱对造物主喊道："要是我走了，你将陷入永恒的黑暗，孤零零的一个人，所有的存在层面里没有人能够看得到你。"

"从今以后，就让我的儿女们照耀着亚维、纳维和普拉维⑦吧。"

"我的造物主，你的周遭满满虚空。你的灵魂将永远感受不到温暖。得不到温暖，灵魂会被冻僵的。"

"就让地球上的人们来发光发热吧，不仅是为了我，也是为了所有的众生。我的儿女们必会将这项事业发扬光大。整个地球会在空间里闪耀着爱的温暖和光辉。所有人都将感受到地球上最美的光线，我所有的能量也会因它而变得有温度。"

"我的造物主，在你的儿女面前铺陈着许多不同的道路。他们拥有着各种能量。若某个能量占了上风，破坏了平衡，就会将他们引入歧途。当已奉献出全部的你看到能量正从地球上消融、变弱的时候，当已奉献出全部的你看到地球上所有能量被肆虐毁灭、你的创造被无生命的外壳包裹、你的草地被乱石砸碎的时候，你能做些什么呢？那时，已赋予儿子全部自由的你，还能做些什么呢？"

"我可以让青草在乱石中重新冒出新绿，我可以让小花在尚未被践踏的小草坪上绽放美丽。我地球上的儿女们终会意识到自己的使命。"

"我的造物主，当我走后，就不会有人看得见你。其他能量元素可能会通过人类以你的名义发表言论。有些元素会设法让别人臣服于自己。某个元素会假冒你之名宣称：'我是造物主的代言人，我是唯一被他选中的人，你们都要听我的话。'那时，你能做些什么呢？"

"白昼来临，终将升起朝霞。我所有的创造物，毫无例外，都是地球上的暖阳，我的儿女们终将会明白，人人都可以透过自己的灵魂与我的灵魂对话。"

"我的造物主，他们人数众多，而你只有一人。攫取人类的灵魂将成为所有宇宙元素梦寐以求的渴望。它们可以通过人类的能量巩固自己的霸权。而你迷途的儿子会突然向它们膜拜臣服。"

"无论用哪种理由让人们误入歧途，走上绝路，终将会遇到一个重要的障碍，它会阻挡谎言引发的一切恶果。那就是我的儿女们都渴望认清真理。谎言终有局限，但真理是无限的。真理永远在我儿女们的意识里，在他们的灵魂中！"

"噢，我的造物主啊！没有人，没有什么能抗拒你飞翔的思想和梦想。它们太美好了！我愿意追随它们的脚步，用光芒温暖你的儿女们，永远为他们服务。你所赐予的灵感将帮助他们创造自己的作品。我的造物主，我只有一个请求，请允许我留一个爱的小火苗在你的身边。"

"当你不得不身处黑暗之中，当周围只剩下虚空，当你被遗忘而地球的光在不断暗淡时，就让这个小火苗，哪怕只是我的一点爱的小火苗，为你闪烁照明吧。"

"哦，弗拉狄米尔！"阿纳丝塔夏高声呼喊着："若是今天的人能仰望天空，看一看当时地球上空发生的事情，在他面前出现的会是多么伟大的画面啊：

宇宙之光——爱的能量，浓缩成一颗彗星急匆匆地飞向地球，照亮了它前面的道路，也照亮了还没有生命的星球，点燃了地球上空的点点繁星。

去地球！越来越近，越来越近了。她就要来了。

突然，爱的能量在地球上空停了下来，她的光辉颤抖了起来。

在远方闪耀的群星中，出现了一颗小小的有活力的星星。它正跟随着爱的光芒朝地球奔来。

爱明白了，这是她留在造物主那里的最后一点火苗，而它正尾随她飞奔而来。

"我的造物主，"爱的光辉低语着，"这是为什么？我实在猜不透，你为什么连一个爱的小火苗都不愿留在身边呢？"

爱的话淹没在宇宙的黑暗中，那个如今谁也无法看到，谁也无法理解的造物主回答了爱的疑问。他神圣的话语响彻宇宙：

"留给自己，就是意味着不能给他们——我的女儿和儿子们。"

"我的造物主啊！……"

"噢，爱，你是多么的美丽，哪怕只是一个小火苗，也如此绚丽。"

"我的造物主啊！……"

"快去吧，我的爱，快点儿去，不要评判。带上你最后的小火苗，去温暖我所有未来的儿女们吧。"

　　地球上的人们被爱的宇宙能量包围着。完完整整的爱，包括那最后一点儿火苗。万物都沉浸在爱里。在浩瀚的宇宙中，同时存在于全部有形和无形的存在层面上的人类，就这样成为所有元素中最强大的一个。⑧

第三十三章 人们啊，请回到自己的故国

起初，我不太明白阿纳丝塔夏的话。甚至觉得她的见解不太正常。可是后来……我至今仍时常忍不住回想起那些话。我记得，当我问起要怎么做才能避免星球大战和地球上的战争，才能没有强盗恶霸，孩子们才能健康、幸福地成长时，她回答道：

"弗拉狄米尔，我们要建议所有人：'请找回自己的国'。"

"'找回国'"？你是不是搞错了，阿纳丝塔夏，每个人都有祖国，只不过不是每个人都在那里生活罢了。不是找回祖国，你是不是想说：要回到自己的祖国？"

"弗拉狄米尔，我没有搞错。现在生活在这个星球上的大多数人都没有国。"

"怎么会没有呢？俄罗斯人的祖国就是俄罗斯，英国人的祖国就是英国。所有人都是在某个地方出生的，就是说，人在哪里出生，那个国家就会被称为祖国。"

"你觉得自己的国是用别人规定的边界线来定义的？"

"不然呢？这是常识啊。所有的国家都有国界。"

"那如果没有国界呢，你要怎样确定自己的家乡？"

"看我的出生地，可以是城市或者是村庄。那时，或许

也可以说地球是每个人的家乡。"

"生活在地球上的人，的确可以把整个地球当作家乡，被全宇宙温柔以待。但要想如此，必须得先将所有有形和无形的存在形式联结到一个点上。那个点就是自己的国，在它里面可以创造爱的空间，全宇宙最美好的一切都与之相联——与你的国相联。你将通过这个点感知到宇宙，拥有无与伦比的力量。在那里，其他世界的众生也会知道你。正如我们的造物主所期望的那样，一切都将为你服务。⑨

"弗拉狄米尔，不要只是听我说，你要感受我描绘的一切，然后自己在心里完成这个计划，也让每个人都和我一起描绘。噢，天啊！我拜托大家至少试试看！"

阿纳丝塔夏开心激动得有些颤抖。她向世人大声疾呼，而我对她的计划也越来越感兴趣。起初我觉得它很简单，同时我有一种感觉，仿佛阿纳丝塔夏在揭示一个不同寻常的秘密。这个秘密蕴藏在简单的背后。不过真的深究起来，仿佛又只是字面上的意义。

阿纳丝塔夏继续说道：

"首先，要在地球上所有适合的地方中挑选一处你最喜欢的——你最想住的地方，你希望自己的孩子们能生活在那里。你将成为子孙后代们美好的记忆。那个地方的气候必须合你心意。就在那儿取得一公顷的土地永远留给自己……"⑩

接下来，阿纳丝塔夏开始详细地描述她的计划，把建设一公顷的土地称为创造祖传家园，并证明了其重要性，其中还引用了我以前没听过的寓言故事。我在后面的书中引用了她的话，尽管当时还没能充分意识到这些话的意义。

第三十四章　夜间访客

在阿纳丝塔夏系列丛书第四本书出版后，我对待泰加林女隐士阿纳丝塔夏和科学家们的说法的态度开始悄然转变，这是为什么呢？

一天，我正坐在办公室里听着游吟歌者的歌，电话铃响了起来。我刚拿起话筒，我好朋友的声音就急吼吼地传来：

"嘿，弗拉狄米尔！我在网上发现了一则有趣的广告。秋明地区的倡议小组正在寻找志同道合的人一起组建祖传家园社区。他们全都是你的读者。"

"太棒了！好圭，至少有人响应了。"

大约一小时后，电话铃又响了。熟悉的声音从听筒里传来，激动地向我报告着：

"又有三个俄罗斯地区的人们在组团创建祖传家园！"

就这样不断有消息传来，告诉我俄罗斯不同地区的人们在自发组团购买被遗弃的、长满杂草的土地，以及前苏联集体农庄和国营农场。人们把大片荒芜的土地分成一公顷大小的地块儿，要在那里建设自己的祖传家园。

人们开始在肥沃的土地上种上苹果树、樱桃树和雪松。还种了草药和鲜花。而后，女人们开始在小家园繁荣兴盛的空间里生下幸福的孩子们。今天，俄罗斯已经有了370多个由祖传家园组成的新型社区。这意味着整个国家的繁荣指日可待。

未来无限美好的感觉让灵魂感到振奋和温暖。然而，突然间另一个黑色的消息如布满雷电的乌云遮蔽了美好的憧憬。

俄罗斯的斯拉夫人口正以每年100多万的速度递减，正逐渐被不同文化和种族的人所取代，其中以亚洲人为主。所有欧洲国家的情况都差不多。我通过不同的渠道查验这些消息，均得到了相同的结果。噢，老天！如果那些建立了祖传家园的人成了少数民族，在自己的国家里只是一个小民族，他们该怎么办？作为少数民族，他们将无法再影响国家的立法、文化和传统。

一晃儿几个星期、几个月过去了，这些负面信息使我一次又一次地感到沮丧。每当这种时候，想要去见阿纳丝塔夏的愿望就会愈加迫切。可阿纳丝塔夏好像消失在了某个未知的维度里。她只说了一句："弗拉狄米尔，这段时间我不能帮助你了。"然后就消失了。我只能一直等，等"这段时间"赶紧过去。

一天深夜，我感觉自己快要崩溃了，我坐进了汽车手握方向盘疾驰而去。我要去我的土地，在那里我打算建造自己未来的祖传家园。我一边开着车，一边在心里哄自己开心：说不定阿纳丝塔夏正在那里等着我呢。

　　我的地位于窦城市 30 公里处，在一个祖传家园社区里。邻居们已经在他们的地盘上盖起了房子，种上了果树。而我的土地上还只有一个小小的屋子——一辆汽车的拖挂车，一条绿色的柏树篱笆把它和公路隔离开来。

　　下了车，我走到自己白色的车轮小屋跟前，坐在门口的长椅上，观赏着洒满月光的这方天地。突然，我看到——

　　一个女人从池塘那边朝我走来。她穿着一条轻便的连衣裙，光着脚走在草地上，习习的微风在月光下轻轻撩拨着她的发丝。

　　"阿纳丝塔夏！"我喃喃自语道。可我没能站起来去迎接她，一种浑身无力而又十分满足的感觉占据了我的全身。

　　所有尘世的忧虑和烦恼顷刻间都消失不见了，这个轻盈地从对面走来的女人，如琴弦般拨动着我全部的思绪。

　　阿纳丝塔夏怎么会这么美啊！也许是因为她的心灵闪耀着光辉。是因为她的基因记忆保存着创世以来的所有信息，所以她才这么美吗？

　　我终于站起来迎了过去。她的气息带着泰加林的清香，缭绕在她的四周。我很想对她说点儿好听的话，可是最后只能低声说道：

　　"阿纳丝塔夏，你好，你怎么会到我的庄园来？"

　　"你的思想和感情都很正常，弗拉狄米尔。"阿纳丝塔夏低声说道，然后笑了起来，她的笑声总是那么迷人。接着她回答了我的问题：

　　"如何快速地出现在你想去的地方，并不是什么困难的事情，但是我还没有想好怎么用你能理解的语言来解释，解释清楚要花很长的时间，而我必须在天亮前离开。我们最好先试着一起驱散你的沮丧情绪。我感知到了你的情绪，所以才会出现在这里。"

　　我们在月光下的庄园里漫步到天明，谈了很多事情，也提到了让我沮丧不已的关于斯拉夫人口凋零的消息。

　　"阿纳丝塔夏，祖传家园的事情并非像你希望的那样顺利。当然，人们正在创建祖传家园社区，它们已经存在，并几乎在俄罗斯所有的地区发展壮大着。但社区的人有时会互相争论，甚至会互相争吵。最重要的是，至今仍没有一部关于祖传家园的法律，也没有这方面的总统令。国家杜马已经有了两项相关的法律草案，但议员们至今仍没有通过它们。记得吗？你曾对我说过：'我的梦想是光明的，但有点儿小要求。他们把它作为行动计划，决心要带领人们穿越黑暗势力的时代。或许，他们自己也在我的梦想里添加了一些东西。'这些全能而神秘的'他们'到底是谁？为什么不能促使祖传家园立法出现，使人们不再互相争论和争吵呢？"

　　"他们，是全宇宙的能量。他们无处不在。在你里面，在我里面，在小虫子里，在高空飞翔的小鸟里，在一棵不起眼的小草里，也在附近和遥远的星球上。他们每个人都有着自己的任务和使命。

"但是，当一个人或一群人中出现了值得关注的愿望时，他们就会驱动自己的能量去实现它。

"他们非常聪明，不愧为宇宙的智慧，他们能够改变事情的进程，以实现梦想设定的目标。不是每个人都能立刻判断出他们行动的利弊的。

"弗拉狄米尔，你刚说道：'为什么还没有关于祖传家园的法律，为什么那些当权者不帮助人们创建祖传家园社区？'可是，弗拉狄米尔，请你更用心地去审视已经发生的伟大事件。

"十年来，为了建立家园社区，人们聚到一起，自己制定章程或者遵守着不成文的规则。每个人在新社区的生活方式都不同。而且，这是第一次没人去妨碍人们探索。只有他们才能促成这样的局面。

"弗拉狄米尔，你说媒体上有很多关于社区的负面报道，甚至把社区说成是个教派，还把你贬得一文不值。其实这些是对你和祖传家园第一批建设者们的保护，免得你们飘飘然地膨胀起来。

"如今，世界各国的领导人们整日四处奔忙，他们根本无法意识到是什么促使着人类灵魂去进行伟大的创造。正是宇宙的大能量与人类的灵魂共同创造了这个美丽的世界，他们不允许那些不明事理的人去干涉这个过程，他们选择的不是统治者，而是创造者。

"现在，我们有必要分析、提取所有祖传家园社区里最好的东西，然后把它们纳入法律，而不是徒劳地躺在那里一动不动。这部众望所归的法律终将会诞生，政府会承认它、实施它。但每个珍视祖传家园的人都必须参与到这个过程中来。他们在等待人类的抉择。"

"可是，阿纳丝塔夏，为什么祖传家园的每一位创造者的想法如此重要？"

"因为正是人们要为了纪念祖先和为子孙后代留一个容纳身心之所的想法创造了祖传家园啊。

"这个想法在各个维度空间升起，像黑暗中闪耀的星星，寻找着自己祖先们被遗忘的失落的灵魂。一旦找到，它就会把祖先的能量送到地球，给那个不停地把寻找祖先的想法发射到太空中，且一直关注着它的人。

"若想实现这一切，你需要迈出重要的一步。

"想要获得空间和祖先灵魂的信任，让你的思想被星星点亮，你需要指定个日子，邀请自己还在世的亲人们来祖传家园共同庆祝家族的节日。跟他们讲讲你的夙愿，也听他们说说自己生活的苦辣酸甜。

"这么做意义非常重大。现在，地球上几个人数众多的民族都有个特点：他们尊敬自己至少七代的祖先。过节的时候，亲人们会尽量聚在一起共同庆祝，印度、中国、还有穆斯林国家都是如此。"

当我明白了阿纳丝塔夏这些话的含义后，心仿佛一下子被欢乐和雀跃填满，连月光都好像更加明亮了。我兴奋地叫了起来：

"我找到关键的一环了，阿纳丝塔夏，你真棒！一切都会成真的！我全明白了。可为什么人们以前就没想到呢？每个人都说过：'我们在为了纪念祖先、为了子孙后代创建祖传家园'，却忽略了现在还在世的亲人们。理应先从他们开始着手啊。必须要为还活着的亲人们创立一个节日。为什么以前人们就想不到呢？"

"不要责怪大家，弗拉狄米尔。想想看，为什么你没有想到要讲述这个已经有几千年历史的伟大节日呢？要知道，只有你曾参加过它，感受过它的伟大能量啊。"

"阿纳丝塔夏，我不明白你在说什么。我怎么会参加过公元前就存在的节日呢？"

"弗拉狄米尔，你的童年是在乌克兰的一个小村庄度过的。这个村庄被称为铁匠村。

"小小的白色农舍，茅草屋顶，不大的院子，还有一个牲口圈。爷爷和奶奶整天为家务活儿忙里忙外，日复一日地过着有条不紊的生活。但每年总有那么一天是不同寻常的，它总会让你感到惊奇。"

"是的，的确如此！我全想起来了，阿纳丝塔夏，我懂了。就在每年 8 月 29 日这天，爷爷奶奶的子女们会带着他们的妻子、丈夫和孩子们以及其他亲戚来看望他们。在这天，有种不同寻常的能量充满了白色的小农舍。菜园里、院子中、甚至整个村子都充满了这种能量，因为每家每户都有各种各样的人来拜访。"

"你说得对，弗拉狄米尔，就是'充满了能量'。当同一家族的人聚集在一起，就会出现这种巨大的能量。请在你的书中讲述这个节日，弗拉狄米尔，让祖传家园的创造者们再度将它唤醒。"

我开始回忆这个乌克兰小村庄节日的细节，突然，灵光一闪，一个很棒的主意冒了出来，于是我向阿纳丝塔夏提议：

"阿纳丝塔夏，不如你给我讲讲以后的祖传家园社区是怎么过这个节的吧，如果你能描述或者展示这个节日的画面给我看，我把它们写下来，那么它一定会被再度唤醒。"

"好吧，弗拉狄米尔，我试试看。"阿纳丝塔夏回答着，然后开始讲她的故事。

第三十五章　家族节日

祖传家园社区的居民们让这最古老、美丽而有意义的节日在俄罗斯大地上再度兴起。这个节日使散落在世界各地的单个家庭的人们联结在一起，实现家族的团聚。

通常亲戚们会聚在一起参加庆典活动，比如婚礼或葬礼。但在这个名为"我的家族日"的盛大节日里，家庭成员们会聚集在祖传家园里，互相讲述着他们今天的生活和对未来的打算。亲人们会一起为建设家园出力。到了晚上，他们就去林间空地参加村民们的节日庆祝活动。人们在那里交流，互相了解，还举办音乐会、舞会。

来访亲人最多的家园主人，会对亲人们的支持感到特别的高兴和自豪。而那些一个亲人都没来的人，就会很悲伤，特别的悲伤。

斯维特兰娜·奈焦诺娃就是这样一个人。她是一个50岁左右的女人，很艰难地筹集到了3万卢布，在一个正在建设的祖传家园社区购买了一公顷的土地。她的家人和朋友都不支持她，所以她不得不自己打理一切。她没有足够的时间和资金，不能像邻居们那样建设自己的土地。许多邻居的房子已经建得像模像样了——房子周围有修剪整齐的草坪，有照顾得当的花坛和庭院，家园四周种上了美丽而生机盎然的树篱。

　　可在斯维特兰娜的土地上，只有一个简易的工棚，她亲手改造了它，竭尽所能里里外外地装饰它，好让它能住人。这个简易工棚成了她的家，住了差不多十年。她在房子周围铺上了草坪，修了花坛和几条小路，在朝着公路的方向开辟了家园的入口，还在房子附近挖了一个池塘。

　　她花了一年多的时间单枪匹马地建了池塘，用各种植物装饰池塘四周，还在池塘里种上了百合和睡莲。斯维特兰娜的努力得到了回报。从早春到秋天，每天早上她都会到池塘里游泳，即使寒冷的天气也不例外，她认为池塘里的水有利于身体健康，百合花也会特地为她绽放。

　　然而，她土地的大部分面积还是被白桦树和杂草占据了。但斯维特兰娜并没有把长在白桦树周围的草称之为杂草，她说："这意味着，土地需要如此。"

　　斯维特兰娜看上去总是整洁的，开朗的。当这个梳着辫子的苗条女子，穿着绣花长裙，面带微笑地走在路上，道路两边的家园都在散发着光彩，周围的空间似乎都在向她微笑致意。她心满意足地参加了社区举办的所有活动，特别开心，仿佛这片杂草丛生的土地因为人们的造访而变成了一片盛开的绿洲。

　　在其他祖传家园社区中，也有一些女人尝试着凭一己之力开发一公顷的土地，使其成为美丽的祖传家园。许多人甚至没有足够的资金购买种植材料，但她们没有放弃，用自己的双手独自创造出了爱的空间。

她们开发的土地每年都在增加。当然，跟殷实的邻居们比起来速度还是慢了很多，好在事情总在不断推进着。

这些单身女性是在为谁、为什么而创造自己爱的空间呢？也许她们凭直觉感受到的东西远远超出了普通人的想象。在未来，她们华丽的命运转折可能会令我们瞠目结舌。

在这个"我的家族日"的前一天，一大早，她的朋友拉丽萨就沿着小路朝斯维特兰娜的小屋走来。她走得很快，一边走一边兴奋地大喊：

"斯维特卡⑪，斯维特卡，你能听见吗？明天可不仅是过个节，还有个盛大的庆祝活动呢！"

拉丽萨绕过房子，看到房门敞着，但她没进去——显然，她觉得这个小工棚的空间太狭窄了，盛不下她那溢满胸腔的情感。她在敞开的门前来来回回地踱着步。

"斯维托奇卡⑫，你还在睡觉吗？起来吧，快出来，我有事找你，求你帮个忙。"

"我没在睡，醒很久了。"斯维特兰娜平静而悲伤的声音传来。但她并没有从屋里出来。

兴奋的拉丽萨继续报道着她的大新闻：

"你能想象吗？斯维塔⑬，看样子我的亲戚们终于开始了解一些关于祖传家园和家族团聚的事情了。你能想象吗？明天竟然有 11 个人要来看我！女儿、女婿和小外孙女，还有我的两个姐妹也要带他们的家人来。你能想象吗？斯维塔，我的邻居塔蒂亚娜家会有 25 个人来！你能想象吗？斯维托奇卡，这将是怎样的盛况！这几天会有多少人来我们的社区啊！而迪莉亚他们更是创造纪录了——102 个人要去他们的家园！这就是不失去亲族纽带的意义所在了。我们需要更深入地探讨这个问题。就比如说，日本人一直记得他们七代以内的亲人；在印度，人们尊敬他们的七代亲人；在中国，人们尊敬他们的七代亲人；而乌兹别克人，我们的乌兹别克人，也尊敬他们的亲属。迪莉亚告诉我，当他们举行婚礼的时候，有 150 多人来参加，全是亲戚。而我们俄罗斯的婚礼呢？他们邀请各种熟人，各种名人。我们对待亲戚的态度出了问题。我们俄罗斯人对待祖先的态度也出了问题。这是不正常的。我们忘记了祖先，最多只记得爷爷和奶奶。我都跟你絮叨了些什么呀，斯维塔。我为什么找你来着？对了，反正也没有人来看你，就把你的勺子、叉子、盘子和两把椅子借给我吧，不然我的东西不够 11 个人用。你为什么不说话呢？"

"把你需要的东西都拿去吧——不管是椅子还是桌子。反正也没人来看我。"斯维特兰娜哽咽地回答道。

这时拉丽萨才意识到，她向这个不会有人来拜访的朋友倾诉着自己对即将到来节日的兴奋之情，是极其不合时宜的。拉丽萨感到不对劲儿了，她迅速穿过开着的门进了小屋。一幅令人伤心的画面展现在她面前：

斯维特兰娜坐在一张小桌子前的凳子上，她在哭。泪水顺着她的脸颊滚落，滴在她十年级的毕业照上。

拉丽萨意识到，必须要安慰她的朋友，使她振作起来。然后她自信地说：

"斯维塔，不要闷闷不乐。一定会有人来看你的，只是你的邀请要用上一点儿技巧，而不仅是打个电话。你看，住在社区边上的托洛孔斯基是怎么做的？他画了一张漂亮的明信片，去印刷厂打印出来，明信片上用自己漂亮的字体写道：'我亲爱的家人'——以下是亲戚的名字——'我邀请你在哪天参加我们家族的庆祝活动，活动将在我的庄园举行，这是我们家族唯一的祖传家园。'他把明信片装在一个漂亮信封里，用挂号信寄给他的每一个亲戚。很多人都做出了回应。你明白要怎么做了吗？还有那个固执的玛夏古托娃，她是怎么做的？她给全班同学写了一封信，邀请他们到她的祖传家园参加同学聚会。有一半的同学表示会来，你能想象吗？"

"不管明信片是漂亮还是难看，我都没有人可寄。你知道的，拉丽萨，我的亲戚们不认同祖传家园的理念，或者说，他们从来没有认同过。现在他们开始明白了一些事情，但已经过了这么久了。他们可能会觉得来参加这个节日很丢脸，因为我的庄园是社区中最不像样的一个。而在同学中，我只记得我们班一个男生的地址，因为他是我的邻居。"

拉丽萨意识到，要想使斯维塔走出忧郁，就要让她把话通通说出来，让她回想起美好的事情，让她聊一聊这个男生。她走到斯维特兰娜跟前，从她手中拿过照片，请她指出哪一位是她的那位邻居。斯维特兰娜漠然地指着照片里站在她旁边的瘦小男孩。他比斯维塔略矮，与其他毕业生相比，似乎并不出众，但拉丽萨还是决定夸夸他。

"哎呀，我觉得他是个很有趣的小伙子。斯维塔，你跟我多说一些他的事儿呗。"

"也没什么好说的。在班上，他被认为是个没出息的人。"

"呃，我不知道，但他给我的感觉很有趣，甚至很神秘。他身上有种东西，别有风趣。跟我讲讲他吧。告诉我，斯维塔，求你了，我真的很想知道。你爱过他吗？"

"不，我没爱过他。不仅如此，有时他的献殷勤让我十分恼火。"

"既然献过殷勤，那就是说，他爱过你？他向你表白过吗？讲讲看，他是怎么献殷勤的？"

"不，他没有表白过。所有的一切都很明了。"

"明了什么？"

拉丽萨终于得偿所愿：斯维特兰娜不哭了，开始讲述她与这位邻居兼同学之间的往事。

第三十六章　没出息的伊万

"他叫伊万，同学们给他起了个绰号叫'没出息的万卡⑭'。为什么说他没出息，我已经不记得了。我们两家住在城郊的两栋相邻的房子里。伊万一家很穷，他们做什么都很节省。伊万连一个像其他孩子那样的书包都没有。他总背着一个军官背包上学。他父亲在残疾前曾是一名军官。我清楚地记得那个包。

"三年级的时候，有一天，我正要去上学，就看到他背着书包坐在我们门口的长椅上。一看见我，他就站起来说：'早上好，斯维塔。从现在起每天早上我都会护送你去学校，保护你。这是我的决定。让我来帮你拿包吧。'

"我看了看他——瘦瘦小小的，衬衫上有块补丁。而我浑身上下都漂漂亮亮的，头发上还系着蝴蝶结。不知怎的，我觉得他的举动很滑稽，实在没忍住，就哈哈大笑了起来。我一边笑，一边看到他严肃地站在那里，茫然地看着我。我觉得他有点儿可怜，就说：'好吧，护送我上学吧，但我不会把包给你拿的，你也不要走在我旁边——会被他们笑的。'

"就这样，每天上学的时候他都跟在我身后。一直跟到十年级。

"我想那是我们上五年级的时候吧，有一次，三个比我们大两岁的男孩子挡住了我的去路，开始纠缠我。其中一个流氓对我出言不逊，这时瓦尼亚[15]站到我和三个流氓之间，说：'向这个女生道歉！'

"他们开始嘲笑他，那个侮辱我的人走上前推了瓦尼亚一把，另一个流氓溜到瓦尼亚身后，伸出脚绊他。瓦尼亚摔倒了，后脑勺磕在地上，但他立刻爬起来去对付那些流氓。他们又推了他一把，他又摔倒，然后又爬起来，再上去迎战。当他再一次摔倒时，他们开始踢他，血从瓦尼亚的鼻子里流了出来，但他又一次挣扎着爬起来。

"我眼睁睁地看着这场战斗，浑身颤抖。当个子最高的那个流氓用尽全力踢向瓦尼亚的肚子时，我好像做了些什么，但我自己不记得接下来发生的事情了，我们班的女生们从班级的窗户里看到了后面发生的一切，然后告诉了我：

"只听我迸发出一声刺耳的尖叫，一边叫一边扑向那个最高大的流氓，我用指甲挠花了他整张脸，撕烂了他的衬衫。我不知用了什么巧劲儿，把那个大块头掀翻在地。我不记得自己是怎么做到的。那些女生们告诉我说，当时我蹲了下来，抱住他的双腿，猛地一拽，他就扑通一声倒在地上。然后我抡起瓦尼亚的军官背包猛打他的头。他躺在地上，双手捂住头。他的两个同伙想把我拖走，我就连他们一起打。他们跑了，我还尖叫着上去追。

"我回到了打架的地方，看见瓦尼亚坐在水坑边的地上，脸上沾满了泥巴，鼻子里流着血，右眼乌青。我从身上扯下了礼服的白色围裙，用自来水把它浸湿，跑回瓦尼亚身边，在他旁边蹲下，把他的头按在胸前，用湿围裙擦他的脸。而瓦尼亚呢，用他脏兮兮的拳头擦了擦左眼，拿一只眼睛看着我，说：'斯维塔，你的胸开始发育了，你要变成姑娘了。''瓦尼亚，你这个没出息的傻瓜，你该想的不是这个。''那该想什么呢？'他问。'你应该想的是，现在我的围裙搞脏了，我要怎么去参加向老兵献花的仪式呢？''那我回家一趟，把它洗干净，在第五节课下课前带回来，赶在列队之前。我会及时赶到的。'

"总之，我没穿围裙去了学校，而伊万回了家。老师上课前在点名册上给已经来了的同学打钩。看到伊万没在我旁边的座位上，就问'斯维塔，为什么瓦尼亚没来，而你也没有按照要求着装？'当时，明显还处在亢奋中的我站起来不假思索地回答道：'我的围裙弄脏了，瓦尼亚拿回家洗去了。'同学们哄堂大笑起来，他们都以为我在开玩笑。老师也笑了。第五节课下课了，铃声一响，大家纷纷往外赶，去列队参加集会。我耽搁了一会儿，就听到走廊上传来哄笑声。我走出来一看，瓦尼亚戴着黑眼圈站在那里，身前捧着我的围裙，干干净净的，还浆洗过了。周围的同学都在笑，说着各种笑话：'要是他不好好洗衣服，她就揍他。''我很想知

道，她的内裤他也洗吗？''没出息的万卡——洗衣工！'

"谣言在学校里传开了，说瓦尼亚在给我洗衣服，他要是没及时洗，我就会揍他。别的班的人都跑来看我，对我指指点点。总之，他让我在学生时代饱受非议。

"这件事后，同学们给我起了个绰号叫'母老虎斯维特卡'。这个绰号一直跟到我毕业。

"同学们都认定我喜欢瓦尼亚，因为我当时那么发疯似的护着他。起初我不在乎他们的想法，但在九年级的时候我们班来了个新男生。他有一个好听的名字——安德烈。他身姿挺拔，干净整洁，热爱运动，学习也特别好。很多女生都喜欢他，我也不例外。我甚至可能是爱上了安德烈。我跟瓦尼亚说叫他不要再和我坐同桌了，让他跟我的女友换座位。他就换了。

"十年级的时候，离毕业晚会只剩一个月了，班主任来对我们说：'同学们，你们知道吗？毕业舞会上将有一场舞蹈表演比赛。比的是华尔兹。你们要多练习，多排练。我已经跟体育老师说好了，他很体贴地同意星期六和你们一起在体育馆排练。那些根本不会跳舞的人，在宣布比赛的时候最好就不要站出来了啊。'

"几乎所有的女生都去体育馆排练华尔兹了，可我们的男舞伴儿远远不够，女生们不得不互为舞伴。但这很不方便，于是我们就换着来，这次这个女生跟男生跳，下次那个女生跟男生跳。

"一天，排练结束后我在回家的路上，看见瓦尼亚在我家门口等我。他说：'斯维塔，如果你愿意，我可以每天晚上和你在家里练华尔兹。离毕业舞会只有两周时间了，就是说，你们只能再练再次——这太少了，这样学跳舞你们是学不好的。如果你每天练习，就一定会赢得比赛。你知道的，我妈妈在少年宫教交际舞班，她也教了我如何跳华尔兹舞。如果不练习，没有人能做到这一点，你不仅要往一个方向旋转，还要往另一个方向旋转，要学会旋转——那样舞蹈才会变得很美。'

"我接受了他的提议，因为我真的很想成为毕业舞会上最出色、最漂亮的那一个。我们每天晚上都在院子里排练。瓦尼亚的舞跳得棒极了，跟他学习很轻松。他跳舞的时候真帅气，我很喜欢。

"他的妈妈来了两次，和我们一起练了整整一个半小时。她教我如何正确地控制头和手，如何向不同方向旋转，还教会我如何行屈膝礼。

"激动人心的日子终于来了，所有的女毕业生都兴奋地等待着，仿佛这一天决定着未来生活的色彩。

"高中毕业舞会！所有的女生都盛装出席，化了妆，做了发型。男生们穿着西装打着领带，好像在这个晚上，一夜之间大家都长大了，变得聪明了。我穿着一件迷人的粉红色连衣裙，这是我和妈妈从城里著名的裁缝店里定制的。我双耳坠着耳环，脖子上佩戴着珍珠项链，手上戴着手镯，发型也异乎寻常的好看。

"尤物般的我站在那里，心旌荡漾，因为前一天安德烈突然走过来对我说：'斯维特兰娜，我想邀请你做我的华尔兹舞伴，你愿意吗？'我回答他：'是的，我很愿意。'

"当华尔兹舞曲响起，安德烈朝我走来。他走向我，挺拔、英俊，穿着一套新西装，一双漆皮鞋闪闪发亮——就是这个人令我们班上很多女生为之叹息。他走向我，此刻我战胜了所有人，简直是人生巅峰。他走到我跟前，优雅地鞠了一躬，我按照瓦尼亚妈妈教的那样行了一个屈膝礼。

"我们来到大厅中央，在华尔兹舞曲中旋转起来。我感觉到安德烈和我旋转在这个大厅里所有人的上空，也旋转在整个世界的上面。

"我们获得了一等奖。瓦尼亚的妈妈作为特邀嘉宾和舞蹈专家为我们颁了奖。

"然后作为返场，我和安德烈跳了一曲优胜者华尔兹。当然，安德烈跳得没有瓦尼亚好，他不能往两边旋转，不过也算不错了。"

斯维特兰娜的脸散发着光彩。她按捺不住地抓起手机，按下按键，一段华尔兹的旋律响了起来。斯维特兰娜跑出自己的小厢房，来到房前的空地上，转起了圈儿。她跳得很轻盈，很开心。华尔兹舞曲停下后，拉丽萨欣喜若狂地鼓起掌来。然后问："斯维塔，那瓦尼亚呢？他没来参加舞会吗？"

"他来了。就站在离我不远的地方，第一个邀请我跳舞。但我已经答应安德烈的邀请了，所以我赶紧小声对他说：'在我邀请你之前，不要来找我。'他听后，一边后退着，一边默默地走开了。"

"然后呢？"拉丽萨问："你跟他联系过吗？"

"然后？然后就没有然后了。这个舞会结束后我再也没见过瓦尼亚。他去了别的地方，好像学习去了，而我被生活搞得团团转。转啊，转啊，终于在这个杂草丛生的庄园安顿下来。能拥有它我很高兴，只是在这个家人们来访的节日里难免感到悲伤。没有一个亲人来探望过我一次。每次在这一天，我都会站在我庄园的门口徒劳地等待着，为了不傻站着引起路人的怜悯，我就卖格瓦斯⑯。我曾想出门躲过这几天，但还是改了主意：万一有人来了而我却不在，那多不好，庄园也会因为我在这样的节日弃它不顾而不开心，要知道它是有生命的。半年前，我给伊万写了一封信，邀请他参加明天开始的节日。"

"你在信上写什么了？"

"你好，伊万。"我写道："我不知道你能不能收到我的信，所以我就长话短说了。我现在住在一个白祖传家园组成的社区里。想法是这样产生的：地球上的每个人都应该在不少于一公顷的土地上建立自己的祖传家园。这个想法得到了许多人的认同，他们开始建立祖传家园社区。我在其中一个社区买了一公顷的土地建造了自己的祖传家园，今年已经是第十个年头了。我的亲人们认为这是胡闹，他们不理解我的想法，也不提供任何支持，所以我的庄园建得比邻居们慢。每年我们社区都会举办一个名为'我的家族日'的庆祝活动，在这个节日里每个庄园里都会有亲人聚会。遗憾的是，我的亲人们从来不参加这个活动。我想邀请同学们来，但我不知道他们的地址，而我记得你的地址，因为你是我的邻居。所以我决定写信给你，邀请你来参加这个节日。请来看看吧。节日将持续三天。也许你能帮我建设一下庄园。或许，你就当休息一下了。"这就是我写的内容。

"你写得有点儿干巴巴的，斯维塔。"

"嗯，是有点干巴巴。但他给我回了电报，电报很短，上面写着：'斯维塔，非常感谢你邀请我参加你的节日。我尽量赶来。'就这些。"

"太好了！"拉丽萨喊道。"就是说明天你的同学，你忠实的桑丘·潘沙⑰会来看你喽。你高兴吗？"

"不，我不高兴。我不该邀请他来。把他请来做什么呢？给地除草？在路边一起卖格瓦斯？邻居们有那么多人过来，到处是孩子们的欢声笑语，其乐融融。而我这儿只有他一个人，还不是亲人。"

　　"那至少还是有一个人来的啊。也许他会带着妻子和孩子一起来呢。"

　　"这也是我害怕的地方。他们要是来，就会看到我这没出息的样子，而我的庄园也比别人的更荒芜。"

第三十七章　奇怪的男孩

　　斯维特兰娜动手把她学生时代的黑白照片从床头柜里收走，拉丽萨看到了放在这些照片下面的一幅彩色的大照片。她把这张照片拿在手里，发出一声惊叹。

　　彩色照片描绘着斯维特兰娜未来的庄园。在她改造的旧棚屋旁边，矗立着一栋两层楼的房子，有阳台和游廊。房子周围是平整的草坪和花坛。在庭院中央长着一棵雄伟的雪松，四周是鲜花盛开的花园。池塘边有一个美丽的圆形凉亭，还有一个假山景观。

　　照片里，庄园的所有细节看起来都是精心设计过的，布局合理，引人入胜。

　　"多美啊，斯维塔！你从哪里弄来的？"拉丽萨问。

　　"一个小男孩画的。那时他来参加我们这儿的儿童夏令营。有一天，一群夏令营的孩子们路过我的庄园，我请他们喝格瓦斯。他们喝完就走了，但有一个男孩留了下来。他叫维克多。

　　"他说：'阿姨，你想在地里建些什么呢？'我喜欢他的问题。从来没人问过我打算在地里建些什么。而他问了。我很高兴地向他描述了我想在哪里布置些什么。他仔细地听着，然后说:'我可以再来您这儿一趟,测量一下,然后画出您未来庄园的布置图吗?''好呀。'我说。在离开这里之前,他给我看了他的画,我用手机拍了照片,然后放大,还买了一个相框。我想把它挂在墙上。"

"你一定要把它挂起来,斯维托奇卡!一定!客人们来的时候,就会看到你要在这里创造怎样的美景,然后他们就会明白——你并不仅仅是住在这里,你是在创造。"

于是她们一起把这幅未来的蓝图固定在了墙上。

248

第三十八章 又一次的"挑衅"

第二天一早，各家的亲人们陆续到来。欣喜的惊叫声、孩子们的欢笑声从四处传来。许多人见到了多年未见的亲人。而最重要的是，他们第一次相聚在自己的家园里。正因为如此，在所有人心里激起了一种不寻常的、从未有过的对家族、家园土地、自己小王国的归属感，并通过它与伟大的祖国相连。

太阳温柔地照耀着，人们已经分不清楚到底是天上的光更温暖，还是那些感受到了自己世间使命的人发出的光更温暖。

突然，社区传来了令人震惊的消息。这个消息从一个庄园传到了另一个庄园。一个红头发的男孩骑着自行车去了趟邻村，回来后对他的父母说："我看到一支部队正向我们社区挺进。我数了数——33个人。他们后面还跟着一辆推土机和一辆挖掘机。"

"这又是一次挑衅。"男孩的父亲下了结论。"还是在这样的日子，还动用了军队。我们必须把所有人召集在一起。"

很快，大多数祖传家园的主人和他们的亲属们都聚集在了社区入口的公路上。安全基础是绝不容忽视的。

由于绿皮的"阿纳丝塔夏系列丛书"的面世，通过让每个家庭建造自己的祖传家园来改造国家的想法在俄罗斯社会传播开来。为了实施这一计划，国家要向每个有意愿的家庭免费提供一公顷土地，并颁布祖传家园法。但国家在颁布法律和分配土地方面进展缓慢。于是，许多人开始在全国各地以低廉的价格购买杂草丛生的废弃土地，并对其进行改造。

但是，有一些势力开始悄悄地、周密地传播诋毁这些家园建设者的消息。祖传家园的主人们被冠以"异教徒""极端分子"的帽子，不管他们怎么称呼，目的就是要让政府官员迫害他们，让人们疏远他们。

在俄罗斯的许多地区，官员们开始意识到祖传家园的想法对国家非常重要，并承认它是民族思想。而且俄罗斯总统签署了一项法令，在远东地区划拨出了免费的土地。另外，别尔哥罗德地区通过了一项关于祖传家园的法律，别尔哥罗德州州长叶夫根尼·斯捷潘诺维奇·舍甫琴科也曾在台上谈到了这些人。

可是，黑暗势力仍然在作祟。很明显：一个团伙正在恶意散布虚假谣言，目的就是阻止俄罗斯的正向变革。从第一批祖传家园社区出现至今，20年过去了，但迫害从未停止——他们就是要拆毁祖传家园建设者的房子。

因此，人们理所当然地认为向他们社区挺进的军队是又一次的挑衅。

当队伍接近那些站在路上的人时，人群认命地让出了一条路，悲壮地站在路的两边，默默地看着队伍在他们中间穿行。

这些军人们看起来在40—45岁之间，穿着迷彩野战服，像是精心挑选过一样，个个儿体格健壮。他们的袖子和红色贝雷帽上有空降部队的徽章。他们排着队，小心翼翼地迈着有些奇怪的步伐，几乎没有扬起土路上的灰尘。

"从他们的素质和年龄来看，这些人不是士兵。他们是空降部队某个精英部队的军官。"站在路边的人中有人说道。

突然，走在最前面的指挥官举起了手，这支威武的空降部队停了下来。原来是一位体弱的、身材矮小的老妇人拦住了他们。老妇人的身材像年轻的姑娘一样苗条，她快速地走到路中间，静静地站在朝她走来的队伍前面，面色坚定，仿佛坦克也不能使她让路。这个病弱的女人身前抱着一件戴着上校肩章的军装上衣。上衣上坠着许多勋章和奖章。

队伍的指挥官走到这位老妇人面前，敬了一个礼，无声地看着这些奖章。

"我叫赖莎·亚历山德罗夫娜。这是我丈夫伊万·德米特里耶维奇的制服，他是伟大卫国战争的老兵，"老妇人激动地说道："伊万·德米特里耶维奇在得知复兴俄罗斯的美好构想时已经80岁了。他来到这片杂草丛生的田间，看见有人想要重新唤醒这片土地，把它从荒芜中拯救出来。于是他也买了一公顷土地，要为自己的子孙后代建造祖传家园。他用为自己的葬礼而存下的那点儿微薄的积蓄买了这块地。

"刚开始，他住在一个军用帐篷里，除草、种树、写诗，描绘国家的美好未来。与他相识后，我赞叹于他对美好未来的信心。我们结了婚，建了房子，现在我们的庄园一年比一年好。

"伊万·德米特里耶维奇不久前去世了，我把他葬在我们的庄园里。你在这里看到的这些人也在建造着他们的祖传家园。每个庄园各不相同。然而，人们的愿望是好的、正确的，他们需要帮助，但他们已经被诽谤和诬蔑了20年了。有人在故意这样做。你们应该去调查到底是谁在如此强烈地反对着我们的国家建设美丽的绿洲。

"可是你们却到这里来吓唬人，还带着设备——推土机、挖掘机！你为什么要来这儿？还是在这样一个亲人们来欢聚的日子！今天是我们的节日，我们称之为'我的家族日'。这一天不仅仅是每个家族的节日，它还是我们国家的生日！未来的、世界上最美丽的国家的生日。而你们……"老妇人沉默了下来。

空降兵指挥官闻言，从胸前的口袋里掏出了一张纸，递给了那个老妇人。这是一张明信片，和其他祖传家园创造者给亲朋的邀请函一样，只是有些被揉皱了，左上角有点破损。

赖莎·亚历山德罗夫娜接过卡片，仔细阅读上面的文字，然后抬起头来看着指挥官说：

"如果我冒犯了您，我很抱歉。跟我来吧，我告诉您该去哪里。"

可能是因为太过激动，赖莎·亚历山德罗夫娜有些头晕，整个人摇摇欲坠起来。

指挥官走上前，双手把这个柔弱的女人托起来抱在怀里，说道：

"走吧。谢谢你的帮助，赖莎·亚历山德罗夫娜。"

身材修长、高大魁梧、体格健壮的指挥官走在队伍的前面，怀里像抱孩子一样抱着赖莎·亚历山德罗夫娜。她一只手在胸前紧紧按着已故丈夫的制服，另一只手搂着指挥官的脖子，把头靠在他的肩膀上，似乎在打瞌睡。

清晨的阳光从卫国战争老兵制服上的勋章上反射过来，轻柔地抚摩着空降兵指挥官阳刚的面庞、他灰白的胡须和发梢。

社区的居民和来看望他们的亲属们跟在这支空降兵队伍的后面。他们不明白为什么赖莎·亚历山德罗夫娜这么快就平静了下来，还允许自己被抱在怀里，甚至还搂着抱她的人的脖子。

整个队伍在斯维特兰娜庄园的入口处停了下来。这里没有对开的大门，没有围墙门，甚至连个横梁都没有，只是在绿色篱栅上开了个口子，从这里有条小路通往庄园另一侧的森林旁边的小屋。赖莎·亚历山德罗夫娜站在入口中央，因为没有庄园主人的允许是不能往里走的。她于始喊人：

"斯维塔，斯维托奇卡！你在家吗？有客人来啦，快点儿出来！"

不一会儿，斯维特兰娜从小屋的拐角处走了出来。她身着斯拉夫风刺绣长裙，头戴花环，手里拿着一罐她自己酿制的三升装格瓦斯。她快步沿着小路向庄园入口走来，走到半路，突然停住了，脚上好似生了根。她猛然发现一队戴着红色贝雷帽的军人站在她庄园的入口，还有一大群邻居，每个人都在默默地看着她。

"斯维托奇卡，你这是在做什么呀？我告诉你来欢迎客人，他们是来你这儿参加咱们的节日的。别怕，他们是好人，是咱们俄罗斯军队的军官。"赖莎·亚历山德罗夫娜鼓励她说。

斯维特兰娜慢慢地，非常缓慢地走到赖莎·亚历山德罗夫娜跟前，打量了一下头戴红色贝雷帽立正站着的军人们，压低了声音说：

"搞错了吧？他们不是来找我的，我没有喊任何人来啊。"

"你怎么没喊？斯维托奇卡，你在说什么呀？我都看见你签名的明信片了。明信片——节日邀请函！你把它寄给谁了？"

"寄给了我的同班同学，也是我家邻居。"

"喏，你看，就是说，你确实是寄了。"

斯维特兰娜仔细看着站在她面前的军人们的脸。他们看向斯维特兰娜，有些人目光里带着赞叹，有些人眼中流露出由衷的兴趣，还有的人向她投来毫不掩饰的爱意。

"发生了什么事？他们为什么这样看着我？我是他们的什么人？他们是我的什么人？"斯维特兰娜茫然不知所措地想。

她不知道的是，半年前，指挥官向自己的战友们讲述了她的事情：一个单身女人，为了纪念她的祖先，也为了子孙后代，独自买了一块一公顷的土地并决心在那里创建自己的祖传家园。

"她为自己的未来空间设计了一个美好的蓝图，"指挥官说，"她正在孤军奋战地努力实现她的目标。"

然而一个女人的能力终究有限，她无法单枪匹马地完成所有的构想，所以她向他求助了。指挥官答应要帮她，因为她对他而言不只是一个女人，她还是他学生时代的初恋。

于是很多志愿者自告奋勇，他们愿意帮助他们的指挥官和这个不寻常的女子。业余时间他们经常聚在一起讨论要做什么以及如何行动才能实现那个与众不同的女人构思的蓝图。所有人都渴望也能遇到一位对生活如此有追求的女人。

赖莎·亚历山德罗夫娜问斯维塔：

"斯维特兰娜，你最后一次见到你的同学是什么时候？"

"在学校的毕业舞会上。"

"这么多年过去了。你早已不再是穿着白色围裙、辫子上系着蝴蝶结的女学生了。而你的同学也是会变的。你好好看看，他就在这里！"赖莎·亚历山德罗夫娜打了个手势，指向站在三步之外的空降兵指挥官。

斯维特兰娜不确定地向前走了几步，站到了指挥官面前，仔细端详着他的脸。四周异常的寂静，连树叶似乎都停止了在风中沙沙作响。

"瓦尼亚？！"斯维特兰娜突然喊了出来："没出息的瓦尼亚……"她喃喃地住了口：学生时代的外号和面前身姿挺拔的伊万相差得实在太远了。

刚刚屏住呼吸的众人终于呼出了一口气：她终于认出了他。

"是的，我是伊万，你的同班同学和邻居。你好，斯维特兰娜！"

"你好，瓦尼亚！原来是你来找我，来看我？！"

"是的，我来了。我要来你这儿待三天，如你信中所托，来帮你。"

斯维特兰娜既激动又不知所措，完全不知道该怎么办了。她把那罐格瓦斯递给伊万：

"这是格瓦斯，很好喝的，你试试看！"

"谢谢。"伊万回答着，接过了这罐格瓦斯，喝了两口，把它传给队伍里的空降兵们。

"那这些人，当兵的……他们也都跟你一起吗？他们也要和你一起留在我这儿吗？"斯维特兰娜问道。

"是的。他们是我的战友。我邀请他们和我一起来，因为我想我一个人无法在三天内完成你的规划。"

"我的什么规划，瓦尼亚？"斯维特兰娜困惑地问。

伊万拿起背在他身侧的军官包，解开了它。斯维特兰娜认出了这个包：他十年来一直背着它上学的。但当她发现里面装着的东西时，就更加惊讶了。

伊万解开军官包，打开里面的平板电脑，斯维特兰娜看到了一幅她未来庄园的画——就是小男孩维克多根据她的描述画的那幅画。画被分成很多方格，每个方格都有自己的编号。

"这个规划图是一个参加我们夏令营的男孩画的。他来看过我几次，名字叫维克多。但这幅画怎么会在你这里呢，伊万？"斯维特兰娜惊讶地问。

"报告，斯维特兰娜，男孩维克多他是我儿子。确切地说，他是我去世的弟弟的儿子。现在是我儿子。维克多在苏沃洛夫学校学习，那里教授地形测量学。所以我托他做了这份你未来庄园的规划图。斯维特兰娜，请你允许我的小队进入你的庄园，并实现你对未来的设想！"

"瓦尼亚！……瓦尼亚！"斯维特兰娜激动得语无伦次：

"可这行不通啊——我只有两把铲子。我没有可用的工具，餐具也不够用，连给你们睡觉的地方都没有。我不知道你不是一个人来。"

"请不要担心，斯维塔。我们什么都有：战地厨房、帐篷、睡袋、各种工具。我们带来了你未来祖传家园每一寸土地所需要的一切。请允许我们凭你的邀请进驻庄园。"

"进驻？凭邀请？请，请，快请进！"

伊万转身对队伍下达命令：

"请按照既定方案，分散到指定位置！"

戴着红色贝雷帽的空降兵们从后面的车上取下工具，有的快步走，有的干脆跑着四散到了长满了桦树和杂草的土地上。伊万扫视了一眼开始在各自区域工作的战士们，从腰带上取下对讲机，问道：

"信息中心准备好了吗？"

"是的，长官。信息中心准备完毕！"对讲机里回答道。

"请部署在庄园入口处。"伊万命令道，然后补充说："我要去 39 区。"

第三十九章　神圣饮食法

几分钟后，一辆装着有色玻璃的面包车开到斯维特兰娜庄园的入口处，车顶装着旋转天线。面包车的后门被打开，一个穿着修道士服的人跳了下来。他双臂伸向两侧，抬起头看了看四周，说：

"造物主啊，你的世界有大美啊！"他向众人鞠了一躬，接着说："善良的人们啊，伟大的创造者，愿你们的思想配得上这个世界。"

这名修道士很年轻。他浅红色的发间闪耀着太阳的流光，仿佛他浑身充满了能量，靠近他就能感受到能量的传递。络腮胡子和八字胡无法遮挡他的青春气息。他还有一双异常亲切的灰蓝色眼睛，嘴角噙着笑。不知为什么，他给人的感觉很开朗，甚至有些调皮。

社区的两名女子走到这位年轻修道士的跟前。其中一个说："请赐福与我，神父！"她手掌交叉，伸向身前。

通常，神职人员会把手放在伸向他的手掌上，让人们亲吻。可顽皮的修道士却没有这么做。

"谢谢您的抬爱，可我还不是老父亲[18]，我还没孩子呢。我不能给女人吻我的手。这种暧昧的举动为对我来说是一种巨大的诱惑。"修道士说着，俯身吻了吻女人伸出来的双手。

　　然后他回到车上，在开着的车门旁边的地板上坐下来，若有所思地数着他的念珠，然后闭上了眼，似乎睡着了。而那位女子依旧站在原地，手掌交叉着。

　　人们，特别是孩子们，开始围向面包车的后门，大家都想看看里面都有些什么。车厢内装满了各种设备，显示器前坐着一个男孩——维克多，就是他画出了斯维特兰娜未来家园的蓝图。"和睦社区"的鲍里斯认出了他，他们曾一起在夏令营度假，还成了好朋友。鲍里斯走近敞开的面包车门，大声说：

　　"你好，维克多，你在那里做什么？"

　　"你好，鲍里斯，大家好！"维克多高兴地回答，然后解释说："我是小队成员和信息中心之间的联络人。嗯，总的来说，就是操控超级计算机，计算机内存储着建造像祖传家园这样的复杂系统所需要的所有信息。"

　　"那些没有超级计算机的人，该怎么创造自己的庄园呢？"

　　"他们有灵感，可以凭直觉感受到植物和星体之间的联系。我们的战士还做不到这些。"

　　"那个修道士为什么和你在一起？"

　　"他是我父亲的朋友，也是我的朋友。现在叫费奥多里特，以前叫别的名字。他可以以许多不同的面目出现，是个玄学家。"

"我从未听说过这种科学。"

"我知道得也不多。费奥多里特说，这门科学非常古老，很多伟大的哲学家都研究过它，像亚里士多德、柏拉图，还有其他一些公元前的思想家们。"

"你们要这么古老的东西干吗？你已经有超级计算机了，你用它不就行啦。"

"如果遇到计算机不能解决的问题，费奥多里特会帮忙寻找解决方案。当时我父亲召集了一支经验丰富的空降兵侦察队，他们想弄清楚祖传家园的生物群应该是什么样的，一名搞太空侦察的军官说：'伙计们，你们知道吗？我感觉，嗯，我觉得，咱们的现代航天器与这个我们称之为祖传家园的综合系统相比，就像个儿童玩具，这里没有玄学帮忙恐怕是不行的。'

"然后我父亲想起了他的朋友费奥多里特，邀请他加入研究祖传家园生物群的小组。他来了之后，听了他们的谈论，说：'军官先生们，我的感觉是，你们决心要在造物主和人类之间建立一个沟通的渠道。'

"我一直不明白他为什么这么说。他后来说的话我也无法理解。"

这时，费奥多里特睁开了眼，看了维克多和鲍里斯一眼，然后垂眼说道：

"无论智者阐述的是什么真理，只要听者不解其意，他的话就是空洞的。年轻人，请原谅我打断了你们的谈话，因为你们正当面儿谈论着我。也许，你们可以再给我一个机会，让我选择另外一些语言来解释你们感兴趣的话题，这一次我争取说得更清楚些。"

"费奥多里特，请你别怪我们，我们以为你睡着了。"维克多回答并提议道："你最好能用我和鲍里斯能听得懂的话来解释，为什么祖传家园还可以作为与造物主沟通的渠道。总之，为什么它对人类如此重要？"

费奥多里特闭上眼睛，嘀咕了些什么。鲍里斯听到他在说："外婆啊外婆，请帮我找到人们能理解的语言。你精通朴素言语的奥秘，你能用这些词句带给人们灵感，地球上伟大的创造在你的语言中实现，可我的创造语言还不精。"

有一段时间，费奥多里特闭着眼睛坐着，仿佛在接收太空中对他请求的回应。随后他用好听的男中音说：

"鲍里斯，年轻人，请告诉我，什么是太阳，它的作用是什么？"

"太阳？太阳——是我们太阳系中最亮的星星，"鲍里斯说，然后想了想，补充道，"至于它的作用，嗯，可能是发光，为生活在地球上的一切赐予生命。"

"年轻人，请你再告诉我，什么是月亮，它的作用又是什么？"

"月球是我们太阳系的行星，"鲍里斯回答，"但我恐怕不知道它的作用。"

"我知道，我知道关于月亮的一切！"一个7岁左右的小女孩从站在面包车旁的人群中跑出来，在原地开心地蹦跳着说："月亮是做了农历的行星，妈妈按照它来种植西红柿、黄瓜和鲜花。"

"卡坚卡⑲，农历不是月亮做的，而是人们在长期观察月亮的运动和它对植物的影响后做的。"父亲开口纠正了这个女孩。

"请告诉我，善良的人们，在宇宙中是否还有其他行星影响着我们的生命，影响着动植物的生命呢？"费奥多里特一边转向所有人，一边又提了个问题。

大家沉默了。最后坐在电脑显示器前的维克多第一个开了口：

"我就这个问题联系了信息中心，得到的答复是，还没有科学能证实这一点。你们想听我读吗？"

"读吧，读吧，"人群中有人说，"科学没有证实的事情很多。我们被灌输说人类只有2000年的历史，可考古学家们发现的社区却有30000年的历史。"

"那我就读了：所有的植物，无论是普通的草、不起眼的野花还是华丽的花园玫瑰，都有自己的美丽之处。别无其他。金星，是一个充满爱、美丽、和谐的星球，是植物世界的管理者。我们通过与植物的互动——照顾它们、用它们治病、吃它们的果实、甚至只是欣赏花朵就可以获得金星的能量。此外，每种植物都有自己的主宰星球赋予它们特殊的属性。

太阳植物是生命能量的体现，具有很大的能量潜力。它们具有滋补功效。它们的特征是：干燥，高大，树冠茂密，花朵为黄色或金色，有淡淡的香气。生长在阳光充足的开阔地带。花卉有：向日葵、蒲公英、芍药、康乃馨、红色风信子、天芥菜。药用植物有：金丝桃、薄荷、金盏草、艾菊、蜡菊、白屈菜、鬼针草、欧白芷、山金车、益母草、缬草。乔木和灌木有：松树、杨树、白蜡树、杜松、槲寄生、橘树、胡桃、檀香树。

月亮植物代表母性、童年、故乡和家园。特征是：多汁，茎部粗大，叶子颜色浅，开白色的花，花香细腻。它们生长在靠近水体的潮湿地带。月亮植物具有吸收疾病的能力。月亮植物包括许多蔬菜，能使水盐代谢和生殖功能正常化。花卉有：百合、铃兰、紫罗兰、莲花。药用植物有：菖蒲、荠菜、车前草、沼委陵菜、马齿苋、西瓜、甜瓜、白菜。乔木和灌木有：山杨树、沙棘、苹果树、白蔷薇。"

维克多说："这里写的东西还很多。但我重申：它还未得到科学证实。"

"我想知道科学界为什么无法证实遥远星球对地球上所有生物的影响，"鲍里斯说，"光速约为每秒30万公里。即使从太阳到地球，光波也要走 8 分钟。我在手机上用计算器算了一下，太阳的反射光从自太阳系里最近的行星传播到地球的时间也是它的三倍。而遥远星球的光将在几十年或几百年后才能到达地球。在这段时间里，许多植物和生物早已枯萎消亡。虽然我凭直觉相信，各个星球会以其他方式与地球互动。但对地球上的所有人来说，太阳光的影响是显而易见的：不管是儿童、成人还是科学家。而其他行星的影响不太明显，但有证据表明它是存在的。太阳光被行星反射后，可能会改变其光谱。反射光的影响可能与阳光直射略有不同，但这并不意味着它的意义不大。"

"谢谢你，鲍里斯，你提出了很好的论证，总体而言，论据可以说是科学的，"费奥多里特一边说，一边转向维克多问道："那么关于遥远星球与地球的交流方式，我们的信息中心说了些什么呢？"

维克多没有回答这个问题。他坐在那里，眼睛没有离开显示器，一言不发。鲍里斯等了一会儿后喊了他一声：

"维克多，你为什么不回答？你没听到有人在对你说话吗？"

又过了一会儿，维克多转过身对大伙儿说：

"我都听到了。请原谅我。但我确信，科学对我们在这里触及的话题没什么可说的。请你原谅我，费奥多里特，我对你关于祖传家园可以成为与造物主沟通的渠道的说法持过怀疑态度。但是当我读到信息中心的信息时……我现在有了一个清晰的认识。你是对的,费奥多里特!"

"那你就大声念出来吧。把这些消息告诉大家。"鲍里斯说道。

于是维克多开始读:

20世纪末,俄罗斯最伟大的科学家V.P.卡兹纳切耶夫进行了一系列有趣的实验。他是前苏联科学院临床和实验医学研究所的创始人。

从20世纪50年代中期开始,V.P.卡兹纳切耶夫与同事们一直在研究生物体的信息互动。他发现了以前不为人知的远距离细胞间电磁相互作用的现象。卡兹纳切耶夫的实验表明,生命的代码可以通过电磁辐射,即通过能量信息的方式带到地球,而不需要直接的物理接触。还有一个重要的结论:地球上所有的生物体之间存在着信息互动,这是科学无法解释的。

在实验中,新西伯利亚的科学家们借鉴了列宁格勒天体物理学家N.A.科济列夫教授的思想——他证明了空间中存在一些传播速度远高于光速的磁场。这些磁场的性质尚不清楚,但卡兹纳切耶夫发现它们可以被铝表面反射。在20世纪90年代初,由卡兹纳切耶夫领导的科学家们利用科济列夫发现的效应制作了一些圆柱体的铝结构，这些装置被称为"科济列夫镜子"。

用这些装置进行的实验产生了骇人听闻的结果。事实证明，一个人在"科济列夫镜子"的空间里，可以看到过去、未来和此刻遥远地方正发生着的事件。卡兹纳切耶夫院士认为这些特殊现象是地球的信息场通过科济列夫镜子对人类思维形态的反射。

此外还进行了思想远程传递的实验。一位操作员置于镜子的内部空间，这个被称为"施予者"的操作员须用意念向空间传送某个人的图像。图像是由电脑随机选择出来的，因此没有人事先知道会选择哪张图像。

而在另一个地方，有时距离"施予者"有几千公里远，在科济列夫镜子的焦点处，或者甚至是在没有镜子的情况下，由另一个操作员——"接受者"感知和绘制"施予者"发出的信息。

这些实验的结果如下：在54%~95%的情况下，信息的感知完全正确！

特别有趣的是在极北地区的迪克森极地村用科济列夫镜子进行的实验。之所以选择迪克森，是因为N.A.科济列夫认为，在这条北纬73度线上有一个所谓的时间悖论区，在这里满足某些特定条件后，时间的流向可以改变。

而后在1990年12月24日，一个今天被称为"和平旗帜"的古老符号被引入科济列夫的镜子空间。一件匪夷所思的事情发生了。在科济列夫镜子里面爆发了"等离子体"，出现了臭氧的气味，地磁和生物定位出现了异常，在进行实验的建筑物上方出现了发光的圆盘状物体。此刻迪克森的地球物理服务记录着磁层和电离层有强烈扰动，村子上空出现了异常明亮的北极光。在这一系列的7次实验中，类似的情况发生了5次。在这些实验之后的两周内，镜子空间里充满了许多发光的符号，其中超过80%的符号后来被认定为已消失了的地球文明的象征。

在科济列夫的镜子实验中还发现了其他神秘的现象。接收者经常会延迟几个小时后才收到传输给他的意念图像，好像传输的信息在这段时间一直储存在某个地方。然而，最令人惊奇的是超前远视效应。在105次远程接收案例中，有37%的传输图像在传送前几个小时即被接受者获取。那时还没有人知道要传送什么图像，而这些图像已经被感知到了。这种现象在极北地区特别明显，这是一个时间流向反常的地区。

20世纪90年代初，世界科学史上首次进行了两项全球实验。1991年举行了"北极圈"实验，当时图像从迪克森的村子发出，而接收地分布在独联体的不同地点。1993年举行了"和平旗帜"实验：图像从新西伯利亚和迪克森发送，而接收地点在欧洲、亚洲和美洲的不同地点。计算机从专门设计的由77个元素组成的"图形表"中随机为"施予者"选择3—5个图形元素，根据这些元素，操作员用意念构建图像后进行传输。世界上有12个国家进行了信息的接收，超过4500人参与了这项实验。

极北地区在地球信息空间动态中的特殊作用得到了证实。科学家们认为：事实证明，精神领域对在极圈地区引入的思维信息极其敏感。

未来有着激动人心的前景。通过科济列夫的镜子，人们可以与无形而神秘的存在相联，那里的空间和时间是我们不熟悉的。从这个渠道我们可以获取有关过去和未来、宇宙的构造以及其他世界的知识……

国外也在进行这一领域的研究。如果不考虑意识对周围世界的影响，现代科学已经是不可想象的了。意识是赋予人类的一个伟大的礼物。科学家们在这个神秘的领域学到了很多东西。然而，人类思想与星体宇宙意识的互动仍然是一个谜[20]。

"谢谢你，维克多，"费奥多利特说，"你给我们讲了一个有趣的科学观点，也让我们知道了科学家们进行的有趣实验。但为了不犯错误，同时也让心灵平静下来，我们有必要确定一个事实。也许我们就会找到地球上所有生命与其他太阳系行星相互作用的证据。请那些见过星空的人说说，不是在虚空中想象，而是仰望那发光的穹苍的时候是什么感觉？"

立刻就有一群人回答，有成人，也有儿童：

"当我内心平静地看着星星时，我想到了一些全球性的东西，但我搞不清楚它是什么。"

"我也觉得自己在想一件大事儿。"

"那个时候，我感觉好像我们在地球上并不孤单。我们都生活在一个美丽的星空世界。"

"还有我！……还有我，"卡嘉㉑兴奋地说，"当我看着星星的时候，我想加一颗自己的小星星进去，有时还不止一颗。我想画下整个星空。"

"现在我想总结一下。当仰望星空时，大家能够感觉到：它在你身上激起了情感，引起了思考，给了你巨大的能量去认识和感知宇宙万物。这就是人类与宇宙所有星系的星体互动的证据。这证明了人是可以引导这种互动的，因为当你把目光从星空移开，投入到日常生活中，此举相当于人类对星空下达了暂时停止渴望宇宙能量的指令。"

"我有一个问题，"卡嘉又开口说话了，"是谁让星星、太阳和月亮这些所有的星球互相帮助，又让树开出这么美丽的花呢？"

那位向费奥多里特祈求祝福的女人走上前来，对大家解释说：

"造物主创造了一切，我在《圣经》中读到过。他也创造了人，我们都是他的儿女，是按照他的样子创造出来的。"

"不，不是所有东西都是造物主创造的，"卡坚卡反驳道，"比如说，有个人他发明了手机。它成了对人们非常有用的东西，所有的人都在使用手机。"

"卡坚卡，你说得对，"费奥多里特对小女孩说，"很多人都用手机，但你有空儿的时候可以想一想：也许人们需要使用手机，正是因为他们丧失了造物主赐予他们的远程交流能力，所以才需要一个替代品来弥补这一损失。

"地球上的各种民族通过信仰或直觉了悟到：我们周围的世界是由心灵创造的，而我们地球上的人则是伟大创造的顶端。

"现在我想问大家一个问题：我们看到每棵小草、每只小虫子、鸟和树都有自己的生命程序。数百万年过去了，无论是地上、还是天上的创造物，他们的程序都没有改变。请告诉我，或者回答你们自己，造物主为人类创造了什么样的生命程序？今天人们的生活在多大程度上符合造物主的计划？"

"哇！太棒了！"鲍里斯喊道，"对全世界的程序员来说，这可是一项有趣的任务——识别人类生命的神圣程序。如果有人能做到这一点，他就能了解自己真正的能力、特点和使命啦。"

"可我不想像个机器人一样按别人编的程序生活，"卡嘉说，"我妈妈给我列了每天的日程表，还把它挂在了墙上。日程表告诉我每天要什么时候起床，什么时候做功课，什么时候出去散步，什么时候吃饭。我不喜欢妈妈编的程序。也有可能不喜欢这个神圣的程序。"

"卡嘉，你还小，你不明白：任何一个程序，即使是个伟大的程序员编的，也都是可以完善和改进的。但要做到这一点，你需要知道它是如何运作的，改变会带来什么样的后果。"鲍里斯告诉她说。

鲍里斯的一些同龄人开始向他聚拢，显然他们对编程很熟悉，而且很热衷于讨论未来的神圣程序。

"也许按照这个程序来的话，姑娘们会变得更漂亮。"

"是的！她们肯定会成为美丽又聪慧的女神。"

"我想女孩们还是不要知道神圣程序的好。"

"为什么啊？"

"她们会变得目空无人，拒人于千里之外的。"

"可我们这些小伙子也不会一成不变啊！说准儿我们会变得比她们更聪明呢。"

"我们谁更聪明一点也不重要。我很想看看，相爱的年轻男神女神们会创造出什么样的祖传家园？"

"他们的庄园肯定是绝妙的。"

"那个时候，整个地球、我们的星球将会多么的美妙绝伦啊！"

"而生活在上面的人们会更聪明、更漂亮、更健康，是现在的十倍！"

"不仅是十倍，也许会更多，那时我们就能看到真正的人应该是什么样子了。"

"那么结论是什么呢？如今所有发达国家花费巨大的资金和潜力努力向其他星球发射火箭，并试图研究它们，到头来却连自己星球的能力都没能充分了解？"

"甚至连自己都还没有了解透彻。"

"我们得赶快开始程序研究工作。咱们成立一个工作小组吧！"

"这种工作需要一台拥有庞大数据库的超级强大的计算机。我认为这样的电脑还不存在。"

"我从科幻作家斯坦尼斯拉夫·莱姆那里读到一句话：'宇宙就像一台超级计算机。'现在我明白了，这并不是幻想，"鲍里斯说，"我们的宇宙就是一台超级生物计算机。现在的问题是键盘在哪里？该在哪里学习？应该按哪些按钮？该从哪里开始？"

"每个人身边的空间里都有一个键盘，你可以用意念去按动它的按钮，而不必劳烦你的双手。这需要有足够纯净的思想出现、被激发，并极速思考。"费奥多里特加入了讨论：

"至于从哪里开始，这个问题我可以回答：首先必须要完善自己——从饮食开始！"

"饮食？什么饮食？"鲍里斯惊讶地问：'网上有很多这种东西。我妈妈经常要我给她打印日常饮食。书上有很多不同的饮食方法。应该从哪一个开始呢？"

"鲍里斯，你说得对，饮食有很多种，但有一种——是造物主为人类设计的。

"在哪儿可以读到这些信息？"

"它就在你身上，也在地球上的每个人身上，你只需要运用逻辑仔细琢磨，就能意识到并接受这个明显的事实。

"春天！几乎在同一时间，万物复苏。树上嫩芽萌动，变成树叶舒展开来，小草悄然变绿。在各种草中间，蒲公英那最鲜亮的黄色花朵总是显得比别人更出众。它的花仿佛是阳光做的，把蜜蜂吸引到自己的身边。

"蜜蜂落在花上，就像落在小太阳上一样，它落下来，清楚地知道这朵花会把自己生机勃勃的花蜜和花粉完全交给它，这些花蜜和花粉将培育幼蜂，延续它的家族。蜜蜂知道这一切，急急忙忙地把这美丽花朵的花蜜、花粉带回蜂巢。

"仅仅是一朵蒲公英花……它就可以告诉人很多事情——如何治疗不孕、如何净化血液、如何帮助心脏、如何让肌体和谐、让心灵平静。

"可是这朵看起来像太阳的蒲公英花不会说话。而且它不能理解为什么人们会无视它的馈赠，还把它叫作杂草。

"要知道小蜜蜂已经多次用自己的行为向人们表明了：它的馈赠是可以让身体和谐、延续物种的。

"很多像太阳一样的蒲公英花在悲伤中凋零，未能完成它们的使命。它们将在来年春天再次绽放，希望那时人们能够了解它们的价值。"

"那么关于蒲公英，科学是怎么阐述的？你们的信息中心能告诉我们点什么吗？"鲍里斯问道。

维克多立即回答说：

"在官方医学中，蒲公英的根部可作为刺激食欲的苦味剂，可在治疗肝病、胆囊炎、胆结石、黄疸等疾病中作为利胆药，还可以改善消化道功能，在治疗胃炎、结肠炎、痔疮时可作为温和的泻药，治疗慢性便秘。

"人们已经对蒲公英的治疗作用进行过研究，发现了蒲公英花粉提取物的抗生素作用。他们对 27 种微生物进行了花粉抗生素活性测试，初步报告显示，花粉抗生素对人类的某些肠道感染具有明显疗效。科学也没有反驳传统医学的主张，在韩国、中国和欧洲，蒲公英被用来为人们治病。"

显示器上还显示了数百种其他药用植物的图像。

费奥多里特再次开口道：

"其他水果、草本植物、根茎类作物的意义也不小，它们严格按照顺序在初夏成熟。还有的在仲夏成熟，其他的在夏末成熟，而整个秋天，植物们就像排队一样一个接着一个地向人类呈现它们成熟的果实。但为什么几千年来所有的水果都在按严格的顺序成熟，而不是同时成熟呢？

"答案显而易见，也很合乎逻辑。造物主为他最珍爱的创造物——人类创造了世界，规定了严格的果实成熟顺序。他考虑到了许多我们不知道的参数：所有星球的结构、大气压力、地球内部水体构成和人类肉体的状况。

"现在，我们可以说出一个神圣饮食法第一类法则了：

> 要滋养出理想的身体，时间顺序极其重要。在神圣的自然界中，果实在规定的时间内成熟，因此必须遵守这个时间。此时，身体不应该摄入其他季节成熟的食物。

"我们要搞清楚什么食物是有生命的，要什么时候食用。只有你的私人医生才能解决这个问题。"

"可我没有私人医生，"小叶卡捷琳娜说，"妈妈、爸爸，还有我的女友们都没有私人医生。比如说，当有流感流行的时候，所有生病的人都会到城里去排队去看医生。"

"所有生活在地球上的人都有一个私人医生，叶卡捷琳娜。造物主给每个人都准备了一个，也包括你。"费奥多利特回答小女孩儿说："清晨，当一个人醒来，完全不需要马上吃东西，必须要相信自己的医生——他会通过饥饿感告诉你什么时候吃，吃多少，吃什么样的食物。

"但首先必须要告诉他你的意图。必须连续 11 天坚持吃那些按季节次序逐渐成熟的食物。

"春天里，适合人类食用的草会首先成熟，如蒲公英、荨麻和羊角芹。临近六月的时候，金银花果子能给身体提供热量，更重要的是，它们能抵御各种病毒，清洁血管，帮助心脏工作。

"11 天后，你的医生将明白你渴望神圣饮食的迫切性，然后精准地为你确定何时吃、吃多少和吃什么食物。没有疾病可以靠近人体，那些已经有的疾病也会消失，从而延长人的寿命。许多问题将消失，腾出时间让人类思考更重要的事——创造。'进食要像呼吸一样，'有一天我母亲曾这样告诉我。"

一位白发老人从听众队伍中走了出来，他曾是一位外科医生，现在住在社区里，和其他人一样建了自己的祖传家园。他快步走到费奥多里特面前，激动而又有些困惑地说：

"年轻人，请等一下。年轻人，请你等一下。你的表达方式……也许你的表达方式不是所有人都能理解，但是所说的内容极其重要，它是最伟大的发现！我想补充一下。我想解释得更清楚一些。对不起打断了你的话，但请允许我解释一下。"

费奥多里特点头表示同意。白发苍苍的医生转向人群，激动地继续说道：

"你们都认识我，知道我是一个外科医生，就住在你们中间，我和我的妻子像你们一样正在建设自己的祖传家园。我妻子也是一名医生——内科医生。我们和同事经常聚在一起讨论一个重要的话题，这个话题医生很少和病人谈起。你看，当我们为你开出治疗疾病的药物时，我们会按照卫生部的要求明确指出服药的剂量和时间。但是，你看，这些剂量……它们几乎都差不多，可给每个人相同剂量的药是不对的。

"药物的剂量取决于许多参数。在开药时，不仅要考虑一个人的年龄和体重，还要考虑他所有内脏器官的状态、情绪状态、日饮食量、活动量、生活方式、气候等。这种研究不可能对每个病人都进行，因为这种精确的研究和剂量的确定需要整个医生团队为每一个来医院的病人提供个性化服务，哪怕他们得的只是最微不足道的疾病。由于无法确定精确的剂量，所以一般使用的是平均计量，就是我们国家的平均量。其他国家的情况也差不多如此。

"因此，在给病人开药时，医生不能确定这种药物是否会导致病人提前死亡。许多药物说明书都列明了过量服用片剂会产生什么样的不良后果。然而，许多药物即使没有过量也会对人体内脏产生负面影响。但医生还是开了这些药，因为他没有其他途径帮助病人。

　　"在这种情况下，医生没有任何风险，他的行为受卫生部规定的保护。卫生部也没有任何风险，因为它是按照科学医疗机构提供的方法行事的。我再说一遍，这些方法取的是平均值！就这样，风险完全落在服用药物的人身上，哪怕是按照医生的指示服药。风险是巨大的，因为人们在拿自己的寿命和生命质量冒险。

　　"一般来说，药用植物的负面影响和副作用要比药片小得多。药用植物可以治愈任何人体的疾病，几百上千年来已经证明了这一点。在印度，阿育吠陀是最古老的治疗科学，公元前几百年就有记载，人们一直在高等院校正式学习它，这不是没有道理的。而在中国，中国传统医学在大学里传授。难道这不就是这两个国家在人口方面占优势的原因吗？ 10年来，我孜孜不倦地研究过去伟大医者的著作，包括亚里士多德、柏拉图和阿维森纳，但无论是他们，还是印度、中国和全世界现代的大学和研究机构，都无法解决为每个病人制定精准剂量的问题。要知道这才是传统医学中最重要的问题。服用过量的草药也会产生不良后果，而剂量不足又无法达到预期的治疗效果。

　　"但，这位年轻人刚刚谈到了如何解决这个千年难题——过去和现在的医学难题，他告诉了我们造物主已赋予了每个人内在的专属医生；他告诉我们每一种植物与星体之间的联系，以及按自然界本身的顺序在果实成熟的时刻采摘的重要性；他告诉了我们真正神圣的饮食方法。他向我们展示了如何感受宇宙。如果把这一切写进科学论文，他本可以获得诺贝尔奖，而且还不止一项。但他把自己的发现就这样告诉了我们。谢谢你，年轻人，谢谢你的慷慨！"

亚历山大·瓦西里耶维奇（这位外科医生的名字）转过身来，看到年轻的修道士坐在面包车的地板上，靠着墙，眼睛半闭着——他在瞌觉，在睡梦中还缓慢地拨动着雪松做的念珠。亚历山大·瓦西里耶维奇盯着睡着的修道士看了一会儿，然后转过身，朝着站在旁边的人们走了几步，轻声说：

"我猜到了这个年轻人到底是谁，为什么他对世界上的最高荣誉无动于衷。这都是因为他认为最高的奖赏是得到一个女人对他行为的认可，而这个女人——就是他的母亲。

"当他说出'进食要像呼吸一样'这句话时，我就意识到了这个不寻常的人是谁。"

"我也知道了，"叶卡捷琳娜的父亲补充道，"当他说'进食要像呼吸一样，有一天我母亲这样告诉我'时，我的身体像过了电一样。但他究竟为什么要告诉我们这些不寻常的信息呢？"

"我想他知道，王是我们，也只有我们才能做这个规模巨大的实验，或者更确切地说，只有我们才会同国家有关机关和科研机构进行联合验证。你们看，目前已经有大约400个像我们这样的祖传家园社区了。在俄罗斯联邦的每一个地区都可以找到它们，庄园已达数万个。我们每个人至少拥有一公顷的土地，我们所有人都努力地在自己的土地上建立一个生态清洁、自给自足的生态系统。我们可以很轻松地分出一部分自己的土地种上许多药用植物。

"参与这个大规模实验的医学研究机构可以对居住在祖传家园并希望参与实验的人进行最深入的体检，如果发现任何疾病，就记录下来，确定其实际的生理年龄。

"接下来，我们将应用今天听到的饮食方法——我们将称之为'神圣饮食法。'

"然后，每三个月或每半年进行一次体检，并记录在医学研究机构的正式文件中。这是对新疗法和药品进行认证的程序。我相信，这一大规模的实验将在改变生理年龄方面得到喜人的成果，换句话说，就是使身体年轻化和延缓衰老。作为一名有 30 年工作经验的医生和学者，我坚信这一点。

"然后我们将开始学习。我们将开始正规的学习，让每个人都受到高等医学教育，成为有执业资格的医生。我们将向俄罗斯科学院提出申请，让我们的大学开设传统医学选修课。我们可以向中国和印度的大学学习教学方法，但最重要的是，我们也要有自己的方法，也许它将是无与伦比的。"

人们受到了亚历山大·瓦西里耶维奇演讲的感染，开始兴奋地互相交谈。有人开始对所讲的内容进行补充、提出建议，也有人表示怀疑：

"在你和我们的政府达成协议之前，你就老了。他们怎么都不通过《祖传家园法》，两份草案都已经在国家杜马躺了两年多了。"

"就这么办！重要的是提案的陈述要正确。"

"当然，就这么说定了。最近我们行事有点儿萎靡，大家都在为自己的庄园担忧。"

"应该成立一个特别小组，与政府、科学院进行谈判，大家都尽全力协助小组工作。"

"只是不清楚还需要想出点儿什么办法才能推动我们的政府进程。在俄罗斯的各个地区，人们自己花钱把荒废的土地变得欣欣向荣，而他们却仍然像瞎子和聋子一样生活在上个世纪，至今无法制定出一部祖传家园方面的法律。"

第四十章　总统间的竞赛

　　"他们很快就会通过的。现在我要告诉你们一件高兴的事儿！"急性子的叶卡捷琳娜炒豆儿似的说，"我爸爸和妈妈在家里也经常谈论祖传家园法。而我朋友们的父母在家里也经常说起。在白俄罗斯、在乌克兰都有人谈起。我知道这些，因为我在互联网上与他们通信。然后我们就开始想办法，想啊想啊，终于想出来啦。我们想在所有总统之间宣布举行一个关于祖传家园的最佳法律竞赛。我哥哥吉玛答应用电脑把这个公告漂漂亮亮地打出来，然后发给所有的总统。那我在写这个比赛通知的时候就一个错误也不能犯。他认为我不可能写得一个错误都没有，因为我才上一年级，但我可以。因为我和我的女友们决定去找维克多·雅科夫列维奇帮忙，去他的庄园找他。他会纠正所有的错误。因为维克多·雅科夫列维奇很善良——就是他为儿童夏令营提供了4公顷的土地。他很聪明，是个博士，知道该怎样正确无误地做每件事情。总统们看了之后就会开始竞争，看谁的祖传家园最多，那个国家也会因此变得更美丽。"

　　人们听了叶卡捷琳娜的话，都笑了，笑得很开心。有人问：

"叶卡捷琳娜，那你为获胜的总统准备了什么奖品呢？"

"我们还没考虑奖品的问题。也许我们应该给他颁发一份荣誉证书。或者也可以为他采集一些让大脑更聪明的草药作为奖品。"

"一个美丽的国家和人民的认可，就是对获胜者最好的奖励啦。"人群中有人笑着对叶卡捷琳娜说道。

"也许我们不该嘲笑这个看似简单幼稚的想法。"维克多·雅科夫列维奇说。

人群立刻安静下来。他曾担任过三届国家杜马的议员，是教授、经济学博士，他离开了卢布廖夫卡的房子和莫斯科的公寓，和拓荒者们一起用双手把杂草丛生的地方变成了盛开的花园，成为了自己的祖传家园，他在村民中享有很高的威望。

维克多·雅科夫列维奇继续平静地说："比如说我，就认为祖传家园的创造者应该向国家的总统、政党和国家杜马议员请愿。选择正确的沟通方式是很重要的。我们必须从介绍自己着手。

"阿纳丝塔夏基金会提出了一个非常好的建议——推荐那些建得好的祖传家园社区举办开放日，名为'俄罗斯未来之旅'或'民族思想之旅'。邀请整个地区和州政府、各级当地议员和媒体参加活动。可以为客人们办一个俄罗斯祖传家园社区产品展销会，组织一次参观旅行和'圆桌会议'，或者办一场业余音乐会。"

信息中心的扩音器传出的声音让大家安静下来，也把费奥多里特吵醒了。

"14 区呼叫，我们需要中心协调。在应该种樱桃树的地方，约 15 厘米深处发现了两块直径约为 40 厘米和 50 厘米的石头。我们建议将樱花树的种植点向右移动 1.5 米。"

第四十一章　创造之路

费奥多里特从口袋里拿出一台对讲机，打开它，回答第14区说：

"种植点不能变。我记得方案，樱桃树的右边有一棵苹果树，左边也是。它们之间的距离已经是可允许的最小值了。如果再缩短距离，哪怕只减半米，这些树就会起冲突。"

"中央计算机已证实了这点：这些植物会相互冲突，特别是苹果树和樱桃树。樱桃树甚至可能会释放毒素。"维克多补充说。

"14区呼叫，我们明白了。我们会把石头移走。"

"102区呼叫，我们也遇到了问题。我们打开了装着斯维特兰娜想养在她庄园里的动物的笼子门。所有的动物都原地不动，不愿离开它们的食槽，正在熟悉新环境。但雏鹰飞走了，它以前从没飞起来过。我们从兽医那里把它带回来时它还是只小小鸟儿，当时它的翅膀受了伤。现在看来翅膀已经长好了。现在的问题是该怎么把雏鹰抓回来？你们有什么办法吗？"

"没有办法。中心给出了几个捕鸟器的装置，但建议把它们放置在栖息地———一般来说就是有鸟窝的地方。"维克多回答说。然后他又补充道："但是它在附近没有窝，它还不习惯庄园的环境。它现在不知道飞到哪里去了。"

费奥多里特再次接通了对讲机，问道：

"102 区，请回答：所有的动物都住在一个笼子里吗？"

"是的，它们在一起三个月了，有人提议这么做，说这样它们可以相互习惯，友好相处。"

"那雏鹰呢，它和谁的关系最好？"

"有的，它经常和小猫崽儿玩，它们甚至睡在一起。"

"太好了，我们试试下面这个方案：请拿一根伸缩式天线杆，它应该就在你附近的斯维特兰娜的屋子里。在天线上绑块布，把小猫崽儿放在上面，然后把它升到离地面 4 米高的地方。"

过了一会儿，扬声器里传来一个声音：

"报告！我们在天线上绑了件汗衫，把小猫崽儿放在上面，正在拉升天线。"

"指挥官，你听得到吗？"费奥多里特在对讲机里问道。

"是的，我听到了。"

"必须关闭现场所有设备的电机，人员不要走动。"

"关闭电机，禁止走动！"指挥员一声令下。

周围安静了下来，只听得到鸟儿的歌声和树叶沙沙的响声，还有一只小猫崽儿发出的刺耳的喵喵声，它在呼救。

5 分钟、10 分钟、15 分钟过去了。情况并没有改变。小猫崽儿有时沉默一会儿，而后又再发出尖锐的喵喵声，继续求救。卡坚卡像所有的人一样看向天空，突然，她大喊道：

"看到了！我看到了！它在高高的天上。雏鹰，它在小猫崽儿上空盘旋！"

一只雏鹰在空中画着圈儿，越飞越低，很快落在了汗衫上的小猫崽儿身旁。空降兵们收回了天线，但即使在地面上小猫崽儿也不肯离开雏鹰。它用两条后腿撑着身体站起来，两只前爪搂着雏鹰的脖子，好像在拥抱它，然后往旁边一跳，在雏鹰面前打起滚来。

"现在你们不用担心了，"费奥多利特对着对讲机说，"即便它再飞走也会回来的，因为它会担心自己的朋友。"

事情得到了圆满解决，人们高兴地鼓起掌来。而就在此时，一个新问题又从扩音器里传到了信息中心：

"我们的任务是将池塘拓宽 3 米。现在正在平整岸边的土地。我们取了水样，用仪器进行了快速分析，结果显示水中二氧化碳和有机物含量超标，pH 值也不正常，水看上去很浑浊，需要对水质进行更精确和详细的分析。我们已经采集了样品。请问是否有清洁和平衡池塘水的药剂？"

"是的，有。计算机提供了一整套净化水的化学添加剂，还建议使用净化类似大型游泳池水的装置。"维克多回答说。

"详细的分析其实是没有必要的，"费奥多利特插了一句，"一切都很清楚：池塘里有鱼，它们会排便；树叶子落在水面上，然后腐烂——所有这些都会增加有机物、提高pH值。这个问题无须学药品和污水处理厂就能解决。必须建造浮岛——一个或几个，取决于池塘的大小。浮岛由漂浮在水面上的植物组成。这些植物的根系会吸收水中有机物的营养。浮岛会平衡一切，水也会变得清澈。"

"中央计算机确认了这个方案，"维克多补充道，"我现在就下载自己制作浮岛的方法和应该种哪些植物的说明。"

"战地厨房呼叫！我需要联系指挥官。"一个新的声音从信息中心的扬声器里传来。

"我在。"

"午饭已经准备好了，指挥官，但有个小问题——有两个小女孩走到我跟前，想品尝一下。我请她们吃了，现在有一大群孩子来我这儿排队。如果让他们所有人都尝个遍，我们就什么都没有了。"

"感谢你的服务，战地厨房。显然，你的午餐一如既往地令人垂涎三尺。你请孩子们吃吧。我们吃干粮。"

听到指挥官的命令后，聚集在斯维特兰娜庄园入口的一大群人仿佛也得到了命令一般，迅速地散开了。但当空降兵们坐在折叠行军桌旁打开干粮罐头的时候，人们纷纷返了回来。他们端着盛满蔬菜汤、罗宋汤的锅和装满煎饼的盘子，拎着装满蔬菜和水果的篮子，甚至还有人端来了一个冒着烟的大茶炊。

空降兵们的桌子上摆满了村里人的家常食物，但人们还在不停地送来，不停地送，不停地送。空降兵们不好意思地你看看我，我看看你，不知道该从哪道菜开始吃起，只能不停地对每一位来送食物的人说："谢谢，谢谢您！"

最后还是斯维特兰娜的朋友拉丽萨为大家打破了僵局。她快步走到坐在桌旁的伊万跟前，拿起一只碗和一个大勺子，俏皮地宣布：

"指挥官同志，我是您的私人服务员，我叫拉丽萨。请告诉我，第一道菜您想吃什么：是白菜汤，罗宋汤，还是蘑菇汤？"

"蘑菇汤。"伊凡笑着回答。

其他女人也开始一边开着玩笑说着俏皮话，一边为空降兵们服务。一顿饭吃得其乐融融，也使祖传家园的创造者们和空降兵们亲近了起来。午餐结束时，伊万站了起来，感谢当地人的款待，并下达了命令：

"在帐篷里休息一个小时，解散！"

空降兵们齐刷刷地从桌子后面站了起来。就在这时，传来了卡坚卡活泼响亮的叫声：

"等等，士兵们！请等一等！我爸爸有非常、非常重要的事情要向大家宣布。"小女孩拽着父亲的胳膊走到信息中心的面包车前，对她爸爸提出了要求："爸爸，你得用麦克风说话，这样大家才能都听得见。"

卡坚卡的父亲接过维克多手里的麦克风，说：

"亲爱的朋友们，我们的客人们！谢谢你们给我们上了一课。你们用实际行动证明了有规划地建设祖传家园是多么重要。你们采用军事化精准和谨慎的方法实践梦想，将它变为现实。非常感谢你们！明天下午 5 点，我们将在社区综合楼的广场上举行节日舞会、音乐会和相识晚会。我代表我们祖传家园社区的所有居民，诚挚地邀请你们参加我们的年度庆典！"

言罢，所有的当地居民都热烈地鼓起掌来。

"谢谢，我们一定到！"伊万接受了盛情邀请。

叶卡捷琳娜从父亲手里抢过麦克风，补充道：

"每个来参加舞会的人都是要穿节日服装的，您的衣服不是过节穿的，还因为干了活儿有点脏。但你们不要难过，也不要悲伤，大家不会怪你们的，因为你们是英雄！我和女友们明天收工的时候会带着刷子来帮你们洗衣服。我们都已经说好了。"

"卡嘉，谢谢你的关心。我们知道你们的规矩和传统。我们会尽量穿上干净整洁的衣服参加明天的节日。"伊万笑着说。

第二天傍晚时分，盛装的人们成群结队、陆陆续续地向举行庆典的地方聚集。每一队人都代表着祖传家园创造者中的一个家族。当走到斯维特兰娜的庄园入口时，所有人都不由自主地停了下来，欣赏着她庄园里奇迹般的变化。

"难以置信！简直就是天方夜谭！他们居然来得及在池塘边建一栋两层楼的房子，还带漂亮的游廊，屋顶上还有一个不同寻常的风向标。太不可思议了！"人们惊叹不已。

"没有什么不可思议的，"鲍里斯向他的亲戚们解释道，"第一天，他们就把地桩打进了地里，用起重机把四个已预制成型的房间安装在了上面，外立面和内部装修都已经提前做好了。屋子里面连家具都有。这是我的朋友维克多告诉我的，他的父亲是这个小队的指挥官。为了这次行动他们准备了 6 个月，考虑到了每一个细节。一到晚上他们就聚在一起讨论这次行动的事儿，所有人都为它着了迷。"

"有意思！我想知道如果我们的总司令命令所有部队成立这样的分队，让他们在闲置的土地上建设这样的庄园，那会是个什么景象？"

"那还能是什么？肯定是一个繁荣昌盛的国家啊！而士兵们也会知道要保卫的是什么，以小家见大国，以小见大啊！"

"那 33 位缔造童话的勇士呢？好想看看他们呀。"

"他们为舞会做准备去了，"鲍里斯说，"可能正在哪儿洗着衣服和鞋子吧。"

第四十二章　回归生命的起点

美好的地球上，一场节日盛宴正拉开序幕，这就是祖传家园最重要的节日——"我的家族日"。舞池就在带顶棚的舞台前面，此时整个舞池四周围满了穿着节日盛装的人们。他们互相交谈着，笑着，结识着新朋友。

突然传来轰隆一声响：台上调整音响设备的人失手跌落了麦克风，麦克风在舞台上滚动，可他却没有急着去捡，而是像中了魔法一样站在那里呆呆地望向某处。

人们也转身望了过去，只见那些已和大家熟悉了的空降兵们正迅速地从刚刚抵达的巴士车上跳下来。不过他们身上穿着的服装已完全不同了——是非常漂亮的军官礼服！也许这就是为什么礼服如此惹眼的原因吧：穿上了它，男人们都显得身材匀称、身姿挺拔。他们每个人的肩膀上都戴有金色的肩带，上面佩着金色的星星。

"中校，少校，上校，又一个上校……好吧，他们中没有一个军衔是比少校低的。"站在舞台上的那个人评论着，然后又对着话筒说：

"我们很高兴地欢迎你们的到来，童话般的勇士、英姿飒爽的俄罗斯军官们！"

聚集在这里的人为军官们鼓起掌来。

这时，远离了众人的斯维特兰娜和拉丽萨，正站在舞台后面。

"斯维特兰娜，你这两天都没和伊万说话吗？这不太正常吧。"拉丽萨责备着她的朋友。

"你说得倒容易，拉丽萨，我还是有点云里雾里的，就好像这一切并不是发生在我身上。他这两天一直在忙活雪松的事儿。维克多跟我讲了他和伊万是怎么去西伯利亚泰加林买到这棵雪松树的。伊万亲自动手把它挖了出来，为了保护树根，他挖了很久。然后又把树周围的各种草也一起挖了来——他说，不能让雪松在新的地方感到伤心。今天下午我一直在窗子那里看了足足半天，看着伊万小心翼翼地种着这些草。你知道我当时特别想干什么吗？"

"你想干什么？"

"我想变成一棵小草，那样我也可以被伊万如此怜爱地抚摩了。然后我沉住气，烤好了煎饼，用一个漂亮盘子盛上，就去找了伊万。我颤巍巍地走过去说：'这里有些煎饼，请吃点儿吧。'他直起身来，看了看我，又看了看煎饼，说：'谢谢你，斯维特兰娜，但撇开朋友们自己吃午饭好像不太合适。'

"我带着煎饼回到我的小屋，一个人心绪不宁地吃完了所有煎饼。"

"那么，你有邀请他晚上来你的小房子里做客吗？"

"没有，根本没有合适的机会。他们总是在突击干活，就像在打仗一样。晚上，他们按计划吃完饭，随后下达命令：30 分钟后准备就寝！然后就撤了。"

"我告诉过你的，斯维塔，我告诉过你，你的信不能那样写：来看看吧，也许你可以帮忙干些活儿，因为除了你，我记不得其他人的地址……现在好了，你的同学真来帮你干活了。他不会来找你的，因为他记得你在高中毕业舞会上是怎么对他说的：'在我邀请你之前，不要来找我。'他不会来找你的，因为你还没邀请他。舞会马上就要开始了。你至少邀请他跳一支舞吧？"

"我不知道，拉丽萨，我怕，我两腿发软。他对我来说就像童话故事里的王子或来自另一个星球的魔法师。"

"既然你不知道，那我去请他来。一辈子总要遇到一次另一个星球的魔法师。"

"不要，拉丽萨。我自己去，我可以的。"

当拉丽萨和斯维特兰娜来到舞池时，一支由苏沃洛夫学校的学生组成的管弦乐队已经站在了舞台上，维克多站在他们前面，已调整好了他的萨克斯管，看到她们走过来后，微笑着向她们挥手致意。

可突然间，雷声炸响，随之而来的瓢泼大雨迫使人们迅速转移到舞池周围的雨棚下。可人们刚一离开广场，倾盆大雨顷刻间切换成了宁静而温柔的毛毛细雨。

乐队奏响了华尔兹的旋律。当第一个和弦响起，斯维特兰娜情不自禁地颤抖了起来。风华正茂的她在那遥远的毕业舞会上翩翩起舞时，乐队演奏的正是这支曲子。

斯维特兰娜闭上了眼睛。刹那间，她眼前闪现了一些画面，那是她遥远的青春。在那青葱岁月里，她曾与一群半大小子单打独斗，拼死护住躺在水坑里被打得遍体鳞伤的伊万；还有她和伊万在楼前院子里伴着这支舞曲学跳华尔兹的场景，伊万的母亲，一位舞蹈家，帮了他们，教会了斯维特兰娜优雅地行屈膝礼；还有在学校的舞会上，她要求伊万离她远一点儿，因为她要和安德烈跳舞，安德烈这个美男子，令班上多少女孩为之痴迷；还有她和安德烈一起在华尔兹中旋转的情景，那时她感觉自己征服了全世界，成为了舞会上的女王。

从那以后，她的记忆中再也没有过那么耀眼的画面了。仿佛所有这些年都不值一提。只有一个画面让她心神不宁、心跳加速。在这幅画面中，那个曾经她没空儿搭理的伊万，正小心翼翼地在她的庄园里栽着雪松树，然后精心地在它周围种下有药用价值的泰加林草。

斯维特兰娜暗暗下了决心，至少要在校园华尔兹的伴奏下稍稍纠正一下她在遥远的青春时代犯下的错误，应该对这个不寻常的伊万说声"谢谢"，也许，就只是向他道个歉。

在空荡荡的舞池里，淋着细雨，她慢慢地走向站在雨棚下的军官们。但不知是在她的心里，还是在外面的什么地方，突然有声音说：

"你要去哪儿，你还去干什么？你这个老女人，你不会成功的！你永远无法追回年轻时失去的东西。

"你的所作所为既愚蠢又残忍。你这个老女人，皱纹在你脸上铺陈，你甚至连个孩子都无法孕育。

"的确，伊万他是跟你同岁，但他是个男人。他体格匀称又聪明，就算他的头发微微有些花白，但他依然英俊非凡。即使是年轻漂亮的女孩子们见到他也会两眼放光。

"怎么，你这个老女人，觉得自己比她们都强？你不能这样！你只会给自己和你的朋友带来伤害。

"伊万爱过的是那个青春少女的你，可是她现在已经不在了，只剩下一个老女人。要是伊万与你交往，他就会错失所爱。而每当他看向你的时候，看到的就只有眼前的遗憾。"

在舞池的中间，斯维特兰娜犹豫着停下了脚步。她想转身往回走。但突然间她仿佛听到了一些音乐般的声音，说着不一样的话语：

"斯维特兰娜，等一下，请听我们说！"

"你们是谁？"

"我们是你庄园里的草能量。还有我们，灌木丛。还有我，长在园子边上的蓟草。

"我们，是你祖传家园里的树、草、花，我们想对你说：斯维特兰娜，如果有人告诉你：一切都会过去的。你不要信！那些看到现实的人里，并不是每个人都能理解它的真谛。

"让你的生命在不同的岁月里飞驰，你并不是走到了它的尽头，而是来到了它的起点。现在你必须意识到自己的地位。相信我，意识非常重要。你是谁？

"你是宇宙永恒的女王，对我们来说你就是女神。我们是你忠实的仆人，我们是你的朋友。你是我们的女王和女神，我们的生命都由你来决定。在你的空间里，只有你的意念下达的命令才能改变一切。

"我们中间必有人因你意念的命令而毫无怨言地枯萎。而另一些会为了你的喜悦而繁荣兴旺。

"你的祖传家园、你在地球上的空间是有边界的，就像国家一样。但你的空间和宇宙之间没有界限。

"我们每个人从最初降生那一刻起，就与宇宙众星球有着联系。不管是太阳、月亮、还是许多其他星球，它们都非常强大、非常美好，但你比这些宇宙的星球们更强大。因为只有你能改变你的空间。

"请相信自己，去找你的伊万，请他跳舞。你们的爱将开启永恒之门。我们也会在每年的春天为你们绽放。

"我——一棵长在园子边上的蓟草，也会为你们而开花。"
于是，斯维特拉娜向前走去。

伊万并不在这些军官之中。她站在那里，茫然地望着这些人的脸，好像在向他们求助。他们仿佛猜到了她的心思，纷纷散去，斯维特兰娜终于看到了伊万。他和他的军官朋友们一样身着礼服，只是他的肩章上只有一颗星——将军的星。还有另一颗金色的星星——挂在胸前。

斯维特兰娜走近伊万。他们默默地凝视着对方好一会儿，身体在对方的目光中变得温暖。

细雨又一次变成了倾盆大雨。它仿佛在舞池中旋转着跳着华尔兹，清洗着这方天地，又或者在召唤着人们去做些什么。

斯维特兰娜丝毫不被大自然的狂暴所动，在伊万面前恭顺地弯下腰，深深地行了个屈膝礼，邀请他共舞。

当他们手牵着手走向舞池时，大雨骤然停了下来，又变成了温柔细雨。

人们惊奇地看着面前这位威武的将军迈着漂亮的舞步与一个俏皮的女孩儿旋转着，每个人都觉得只有自己感受到了这美好的景象。

人们没有意识到这一幕是真实的。只有在不远处的斯维特拉娜庄园里，树叶在沙沙作响，小草向天空招着手，正在试图劝说着它们的星球："感谢你们倾听我们的请求和能量们的祈求，并把它们融为一体，铺陈出一条条通往创造的小路。感谢那些正踏着这些小路前行的人们。

"我们的女神斯维特兰娜成功地创造了美好的未来，这是你们的功劳，如今伟大的爱的能量之光将触及我们。现在，请不要着急，不要让人们被宇宙的能力吓倒。我们知道，人们终会明白：宇宙同时存在于他们周遭和体内。每个人都是自己命运的主宰。"

空降兵部队离开了祖传家园社区，只不过队伍里只有 30 人，而不是 33 人，指挥官也换成了另外一名军官……

这支部队离开了，去往俄罗斯美好的未来。

第四十三章　在美好的未来……

　　在俄罗斯联邦指挥中心的大厅里，安装了许多巨大的显示器，俄罗斯安全委员会定期在这里举行会议。三年来，委员会成员们很喜欢每个月的最后一个星期六聚到这里来开会，因为每次来自俄罗斯不同地区的正面消息都能使他们感受到越来越精神焕发和活力四射的力量。

　　但这次的例会非常、非常的不寻常。安全委员会所有成员的妻子都受邀来参加这次会议。这些穿着优雅、保养得当的漂亮女人们走进大厅，坐在事先为她们准备好的座位上。

　　早在一年前，这些女人悄然发现，她们的丈夫每次星期六开完会后总是兴高采烈的，有时还会带些鲜花和盆栽回家。他们越来越在乎妻子的身心健康，半开玩笑，但又似乎根本不是在开玩笑地谈论着再生一个孩子的可能性。女人们还注意到，虽然她们的丈夫已一把年纪，但最近似乎变年轻了，阳刚之气又回来了。首先发现不对劲儿的是安全委员会主席的妻子。她开始给安委会其他成员的妻子打电话，结果发现她们的丈夫也出现了类似的现象。于是女人们决定和她们的丈夫一样，在每个月的最后一个星期六开个会，讨论一下目前的状况。

"我们还搞不清楚，到底是什么让我们的丈夫明显变年轻了，身体状况也得到了改善，"安全委员会主席的妻子在会上对大家说，"但摆在我们面前的任务是明确的：我们必须与他们保持一致，要看起来更年轻、身体更健康。"

"对，我同意。而且我们还需要发展我们的智慧，能够就任何话题都接得上话。"国防部部长的妻子补充说。

"也许该去整个容？"

"我觉得不需要整容，看看我们的男人，不用整容也能变得更好。"

最终，这些女人们与专业人士一起制订了的重振健康和保养容颜的方案，其中包括健身、瑜伽和改变饮食。6个月后，在这个方案的帮助下她们取得了一定的成果，但同她们丈夫的变化相比还是略显逊色。于是她们决定要参加星期六男人们的神秘会议，亲眼看看其中的玄机。

在女人们多次约请求和不断地劝说下，安全委员会成员决定为他们的妻子安排一次参观，并允许他们参加一次星期六的会议。

女人们坐在大厅里，彼此热络地交谈着。一位头发花白的少将走到她们面前，向她们打了招呼后宣布道：

"尊敬的女士们，我叫伊万·尼基福罗维奇，受俄罗斯联邦安全委员会科学委员会书记的委托，我将向你们介绍每月的星期六会议，并在我的职权范围内回答你们的问题。"

"伊万·尼基福罗维奇，很高兴您已经准备好回答我们的问题了，"一位体态端庄的漂亮女士站了起来说，"有一个问题让在座的所有女士都感兴趣：事实上，每次星期六的会议结束后，我们的丈夫回家时情绪都会显得格外的高涨，而且好像越来越年轻。我们试图为这种现象找到一个解释，甚至猜想，也许他们在每次星期六的会议上服用了以前不为科学界所熟知的神奇药物。真的是这样吗？"

"尊敬的女士们，你们的猜测完全正确！"这位将军笑着继续说："不过，我要把'药物'换成'能量'。你们的丈夫在他们的星期六会议上确实获得了正能量的充电，正是这些能量唤起了他们的积极情绪，它们可以刺激大脑活动，改善感官功能，让肾上腺素加倍释放到血液中，使心肌工作起来更有力。血压、脉搏、瞳孔反应、皮肤状况、直至头发和皮肤的再生，这些参数长期以来一直被用于研究实践中。

"我想再次提醒大家注意这样一个事实：积极的情绪对心理和生理状况的有益影响早已为世界科学所熟知。这些能量能够使人类机体摆脱任何疾病并焕发肌体活力。一些人正在向你的丈夫们发出正能量，而正是这些能量影响了他们。现代科学对这种能量的物理影响研究得还不够，我们建议应该借助神秘学和玄学的帮助来研究它们。"

"不好意思，伊万·尼基福罗维奇，但我不明白，为什么这些正能量会无缘无故地突然在我们的丈夫身上唤起如此强烈的积极情绪呢？"

"这个问题很合理，我很乐意回答：

"20 年前，俄罗斯出现了一小群人，他们联合起来在大城市周围购买了杂草丛生的荒地，并在那里建立起了新型的社区，他们称之为'祖传家园社区'。他们声称创建庄园是为了纪念他们的祖先和后代的幸福。每个庄园的面积不少于一公顷。今天，俄罗斯联邦大约已有 1400 个这样的社区。

"安全委员会获悉正在俄罗斯各地发生的异常现象后，要求联邦安全局调查谁是幕后推手。结果发现，所有参与这场不寻常运动的人都是俄罗斯"阿纳丝塔夏系列丛书"的读者，这些书是根据一个名叫阿纳丝塔夏的泰加林女隐士的说法编写的。可为什么这部普通的文学作品能对社会产生如此巨大的影响呢？负责调查这件事的科学委员会成员们对此看法不一。然而，他们中的一些人坚信，这些书的文字中存在着某些代码，它们对社会产生了潜移默化的影响，使人们看到了未来国家的面貌并为实现它而投入满腔热忱。

"为了证实或反驳这一说法，当时成立了一个由年轻人组成的特别小组，因为正是年轻人将会生活在未来，并且在今天就需要了解它。

"我将为你们播放一段该小组组长的发言。"

伊万·尼基福罗维奇按了一下遥控器上的按钮，众多显示器中的一个立即出现了一位穿着牛仔裤和深色 T 恤的年轻人的图像。时尚的发型和单只耳环宣告着他的现代属性，就是老人们经常无法理解的新生代。他举止从容，甚至略显随意，丝毫没有因为这是高级别会议而感到胆怯或拘谨。

"关于隐藏在书籍文字中的特殊代码，我们小组一致认为它们是存在的，就像它们存在于任何能唤起某种情感的文字中一样，比如说在令人发笑的信息报道或者笑话里、在引人思考的科学文献里。阿纳丝塔夏并没有隐瞒这一点，不仅如此，她还告诉了我们她是如何收集和排列代码的。她运用了宇宙的声音。"

"年轻人，你和你的团队确信隐士阿纳丝塔夏是绝对存在的吗？"

"这个问题很奇怪。您确定我们是在讨论俄罗斯国内外对阿纳丝塔夏言论的不寻常反应吗？或者说，也许这个讨论根本不存在，而我们也是不存在的？一个人看到手掌上的阳光，然后思考着发出这束光的太阳是否真的存在，这是不是太可笑了？"

"那阿纳丝塔夏为什么不出来见人呢？"

"难道此时此刻她的想法、抱负、建议不就在我们中间吗？肉身的出现一定是必要的吗？要知道，当人们看到肉身时注意力会被分散。她明白这一点，因此不会让人们去分心，而是唤醒了灵魂的激情，并促使它采取行动。我们的团队确信俄罗斯"阿纳丝塔夏系列丛书"提出了摆脱全球危机的方案。一年来，我们一直在运行一个计算机程序，该程序能够确定如果人类继续走技术治理的发展道路，地球上将会发生什么。程序显示：那将会迎来一场星球灾难。正如阿纳丝塔夏所说的那样，已经开始改变了的生活方式将阻止灾难的发生，并带领地球走向繁荣。"

"年轻人，你们的程序有没有谈到各国政府的作用？"

"有的，我们研究了过去和现在的统治者行为的意义，在程序中输入了大量关于他们的活动信息，并得到了答案。"

"什么样的答案？"

"非常惊人！程序引用了书中的一句话作为回答：'无论地球上的统治者们建造了什么样的庙宇，后人都只会记住他们留下来的污垢。水！水是衡量所有人的标准，而它每天都在变得更脏。'

"俄罗斯联邦总统于 2016 年 5 月 1 日签署的《远东公顷法》自 2016 年 6 月 1 日起正式生效。根据这项法律，每个公民都有权在联邦远东地区获得一公顷的免费土地。一切正如我们所研究的书中所写的那样，10 多年前我曾在书中读到：'在新千年开始时，俄罗斯总统将颁布一项法令，免费向每个需要土地的家庭提供一公顷的土地。' 然而，在远东地区并没有大规模开发土地的情况发生。

"令人惊讶的是，这位泰加林隐士对未来的预测是如此的准确和具体。她所有的预言，都是看上去最不可能实现的预言，却都成真了。就连总统的法令也如此精确地预测到了。"

"那为什么您认为这条法令颁布后并没有达到预期的效果呢？"

"我来解答您的问题。如果您仔细读过这些书，就应该知道，根据阿纳丝塔夏的祖父的说法，她并不是在预测未来，而是在模拟未来。如果模拟的情况被人们所接受，那么它就会变成物质现实。

"就这项法令而言，其表述不够精准。如何使法律文本更准确和有效，在书中也有记载。您需要先把自己与技术治理世界的声音隔离开来，然后再阅读这些书。"

伊万·尼基福罗维奇关闭了显示器上的图像，对大家说：

"我们应该学会使用意义明确的词汇，语音语调都要适当。不能用头脑凭空捏造。"

这位安全委员会主席发表意见道：

"我想，安全委员会所有成员都遵从了如何阅读这些书籍的建议，也许他们在做进一步决定时得到了帮助……不要感到惊讶。也许，爱的能量真的帮了忙。我要给你们讲个故事：

"有一位负责指挥空降兵侦察部队的将军，收到了一封与他同窗十载的女人写给他的信。他们曾经是邻居。他爱过这个系着白色蝴蝶结、和他同坐一张桌子的女孩儿。这是他炽热而没有回应的初恋。当时他没有机会赢得她的好感。在班上他被认为是个没出息的人，而且个子比那个女孩子还矮小。毕业后，他离开了那座城市，参了军，继续深造，成为了一名军官，最后当上了将军，经历了很多历练。但学生时代的爱情依然在他心中燃烧着。

"这个女人不知道他变成了什么样子，只当是邀请了一个住在她隔壁的男孩来做客，并请他在三天的时间里帮忙建设祖传家园。这位将军请他的养子——苏沃洛夫学校的一名学员先去侦察了情况，以确定在三天内他能为心上人提供多少帮助。儿子回来后告诉他，这个女人买了一公顷长满了杂草和树木的土地，住在那儿的建筑工棚里，独自一人在想象中描绘着未来的花坛、庭院和漂亮的凉亭。年轻人根据女人的描述画出了未来的规划图，并展示给他看。

"将军召集了他的战友们，开始筹划在他们生命中最不寻常的一次行动。在约定的日子里，他们来到了这个杂草丛生的庄园，在那里建了一栋两层楼的房子，还有游廊、池塘、凉亭、花坛和庭院，把庄园变成了一片盛开的绿洲。他们此次行动的视频资料安全委员会成员们看了不止一次，然后向各地发出了命令，要求部队、近卫军和警察组成志愿者队伍，为建设祖传家园提供工程援助。首先得到他们帮助的是那些退了休、有自己的规划并有意创建祖传家园的人们。"

伊万·尼基福罗维奇拿起显示器的遥控器，说：

"未来，就在这里！看，我们的人民正在创造未来！"

　　所有显示器同时亮了起来，展示着俄罗斯不同地区的祖传家园，或单个家园，或整个社区——庭院、花坛、池塘、隐没在绿色植物中的房屋，以及一张张幸福的笑脸……女人们沉迷在美好的景象中，没有注意到安全委员会成员已进入大厅并已入座。等她们注意到他们时，所有人不约而同地站起身鼓起掌来。其中一位女士突然跑到安全委员会书记面前，迅速从她礼服上摘下一枚钻石胸针，把它别在自己丈夫的西装衣领上，说：

　　"这是我最喜欢的东西，现在就让它成为你的奖品吧。"

　　其他的女人也都冲到自己的丈夫跟前——拥抱他们、拍他们的肩膀、开怀地笑着。

　　一个女人突然高声说道：

　　"我们应该立即拍摄一部纪录片，记录正在俄罗斯发生的事情！"

　　"对！这部电影一定会很美，必定会受欢迎！"她的建议马上得到了大家的支持。

　　尊敬的读者们，也请你们支持自己家族的美好未来，家园的美好未来，也将是整个国家的美好未来！

后记

　　第一本书推出时，我是自己在地铁站贩卖的。书店、书商都不要它，因为我名不见经传，而且这类主题他们也不感兴趣。然而，书卖出去了，书店开始进货，出版社争相抢着代理，书本发行以后，读者的信件开始如雪花般飞来。诗——不断地在信里出现。紧接着，还有吟游歌者的歌曲、艺术家的画作。更不可思议的是，阿纳丝塔夏的话语以一种超乎寻常的方式影响着人心。我继续和阿纳丝塔夏碰面，如今已写下了 10 本书。还有一本读者的创作，集结了他们的信件和诗作，名为《俄罗斯人的心灵在阿纳丝塔夏的光芒中鸣响歌唱（暂译）》。我们续集中再会！

弗拉狄米尔·米格烈

弗拉狄米尔·米格烈致各位读者

目前网络上有许多网页内容，主要在宣扬与鸣响雪松系列书籍中主角阿纳丝塔夏类似的思想。

其中不少网站冒用我的姓名"弗拉狄米尔·米格烈"，声称自己是官方网站，并以我的名义回复读者来信。

就此我认为有必要告知各位敬爱的读者，我决定自己设立国际官方网站 www.vmegre.com。

这是唯一的官方窗口，负责接收来自世界各地、不同语言地区的读者来信。

只要您订阅此网站内容，并注册为会员，就能收到日后举行读者见面会的日期与地点，以及其他相关信息。

我们网站将为各位敬爱的读者统一发布鸣响雪松系列书籍及活动在世界各地的最新消息。

弗拉狄米尔·米格烈

注 释

① 泰加林（taiga）：或称北方针叶林，指欧亚大陆北方（尤其西伯利亚）以及北美的加拿大和阿拉斯加等满布松柏的森林地带。

② 格里什卡（Grishka）：格里高利的昵称。

③ 波尔菲里·伊万诺夫（Porfiry Ivanov）提倡，将身心向大自然敞开能够改善健康、延年益寿。他把多年亲身实验归纳成十二项准则（Detka）来教导大众健康生活，其中最著名的是洗冷水浴。

④ 夏屋小农（dachnik）：指在夏屋（dacha）照顾园子的人，通常是假日或是夏天的时候。在此书中大部分简称为"小农"。

⑤ 夏屋（dacha）：指俄罗斯城市居民在郊外的屋舍园地。夏屋及其他自给农园所生产的马铃薯、蔬菜、水果及莓

果，各项都占全国总产量的 65% 以上。

⑥ 阿尔法和欧米茄是希腊字母的首字母和尾字母，用以指代开始和终结。

⑦ 亚维、纳维和普拉维是古斯拉夫人世界的三个组成部分：亚维世界是人、动物、鸟类生存的世界，也有一些灵体和神；生命死后，灵魂会进入纳维世界得到净化，进而得到重生；普拉维是光明之神的领地，普拉维世界的神帮助人们发展、掌握新技能、诚实做人。三界之间并不争斗，共同维持平衡。三界被世界中心的阿拉特里石上长出的世界树连接，树根扎在纳维世界，树干穿过亚维世界，树顶伸入普拉维世界。

⑧ V. 米格烈第四册《创造》，章：《初次见面》。

⑨ V. 米格烈第四册《创造》，章：《人们啊，请回到自己的故国》。

⑩ V. 米格烈第四册《创造》，章：《每个人都可以建造房子》。

⑪ 斯维特卡、斯维托奇卡都是斯维特兰娜的爱称。

⑫ 斯维特卡、斯维托奇卡都是斯维特兰娜的爱称。

⑬ 斯维塔——斯维特兰娜的小名。

⑭ 万卡——伊万的爱称。

⑮ 瓦尼亚——伊万的小名。

⑯ 格瓦斯是一种盛行于俄罗斯、乌克兰和其他东欧国家的低酒精的饮料，用面包干发酵酿制而成。

⑰ 桑丘·潘沙是西班牙作家塞万提斯的名著《堂·吉

诃德》中人物，堂·吉诃德的忠实侍从。

⑱ 俄文中"神父"和"老父亲"是同一个词。

⑲ 卡坚卡——叶卡捷琳娜的爱称。

⑳ V. L. 普拉弗季夫采夫，http://www.old.mediakrug.ru/tajna/magazines/articles/18572.

㉑ 卡嘉——叶卡捷琳娜的小名。

致　谢

　　2015 年，《阿纳丝塔夏》第一本书正式出版，一位神奇的女子走进了中国读者们的视线中，这个名叫"阿纳丝塔夏"的传奇女子从小在森林里长大，与大自然同生共存，和植物、动物都能对话，虽然常年与外界没有接触，但是她却有着非人般的智慧和洞见，她鼓励当地的农民们栽种各种植物，和植物沟通，享受着来自大自然的一切滋养。

　　如今，这本书经过全新修订重新上市，全新版第一本书《遇见阿纳丝塔夏》不仅在行文上进行了再次修订，更是新增了超过三分之一以往没有的内容，希望能够带给读者更加极致的阅读体验。在此，我们要衷心感谢版权方 Ravil 先生、杨立山先生、Yuliya 女士，感谢你们对于我们的无条件信任与支持；感谢申屠忆一和潇予在我们图书出版过程中给予的大力帮助，感谢新版译者赵昱老师，谢谢您的专业和耐心付出，感谢插画师星宏创作的封面插画，使"阿纳丝塔夏"系列图书拥有了更加亮眼的设计。最后，我们也要感谢千千万万的夏友们，是你们的真诚热情、乐于分享，让越来越多的人了解阿纳丝塔夏的理念，影响着更多的人践行"阿纳丝塔夏"式的生活方式。衷心地感谢大家的大力支持和帮忙，才使得这套全新的"阿纳丝塔夏"系列丛书得以顺利出版。

作者简介

[俄罗斯] 弗拉狄米尔·米格烈

1950 年 7 月 23 日出生于乌克兰。16 岁时离家独立生活。1974 年起居住于俄国的新西伯利亚，以摄影为业。1980 年代中期成家，有一个女儿。当时他是成功的企业家，是西伯利亚企业家联盟的主席。1994 年他组织了两场大规模沿西伯利亚鄂毕河进行的贸易之旅。1999 年，米格烈设立了阿纳丝塔夏文创基金会。他在世界各地举办读者见面会。有些读者成立了有关保护自然的组织，其中一项目标就是创建万物和谐的家园。2010 年作者的第十本书发行。2011 年作者荣获顾氏和平奖。

亲爱的读者朋友们，让我们成为朋友！

您可以获取最新信息：

- 读者见面会
- 答疑
- 独家专访
- 来自其他国家的信息
- 你的创意

您可以选择以下方式：

（1）登录 hello.vmegre.com 并订阅。

（2）给 hello@megre.ru 发送一封空的邮件。邮件的主题是 **ПРИВЕТ**。

图书在版编目（CIP）数据

遇见阿纳丝塔夏／（俄罗斯）弗拉狄米尔·米格烈著；王文瑜，李裕泰，赵昱译. -- 北京：中国青年出版社，2022.5（2025.5 重印）

ISBN 978-7-5153-6660-9

I.①遇… Ⅱ.①弗… ②王… ③李… ④赵… Ⅲ.①长篇小说—俄罗斯—现代 Ⅳ.① I512.45

中国版本图书馆 CIP 数据核字（2022）第 089753 号

著作权合同登记号：01-2022-2219
Анастасия. Энергия твоего рода
Copyright © 1996 by Мегре Владимир Николаевич
Translation of Li Yu Tai © 1996 эу Мегре Владимир Николаевич
www.vmegre.com
Почтовый адрес: Россия, 630121, Новосибирск, а/я 44,
Тел.: +7 (913) 383 0575 email: ringingcedars@megre.ru
All Rights Reserved
中文简体字版权 © 中国青年出版社 2022
版权所有 侵权必究

遇见阿纳丝塔夏

作　　者：[俄罗斯] 弗拉狄米尔·米格烈
译　　者：王文瑜、李裕泰、赵昱
插画作者：星宏
责任编辑：吕娜
书籍设计：瞿中华
出版发行：中国青年出版社
社　　址：北京市东城区东四十二条 21 号
网　　址：www.cyp.com.cn
经　　销：新华书店
印　　刷：山东新华印务有限公司
规　　格：787mm×1092mm　1/32
印　　张：10.5
字　　数：195 千字
版　　次：2022 年 8 月北京第 1 版
印　　次：2025 年 5 月山东第 3 次印刷
定　　价：79.00 元
如有印装质量问题，请凭购书发票与质检部联系调换。联系电话：010—57350337